O céu da selva

Elaine Vilar Madruga

O céu da selva

ROMANCE

TRADUÇÃO
Marina Waquil

instante

GOBIERNO DE ESPAÑA | MINISTERIO DE CULTURA | DIRECCIÓN GENERAL DEL LIBRO, DEL CÓMIC Y DE LA LECTURA

A tradução desta obra recebeu apoio do Ministerio de Cultura de España por meio da Dirección General del Libro, del Cómic y de la Lectura.

Direção Editorial: **Silvio Testa**

Coordenação Editorial: **Fabiana Medina**
Revisão: **Laila Guilherme** e **Andressa Veronesi**
Capa e Ilustrações: **Fabiana Yoshikawa**
Diagramação: **Estúdio Dito e Feito**

1ª Edição: 2025

Dados Internacionais de Catalogação na Publicação (CIP)
(Angélica Ilacqua CRB-8/7057)

Madruga, Elaine Vilar
O céu da selva / Elaine Vilar Madruga ; tradução de Marina Waquil. — 1. ed. — São Paulo : Editora Instante, 2025.

ISBN 978-65-87342-77-1
Título original: El cielo de la selva

1. Ficção cubana I. Título II. Waquil, Marina
III. Yoshikawa, Fabiana

CDD C860
24-5686 CDU 860(729.1)-31

Índices para catálogo sistemático:
1. Ficção cubana

Texto fixado conforme o Acordo Ortográfico da Língua Portuguesa de 1990, em vigor no Brasil a partir de 2009.

www.editorainstante.com.br
facebook.com/editorainstante
instagram.com/editorainstante

O céu da selva é uma publicação da Editora Instante.

Este livro foi composto com as fontes Arnhem e Coolvetica e impresso sobre papel Pólen Natural 70g/m² em Edições Loyola.

FSC
MISTO
Papel | Apoiando o manejo florestal responsável
FSC® C008008

Para as minhas bisavós, que pariram demais.
E para as minhas tias, que decidiram não parir.

"… eu preferiria lutar com escudo três vezes a parir uma vez."

— *Medeia*, Eurípides*

---

* Eurípides. *Medeia*. Trad. Mário da Gama Kury. Rio de Janeiro: Zahar, 2021.

As crianças

A noite virá e, com ela, o zumbido dos grilos. A fazenda se transformará em um montinho de nada que a escuridão engolirá com sua boca de monstro. A vovó é a única que se atreve a andar pelos corredores depois que o sol se põe. Não tem medo. Logo virá atrás dos grilos porque os odeia, odeia aquele cri-cri-cri que parece choro de criança doente. Mas nesta fazenda não há crianças doentes. Nesta fazenda tratamos de ser fiéis e dormir cedo com um pai-nosso, assim que a tarde cai dormimos, como as galinhas tristes dos currais que vivem cacarejando ao sol, que sem o sol não são galinhas, apenas carne morta com penas.

Os grilos fazem bem em fugir quando sentem os passos da vovó, que é rápida mesmo sentindo dor nos ossos. A dor se instalou em sua mão esquerda, a mão do coração. Cacete, os ossos são os traidores da idade, é o que ela sempre diz. No ano passado, nesta mesma época, uma noite sonhou que a selva havia ficado vermelha de novo. Acordou angustiada na solidão dos corredores da fazenda, enojada com o mundo que havia sido, enojada com suas lembranças e consigo mesma, e, por um momento, quis que sua mente ou seu coração falhasse, que seu peito doesse e estalasse até que seu esterno se quebrasse. Se levantou da cama gritando. Chamou Santa e Lázaro e, desorientada, caminhou pela escuridão sem roupa.

Naquela noite ouvimos seus passos pelos corredores, de volta ao quarto, um pouco mais consciente de que havia sonhado com a selva faminta e de que seu medo não era apenas um pesadelo. Maldita selva, merda de mundo, vão pro inferno, cacete, a vovó xingou. Em seguida voltou para a entrada e depois para o alpendre. Ifigênia subiu na janela e disse que a tinha visto nua. A vovó está pelada, sussurrou Ifigênia, que, apesar do olho vesgo, tinha uma predisposição natural de fera para ver dentro da escuridão, a xereca da vovó é careca. Rimos baixinho, mordendo os travesseiros para que o riso não saísse pela porta nem encontrasse Santa furiosa pelos corredores, que era bem capaz disso e de muito mais, de entrar de repente no quarto e nos surpreender com cintadas, chicotadas, palmadas até que a gente cuspisse as risadas e a maldade à força. A xereca da vovó é careca, e ela não para de olhar para a selva, disse Ifigênia, trêmula.

Foi aí que nossa risada parou. Não havia mais motivo. Na cama, Juanquito empalideceu e começou a suar porque talvez tivesse chegado sua hora. Ifigênia se aproximou de uma fresta da janela, e todos nós perguntamos qual era a verdadeira cor da selva. É vermelha, é vermelha, é vermelha, queríamos saber, mas Ifigênia encolheu os ombros como se não se importasse com isso. Não dá pra ver nada diferente, disse depois de um tempo. Como você não se deu conta antes, repreendemos Ifigênia, como é que vai ver o vermelho no escuro, pra ser fofoqueira não pode ser cega. Ifigênia encolheu os ombros de novo, resignada com o fato de termos desdenhado dela por seu erro. Ouvimos mais uma vez os passos se aproximando do quarto e voltamos para as camas, cobrindo a boca: de noite o coração de todos batia ao mesmo tempo, o de Juanquito mais rápido que o de qualquer um, dava para ouvir o dele até no silêncio.

Ifigênia se debruçou de novo na janela.

Sai daí, gritamos, a vovó vai te ver. Obedeceu quase imediatamente. Pulou no colchão cheio de percevejos e anunciou: não tem vermelho nenhum na selva, a vovó está mais louca do que nunca. Na fazenda nunca dizemos a palavra *louca*. É um palavrão. Desses que não deveriam existir. Dá azar. E dessa vez não foi diferente, porque, no mesmo momento em que Ifigênia disse *louca*, a vovó deu um grito e caiu no chão: bateu contra a madeira e ouvimos um estalo assustador. Mesmo assim ninguém saiu da cama, era melhor que a vovó se virasse sozinha do que descobrisse que estávamos espionando e que Ifigênia a tinha visto nua, com a xereca pelada no ar frio da noite. Claro, rezamos por ela. Um pai-nosso. Ou dois. Ou três. Ninguém foi ajudá-la além de Santa, que nunca dorme e, com exceção da vovó, é a única que consegue andar no escuro. A porta do quarto dela rangeu ao se abrir. Um pouco depois a ouvimos sussurrar.

Santa, não há nem uma única luz nesta fazenda de merda, filha, a vovó lhe disse, daqui a pouco um de nós cai e quebra a cabeça do nada. A senhora proibiu a luz, mamãe, lembre-se, foi a resposta. Antes de responder, a vovó suspirou. Cacete, Santa, não sou uma velha louca.

De novo a palavra maldita. Culpa da vovó, que decidiu cuspi-la como se fosse um grilo. Fizemos o sinal da cruz na cama. Até Ifigênia se benzeu com o susto: ela, que nunca reza um pai-nosso porque fica entediada, fez o sinal da cruz e depois cobriu o olho ruim para não ver o horror do mundo através dele.

As vozes continuavam do lado de fora.

Bom, mamãe, não temos velas, o que vamos fazer agora? Me levantar, filha, isso é o que vamos fazer. Entre gemidos, Santa a ajudou a ficar de pé, embora a pele da vovó estivesse escorregadia de suor e gordura. Mamãe, a senhora está gorda, está pesada. Vovó mordeu a boca antes de responder.

Estou velha. Gorda não, mas velha, sim. Quanto mais velhos são os ossos, mais duros ficam, e é isso que pesa. Então reclamou mais uma vez da dor na mão esquerda. Uma dor lancinante que percorria as costas e o peito, chegava à boceta e a atravessava. Era mais difícil levantá-la estando assim, nua, sem nenhuma roupa para agarrar, mas Santa era forte. Conseguiu colocar a vovó de pé e não deixou ela escorregar de volta para o chão.

Um dia meu coração vai explodir, você vai ver, por causa desses pesadelos vai acabar explodindo. Santa não perguntou à vovó de quais pesadelos ela estava falando. Tá bom, mamãe, não pense mais nisso e agora volte para a cama que já vai amanhecer por aqui.

Vovó cuspiu na escuridão.

Sonhos de merda, disse.

Mamãe, se acalme, assim vai acordar as crias, protestou Santa.

Tenho certeza de que estão todas acordadas, filha, esses garotos são uns safados.

Em nossas camas tentamos prender a respiração para que a vovó não percebesse que tinha razão, que os safados estavam acordados ouvindo, que Ifigênia tinha até olhado pela janela e visto ela pelada, que tínhamos rido porque a vovó era careca lá embaixo.

Olhamos para Ifigênia todos juntos, e ela escondeu o olho ruim atrás dos lençóis e não disse mais nada. Ficou nos espionando com o outro, escuro que só ele. Sorriu para Juanquito, que ainda tremia.

Ifigênia não era como nós, embora às vezes dormíssemos na mesma cama e ela também chamasse de vovó nossa vovó. E sempre soubemos disso.

Durmam, galinhas, durmam, eu já disse, cacete, foi o grito que veio do corredor.

Em vez de obedecer, Juanquito subiu no colchão cheio de percevejos e olhou pela fresta da janela. Ele precisava ter certeza, com os próprios olhos, de que a selva permanecia calma.

No fundo entendíamos Juanquito. O medo dele era de alguma forma o que também teríamos de vivenciar em algum momento. Lá fora, a vovó se queixou mais uma vez de dor na mão esquerda.

Um infarto, perguntou Santa.

Será infarto quando eu disser que é um infarto, foi a resposta.

Um grilo ousou cantar naquele momento, e a vovó o esmagou sem piedade.

Juanquito voltou para a cama. Por enquanto estava a salvo. Por enquanto não iam comê-lo.

Santa

Por enquanto não iam comê-lo. Lázaro, ao menos, não. Santa afastou o sono e rolou na cama. Ainda não estava totalmente acordada, mas o suor já havia penetrado em suas roupas. A cama era uma mortalha de calores. Às vezes tinha pesadelos assim. Pesadelos em que seu Lázaro nada mais era do que um pedaço de carne com nome que certamente levariam para a selva. Como seria a mandíbula da selva mastigando alguém? Nos pesadelos de Santa, as mandíbulas sempre eram cavidades que fediam a velhice e fome, um cheiro de boca em espera, um cheiro de boca em pausa. Esses sonhos tinham justamente um cheiro de boca em pausa.

Sacudiu o pesadelo do corpo e sentou na beira da cama.

O amanhecer estava quente. Uma névoa de espuma e suor grudou nos olhos de Santa. Ainda era cedo para alimentar as crias, mas a enxaqueca não esperava. A dor perfurava um hemisfério de seu crânio e a borda do olho, martelando na borda do olho, martelando no hemisfério direito. A dor de sempre que a acompanhava desde que parara de sangrar, desde que já não paria, desde que Lázaro decidira ficar na varanda e não na cama ao lado dela, talvez porque ela já não era jovem e não sangrava, talvez porque a ausência de sangue desmascarava um cheiro de velha que Santa não podia identificar, mas Lázaro, sim.

Há muito tempo conhece o cheiro de velha. É o cheiro da mãe e da casa, o cheiro da selva. Quase vinte anos trazendo crias ao mundo era muito tempo, para Santa e para qualquer uma. Por isso na fazenda se envelhecia mais cedo.

As crias eram tão fofas que Santa as teria comido ali mesmo.

Melhor não pensar em mais nada. Lavou o rosto só com água e caminhou até a latrina. Sua cabeça latejava, martelando, como se os ovários idosos tivessem se deslocado para o crânio. Queria que um enxame de mosquitos a cobrisse da cabeça aos pés e sugasse tudo: o sangue e o sono, o cansaço e a vontade de comer as crias.

Santa reconhece a pestilência da velhice prematura. Está em sua pele, é o suor que fica nos lençóis quando se levanta de madrugada e caminha pela escuridão dos corredores, sem saber onde coloca um pé e onde coloca o outro, guiada apenas pelo instinto e pela memória que tem de cada tábua da casa. Talvez a fazenda seja como ela, não tão jovem, mas não tão decrépita a ponto de estar incapacitada.

Agora ninguém se preocupa mais que ela ande sozinha pela escuridão dos corredores. Antes, sim. Antes era perigoso que uma mulher prenha saísse ao encontro das primeiras árvores da selva, em busca de alívio para esse calor que cozinha por dentro as mães de primeira viagem, principalmente nos últimos meses de espera. Ninguém se preocupa mais. Se Santa tropeça nas tábuas salientes do chão da varanda, aquelas que já foram consertadas mil vezes, mas que sempre voltam a se levantar como dentes cariados assim que chega um pouco de umidade, se tropeça e cai não importa, porque o golpe será vazio: na barriga de Santa não moram nem perigo, nem existência.

O cheiro de velha prematura é também o cheiro da liberdade.

Ela não fica prenha há mais de dois anos. Três anos antes, Santa começou a notar que quase não menstruava. Nas contagens periódicas, a mãe sentava no chão da latrina à sua frente e anotava datas nas tábuas, as datas que anunciavam o melhor momento do mês para ficar prenha. Com as mãos, pesava os seios da filha como se fossem úberes para ver se os mamilos estavam tensos ou doloridos, para ver se as mãos dela estavam inchadas, para notar se tinha espinhas em volta do queixo. Com regularidade milimétrica, a mãe anotava tudo e Santa respondia a cada uma de suas perguntas, mesmo quando a mãe começou a ficar brava com ela porque o sangue não vinha mais regularmente aos trinta e um dias de ciclo. É bom você saber que eu vou notar se você tomar uma dessas ervas ruins que param o útero, ameaçou a mãe, não faça isso com a gente, filha, você sabe o quanto você é importante pra essa fazenda, o bom trabalho que você tem feito todo esse tempo. Santa não soube o que dizer. De que erva ruim ela estava falando? De que útero em pausa, se o dela nunca parava?

A mãe continuou a observá-la. Santa via seus olhos por toda parte. Como se os olhos da mãe tivessem sido plantados em seu rastro, para que Santa não acelerasse secretamente a chegada da velhice com truques de ervas. Até Lázaro a observava enquanto fazia amor com ela com olhos de cachorrinho pidão e cheiro de fumo na garganta, até seu olhar lhe exigia alguma coisa, mas o quê? Santa abriu as pernas um pouco mais e montou em Lázaro, então imaginou a dança dos óvulos banhados em suor. Por um segundo foi contra sua própria vontade e quis se ver prenha de novo, quis se ver gorda, quis se ver inchada, tudo para que Lázaro parasse de olhar para ela com aquelas perguntas que ela não conseguia entender. Por que as mulheres envelhecem? Por que a juventude morre assim, de repente, sem avisar nem gritar? Por que as mulheres decidem de repente ter enxaqueca e não ter mais filhos?

Naquele mês, sem intervalo, ela sangrou duas vezes. Talvez tenha sido um aborto. Talvez, sem intervalo, as crias não tenham sido implantadas fundo o suficiente para continuar crescendo. Já tinha acontecido antes, mas nunca com ela, e sim com outras mulheres que havia conhecido ao longo de todos aqueles anos, aquelas que abortavam filhos por acidente, como se o sangue fosse um bem dispensável. Depois desse acontecimento, ficou quatro meses sem menstruar. Nas anotações da mãe, as datas até então pontuais de Santa viraram um emaranhado que não permitia mais reconhecer o momento preciso para a trepada. Na verdade, era quase impossível saber qualquer coisa sobre ela, porque um dia se levantava com calores e suores, no dia seguinte com náuseas, depois com enxaquecas e um temperamento demoníaco, com o coração acelerado e pulando as batidas, e às vezes chorava na noite escura da selva, e então queria se deitar em cima de Lázaro e destruir as entranhas dele a marteladas.

Lázaro parou de dormir com ela porque Santa suava muito à noite, e era o suor denso dos velhos com medo da vida, o suor denso das éguas após o parto, o suor da febre amarela e o suor do envenenamento do sangue.

Doente, sem intervalo, de velhice prematura.

Os olhos da mãe engoliram a raiva diante da transformação da natureza e do tempo sobre o corpo da filha. Ela fingia mal, porque sua raiva estava ali, escondida como os cães selvagens da selva, sem dizer nada para que Santa não explodisse. A natureza também era selvagem e só acreditava em seu próprio ritmo e em suas leis, não se podia negociar com ela, não lhe importava que o melhor ventre da fazenda tivesse dito *chega*.

O preço da liberdade fazia com que uma mulher sem sangue entre as pernas tivesse de se levantar entre os primeiros mosquitos do amanhecer e jogar água no rosto.

Como se a água mudasse as coisas.

Como se a água refrescasse as ausências.

Como se a água pudesse apaziguar aquela enxaqueca que se espalhava, martelando, sobre seu olho esquerdo, a testa e agora também sobre a mandíbula.

O preço de sua liberdade tinha a forma da ausência de Lázaro. Santa havia percebido que ele a olhava como se não tivesse olhos, como se Santa fosse um vazio faminto de vazios, como se pela primeira vez percebesse que ela tinha cabelos grisalhos na cabeça e também na boceta, como se visse pela primeira vez as rugas no canto da boca e aqueles pés de galinha na borda das pálpebras.

Apesar de tudo, Lázaro era um bom companheiro. Brincava com as crias. Até ajudava a alimentá-las. Assim as mantinha ágeis e saudáveis, quase felizes, até a chegada de seu prazo de validade. Para Lázaro e para a mãe de Santa, o fato de as crias viverem felizes significava não só que a carne ia satisfazer completamente a selva, mas também que a vida na fazenda ainda tinha um rastro de civilização.

Aqui não somos carniceiros, mas sobreviventes, rezamos o pai-nosso, ainda que o resultado não dê em merda nenhuma pra nenhum de nós, pensava Santa com ironia. Às vezes, Lázaro ainda tinha tempo para ela e lhe preparava uma xícara de ervas amargas e a observava enquanto fumava com os braços cruzados sobre a mesa. Até o chá tinha aquele cheiro terrível da velhice.

Santa ainda está na latrina. Observa sua calcinha como faz todas as manhãs. É melhor ter certeza de que o sangue não voltou, porque coisas podem acontecer assim nos primeiros anos. Ela lembrava bem de quando sua mãe tinha parado de sangrar. Ela lembrava bem dos olhos da mãe que olhavam para ela como se todo o amor e toda a beleza estivessem em Santa. Eu não sangro mais, filha, agora é a vez de vocês duas, disse um dia, porque já estou velha e não tenho mais utilidade. Santa havia achado aquilo um absurdo. A mãe velha, perguntava-se, como pode ser velha, se tem os olhos jovens, se é forte como a própria selva.

Mas na fazenda a juventude era medida pela capacidade de trazer crias ao mundo.

Agora Santa, como a mãe em sua época, também se transformara em idosa de uma hora para outra. Já se sentia uma idosa. Já olhava com olhos de velha e tinha uma fome muito antiga. Enxugou o suor da testa e vestiu novamente a calcinha sem manchas.

Mais um dia na contagem dos dias.

Na varanda, Lázaro ainda dormia numa rede. A selva, inundada pela neblina, parecia calma. Os amanheceres eram exatamente aquilo, uma mistura de neblina e vapor. Um mosquito acordado bebia o sangue de Lázaro, pousado em sua testa se alimentava, engordava por segundos, um parasita feliz que engolia o cálice da vida e da juventude, porque os homens envelhecem mais lentamente que as mulheres, porque os homens não menstruam, não dão à luz nem procriam, pelo contrário, a natureza é gentil com eles. Santa não espantou o inseto. Pensou que o mosquito se vingava em seu nome, que o sangue que bebia era justamente o sangue que Santa queria pôr na boca ou ter entre as pernas. Ela se lembrou naquela hora de que a única coisa de que gostava em estar prenha era o fato de Lázaro nunca sair de seu lado. Não sentia prazer com mais nada naquela circunstância: nem em ter os pés e o corpo pesados o tempo todo, nem em suportar a dor dos empurrões, nem que no final as mandíbulas da selva levassem embora o que era seu por direito, sangue de seu sangue, carne de sua carne, cheiro de seu cheiro.

Não podia comer a carne das crias.

Ninguém podia. Nem mesmo Santa, que trouxera tantas crias ao mundo.

Essa era a primeira regra da fazenda.

A regra que semeava as fronteiras entre a civilização e a voracidade, entre a civilização e a loucura do caos.

A regra que, como um pai-nosso, a mãe impunha sobre todos.

Martelando na testa. Martelando na mandíbula de Santa. A dor da enxaqueca se espalhou até o céu da boca. Não conseguia observar a luz prodigiosa do sol em seu tapete sobre a neblina. Estreitou os olhos. Lázaro abriu os dele:

— Que cara feia — disse.

Santa ia confirmar com um movimento de cabeça, mas se conteve no último minuto, para que a enxaqueca não piorasse ainda mais:

— Cara de merda.

Lázaro esmagou o mosquito na testa.

— Essa é a hora em que esses malditos bichos se alimentam, vai dormir no quarto. — Santa se virou de costas para não fixar os olhos em um ponto preciso do corpo do homem. — A cama está suada, mas pelo menos não vão te picar lá.

— Tá cedo pra você ficar andando por aí toda briguenta — ele bocejou.

As velhas não dormem, pensou Santa, e esteve a ponto de rir na cara de Lázaro, porque rir era tudo o que lhe restava agora que estava, sem intervalo, nua na selva da enxaqueca. No fim, decidiu ficar quieta. Os homens não entendiam as palavras. Estavam além das palavras de uma mulher.

Estavam além das palavras de uma velha.

Santa sentiu fome como todas as manhãs. Pensou na carne das crias.

O sol começava a nascer como uma enxaqueca ardente.

A cachorra

O sol começava a nascer como uma enxaqueca ardente.

Os mosquitos se recolhem e vão para a selva. Os mais insistentes não vão. Ficam aqui para te picar, para te consolar, para cantar suas canções de mosquito, para tocar a doce flauta do esquecimento em seu ouvido. Há mosquitos quase tão fiéis quanto os cães. Ou talvez não tão fiéis porque os cães marcam a sua vida, mordem o seu coração, fazem de você mãe, e, se matam o cachorro, a raiva não acaba, ela é semeada no mais profundo das entranhas. Nessas entranhas latirá dia e noite. Nessas entranhas latirá até chegar a sua vez de morrer ou de partir de uma vez por todas para a selva.

Existem cachorras loucas. Como você.

Ou não tão loucas como você, talvez apenas desesperadas, agarradas à lembrança de que os mosquitos não acabam com o seu sangue por mais que te drenem todas as noites.

Uma cachorra pode ser a mãe de uma desgraça.

Seus ossos soam como a ânfora onde estão os restos mortais de Choclo. Um dia você abriu a ânfora para ver se dos ossos haviam crescido carne e cabelo, porque é isso que os ossos deveriam fazer após um período de descanso. Se não, para que servem? Como uma cachorra desesperada, você cheirou a ânfora para ver se haviam cumprido sua missão, porque todos sabem que o deus dos cães é misericordioso e que, se existe um paraíso para os homens, deveria haver também um para os selvagenzinhos bons: os homens matam homens, mas os cães não matam cães, e isso os torna uma espécie melhor, mais digna de um paraíso. Na ânfora, os ossos jaziam nus, como sempre, descarnados e lascados, redondos e angulosos. Foi uma tristeza vê-los assim. Você sacudiu a urna entre as mãos, e o som dos ossos se chocando lembrou o de sinos. Ou melhor, latidos, bem melhor, latidos, latidos de ossos.

Ver o que um dia foi Choclo não te tranquiliza, embora te dê alguma certeza, porque é melhor saber que está dentro da urna, protegido de todos os desgraçados da fazenda, do que imaginá-lo caído entre as árvores, sem um túmulo sagrado. Você se levanta todos os dias e, enquanto as nuvens de mosquitos pousam em seus braços, você pega a ânfora e os observa, escolhe um, um pedaço de Choclo, e beija aquele pedaço que poderia ser osso do crânio ou das patas, certa de que tudo estará bem enquanto o morto permanecer com você.

A velha tentou fazer isso uma vez, a pobre coitada tentou, assustada com as mordidas que você lançava no ar. Se aproximou de você, carinhosa, dizia filha, amor da minha vida, nuvenzinha, você me foi ficar louca, e te chamava por um nome que você nunca mais usaria. Tentava fazer com que esse nome invocasse algo em você, uma proporção de desejo ou medo dessa condição em que você late e morde. Quis ficar com Choclo, com a urna, chamou os desgraçados para ajudá-la, e vieram todos, vieram porque gostam do espetáculo da desgraça, do grito da cachorra de quem iam tirar a única coisa que ela ainda tinha do filhote. Os desgraçados eram duros e, por mais dura que você fosse, eles podiam ser mais.

A velha saiu do quarto com a ânfora, convencida de que você não seria mais a mãe do cachorro falecido, mas a de antes, a filha dela, com nome.

Latindo a fúria e a raiva da despossessão, você pulou sobre o colchão mijado e cagado que era um nojo só e se aproximou da janela cercada por barras de ferro que estavam ali justamente para impedir que você escapasse. Se eles queriam uma cachorra mansa, não iam ter. Você gritou, cuspiu e botou pra fora o horror do medo quando a velha foi até a beira da selva e abriu a urna.

O que nem a velha, nem os desgraçados sabiam é que você era uma cachorra horrível de coração fechado. Que mesmo confinada podia ver os ossinhos de Choclo abandonados na selva. Que mesmo confinada você latia o horror de saber que algo de Choclo poderia se perder para sempre e que isso sim seria uma desgraça, uma desgraça tão grande quanto a do assassinato dele, porque, se o paraíso dos cães existia, então certamente o deus dos selvagens bonzinhos precisaria daqueles restos para trazer Choclo de volta.

Durante sete dias você contemplou os ossos enquanto cagava sobre a cama. A merda em cima da merda entre as suas pernas, a urina em cima da urina, os pelos embolados envoltos no cheiro da morte. Negando-se a comer, negando-se a beber, às vezes era preciso bater forte em você, torturar suas patas para te afastar da janela e dos latidos, e depois te obrigar a beber um pouco de água que imediatamente você cuspia e mingau de humano que você também cuspia porque tudo tinha gosto de Choclo desde que os desgraçados tinham te feito comê-lo.

Filhinha amada, você vai morrer de fome, filha, a velha dizia e queria acariciar seu pelo cheio de merda e seu coração emplastrado em urina. Você a mordeu tão forte que teria arrancado a mão dela se ela não a tivesse puxado de volta a tempo.

A resistência de uma selvagem órfã de filhos não pode ser subestimada.

Foi a velha quem deu a ordem para te deixarem em paz. Naquela tarde você foi autorizada a sair para a selva enquanto as crianças gritavam, uma cachorra, uma cachorra, uma cachorra, quando te viram.

Você coletou os ossos de Choclo entre as árvores. Um por um. Os ossos grudados em você como se estivessem vivos, até que a velha te deu uma ânfora nova, ou talvez a mesma de sempre, só que limpa, e deixou você guardá-los um por um e contar três vezes para conferir se não faltava algum ossinho pequeno. Até acariciou sua cabeça cheia de merda e de cabelos emaranhados, e você não a mordeu, não arrancou a jugular dela, porque, ao contrário do restante dos moradores da fazenda, você não está louca nem é uma filha da puta como eles.

Talvez a velha tenha visto o desejo de selva em seus olhos. No olhar dela se incrustou um lamento de medo. As selvagens são assim, imprevisíveis, num momento se deixam acariciar e no outro fogem para dentro da selva. Imediatamente ordenou que você voltasse para a fazenda, agora que já tinha os ossos. Prometeu que eles seriam seus para sempre. De ninguém além de você, Ananda, mas volte tranquila pro seu quarto, filha, e caiu no choro ao pé da selva, daquele deus que se alimenta das lágrimas do mundo. Estava dissolvida em soluços porque naquele momento viu que não havia mais nenhum vestígio de Ananda em seus olhos, assim como não havia carne sobre os ossos de Choclo. Sua única esperança era amansar a selvagem, fazer aquela cachorra esquecer o medo, mantê-la limpa, tratá-la como um animal da casa, mas não mais como uma filha, porque a filha estava morta.

Algo latejou dentro de você quando a velha começou a cuspir nos desgraçados que contemplavam o espetáculo. Cuspiu a culpa e o desgosto em todos e lembrou quem mandava ali, e que ou as coisas eram feitas do jeito dela, ou simplesmente não eram feitas. Do meu jeito ou de nenhum jeito, cacete, disse, olhem o que fizeram com Ananda, e quem tiver coragem de me dizer que foi sem querer vai tomar uma cintada na boca.

A ameaça surtiu efeito, porque todos ficaram em silêncio e pela primeira vez te olharam como se você fosse um animal perigoso. A cachorra favorita da velha. A mesma coisa que você foi quando era humana: sua filha favorita.

Teria sido um bom momento para fugir para aquela selva que era um mundo além do mundo e à qual pertenciam todas as cachorras. Você não fez isso porque temia perder os ossos de Choclo, perder o que restava dele no caminho, porque você era selvagem, mas no fundo do coração aquela selva dava calafrios. Você ficou ao lado da velha, mais adestrada do que gostaria de admitir, e, quando todos os desgraçados baixaram a cabeça e a velha se cansou de gritar sua fúria, aquela fúria sem remédio porque não podia fazer nada a não ser botá-la para fora, você começou a latir.

E desde então você faz isso todos os dias, por você e por Choclo, quando os carrapatos da memória te picam e você sente até que, se quisesse, poderia tocar com um dedo o que um dia foi Ananda. A memória não é necessária. Uma cachorra só precisa de uma para lembrar que deve fazer xixi em um canto e comer com as patas dianteiras. Só para saber o que fizeram com ela.

Para saber e não esquecer.

Eles levaram Choclo.

Eles levaram Ananda.

E deixaram você, a selvagenzinha e ladradora que espera a chegada do amanhecer porque a velha vem e, se estiver de bom humor, de vez em quando te leva amarrada para respirar ao ar livre. Bípede ou quadrúpede, você sempre será para ela a filhinha louca, a filhinha arruinada e perdida.

Das grades da sua janela você late para a selva, para o cachorro enorme que há muito tempo enfia o focinho entre as árvores para te cheirar e para a menina que pula no quintal e tem cheiro de morte.

Ifigênia

Tem cheiro de morte. Talvez o fedor venha da selva, onde apodrecem coisas que ninguém viu à luz do sol. Talvez seja Santa, que corta cabeças de galinha com a habilidade de um açougueiro profissional. Ifigênia não a chama de *mamãe*. Não a chama de *mãe*. Já é tarde demais para chamar assim uma mulher que sabe decapitar dessa forma e passou toda a sua existência evitando seu olhar.

Uma cria sabe bem qual é o seu lugar. Sempre.

Para Ifigênia, todos os dias são um empréstimo há muito tempo. Odeia os moradores da casa. Odeia Lázaro quando ele volta da selva com os olhos assustados e senta para soltar fumaça pela boca. Odeia a cachorra com olhar de mulher que late para ela, da soleira de sua loucura, toda vez que Ifigênia sai para tomar sol. Odeia Santa e também as crias que são como ela: seres presos na soleira da vida e da morte enquanto rezam pais-nossos e esperam que a fome da selva desperte.

É hipocrisia que tenham lhe dado um nome. Não importa o que a avó diga, nomeá-la foi um ato de crueldade.

Quando você nomeia uma criatura, seja humana ou galinha, porca ou égua, confere a ela identidade, dignidade, espaço no mundo: junto com o nome, dá um tempo e um direito de decidir sobre o próprio corpo. Ninguém mataria uma égua chamada Ifigênia. Pelo menos não nesta fazenda. Mas matariam uma menina chamada assim.

Aos olhos dos adultos, Ifigênia é menos que uma égua com nome.

Ela sabe disso, e saber de algo é libertador, diz a avó, é melhor saber do que não saber, mesmo que no fundo doa igual.

Com a avó é diferente. Não a odeia tanto. Ifigênia se pergunta por quê, se é ela quem governa este lugar, se a vigia constantemente como a carniceira que é. Deveria. Deveria odiá-la. Mas não consegue. Talvez porque ela se lembre muito bem de como a avó a embalava nos braços quando ela era pequena e a ninava à noite, e, quando os mosquitos eram mais selvagens, ela a carregava nos braços com um gesto que nunca tinha conseguido definir se era crueldade ou ternura, ou ambas as coisas ao mesmo tempo.

Aos olhos da avó, Ifigênia às vezes quase conseguia se sentir amada. Cada vez que tenta odiá-la, as lembranças a levam justamente para esse recanto da memória, quando era pequena e cabia nos braços da velha, e a cadeira se movia para a frente e para trás como o vai e vem das folhas mais altas na selva. Então a avó cantava músicas em seus ouvidos, bem baixinho para não espantar o sono.

Não aprendeu a odiá-la. Não consegue. Mas sabe, e saber é libertador, saber é a chave que abre todas as portas do mundo, mesmo aquelas que Ifigênia nunca conseguirá atravessar porque seu tempo está se esgotando. Em breve Ifigênia não será Ifigênia, mas um pedaço de carne que servirá de tributo ali na garganta mais profunda da selva, aonde ninguém vai, exceto a avó, em poucas ocasiões.

Ainda não é hora do desjejum. A menina prefere caminhar nesses momentos em que ninguém está acordado ainda. Ou quase ninguém. Santa está lá atrás, no jardim, com suas galinhas, devolvendo a fúria que a devora por dentro enquanto esmaga ossos e pescoços, e chama as galinhas infelizes, *ti-ti-ti*, com olhos de mãe. As galinhas, muito estúpidas, acreditam nela e se aproximam, entregam-se, e ela então faz o seu trabalho. Às vezes Santa corta a cabeça das aves e as deixa sofrendo, numa dança cega em que as decapitadas caminham e correm vários passos enquanto soltam por uma fenda escura um rio de sangue que parece infinito. A menina então observa o rosto de Santa, que ri, porque a dor dos outros ameniza a sua. Ninguém percebe que por trás daquela risada existe uma loucura mais profunda e secreta do que a da cachorra.

Por que as galinhas não fogem? Por que não correm para a selva em vez de se entregar?

Na fazenda ouvem-se as primeiras vozes. Ifigênia não lhes dá atenção. Teme a ideia da morte, mas a busca. É por isso que caminha todos os dias até o quintal e se esconde atrás de umas tábuas cortadas. Lá ela permanece bem parada e observa Santa, irritada, quase uma velha já, fazendo com as galinhas o que na verdade gostaria de fazer com Lázaro.

Todos na fazenda sabem: Santa não põe mais ovos. O tempo a desenganou. Ifigênia ri, porque o riso faz parte de sua vingança, e ela tem todo o direito de zombar da dor dos outros, ela, que é uma dor em forma de menina.

Um dia perguntou a Santa se Lázaro era seu pai, se Lázaro havia partido o grão de milho que criou seu corpo, sua boca, seu olho saudável, seu olho vesgo, aquele que não a ajudava a focar bem as paisagens e que Ifigênia às vezes preferia tapar com uma mão, e outras vezes deixar livre e selvagem. Queria saber porque todos na fazenda diziam que sim, que Lázaro era seu criador, que a combinação de Lázaro com Santa era muito eficaz, sempre dava crias saudáveis. Mas Santa também havia ficado prenha de alguns estrangeiros que haviam chegado da selva, já que a avó insistia que não era prudente aquela repetição de laços genéticos sempre iguais. Por melhor que fosse a mistura, a repetição sempre levava à podridão.

Ifigênia queria saber a verdade. Filha de Lázaro ou filha de algum dos forasteiros de quem ninguém mais se lembrava. Filha de ninguém, filha do ar ou da selva.

— E como você quer que eu lembre, menina? — foi a resposta de Santa. — Sua avó sabe mais dessas coisas do que eu.

Ifigênia olhou para ela com desprezo, fixou seu olhar escuro no olhar também escuro de Santa, como se as duas escuridões fossem se engolir a qualquer momento. Santa manteve o seu. Ela não se importava que aquela menina condenada à morte precisasse saber ou guardasse tanto ódio dentro de si. Medo era uma palavra grande e sagrada para alguém que, como Ifigênia, vivia sempre naquele estado suspenso, num terror que começava a se transformar em certa forma de normalidade. Essa foi uma das poucas vezes em que Ifigênia sentiu pânico de verdade.

Pânico diante daqueles olhos e da selva escondida nos olhos da mulher.

Durante o tempo em que aguentou seu olhar, Ifigênia viu que a escuridão nada mais era do que o reflexo da perturbação alojada na mente. Ficou espantada porque soube que, para Santa, ela não passava de uma galinha falante, uma galinha inconveniente com a qual um dia poderia fazer um belo caldo e extrair um peito suculento.

A palavra *suculento* a estremeceu da cabeça aos pés. Era a primeira vez em sua vida que ela tinha se sentido alimento.

Já tinha percebido que a fome na selva era uma ameaça constante, sim, mas ainda distante no tempo, separada talvez por meses ou anos. Aqueles meses ou anos eram, apesar de tudo, uma promessa de tempo precioso. Mas ali, diante de Santa, não havia tempo, e o imediatismo era terrível.

O imediatismo de sua fome, de seu desejo por carne humana, era terrível.

Ifigênia recuou e quase gritou por socorro.

Foi então que Santa abandonou aquele sorriso e voltou a falar:

— Fique feliz por morrer jovem e apetitosa, menina. Fique feliz que vai ser comida. Não é um destino tão ruim.

Ifigênia deu mais um passo para trás.

— Não sinta pena de si mesma. A pena deixa a carne menos apetitosa. Pergunte à sua avó. Você tem que morrer feliz, senão sua carne vai ter gosto de mofo.

Quis correr, mas sentia as pernas pesadas demais.

— Fique feliz. Só pra você saber, eu gostaria de ter morrido jovem. É lindo morrer jovem. Mas não fui escolhida, você, sim; a vida é uma merda, Ifigênia. Então ou você se acostuma, ou vai pra selva ver o que tem lá dentro.

Quis correr.

— Nós, velhas, não podemos escolher. Escolher o que e pra quê? Quando eu não era velha, me deitava na cama e esperava que fosse Lázaro quem viesse. Que, quando eu abrisse os olhos, Lázaro estivesse ali, dentro de mim. Mas nem sempre era ele. E, quando era outro, doía muito. Sua xereca dói, Ifigênia? Você nunca vai sentir dor, e isso é bom, porque a dor da xereca é a dor de uma fêmea que se rompe. Não vão te romper, fique feliz. Pra que você quer saber quem é seu pai?

Disse *pai* como quem diz *merda*.

Ifigênia não respondeu, mas parou de recuar e ficou imóvel.

— É por capricho que você quer saber? Bom, então tá. — Santa estalou a língua, e Ifigênia percebeu que seus dentes estavam sujos. — Seu pai foi a selva. Veio à noite e me abriu as pernas. Estava frio e cheio de mosquitos. Eu não queria abrir os olhos, Ifigênia, pra não ver aquela boca. Eu sabia que a selva tinha boca. Senti o hálito dela, sim: fedor de grama e de gente morta. E eu não devia ter aberto os olhos, menina, não devia, mas abri, porque a curiosidade mata e a curiosidade te leva pra selva. Tinha um olho igual ao seu. Isso você herdou do seu pai — riu, soltou uma gargalhada, e então disse: — Me contou que vinha te buscar quando você tivesse onze, Ifigênia. Quantos anos você tem agora, hein?

— Onze — a menina balbuciou.

— Então vem te buscar a qualquer momento, só pra você saber. Vem te buscar e te mastigar lá dentro, entre as lianas e as flores. Vai te mastigar até você virar pedacinhos de Ifigênia. E, quando você for apenas osso e carne viva, quando der pra ver suas tripas, só então a selva vai parar. Então você poderá voltar pra casa. Poderá voltar pra fazenda. Aqui vamos esperar você de boca aberta. — Sua voz de repente ficou rouca: — Se a selva gostar da sua carne, eu com certeza também vou gostar.

Ifigênia se obrigou a libertar seus pés das raízes que a mantinham presa. O primeiro passo foi o mais difícil. Achou que não conseguiria se mover, mas, depois de levantar o pé, conseguiu correr, cada vez mais rápido, enquanto o sorriso de Santa ficava para trás, com as galinhas.

Desde esse encontro com Santa, Ifigênia mantém uma distância prudente dela. Mas essa distância não é, no fundo, tão estranha ou tão exata, porque na menina reside uma vontade monstruosa de saber das escuridões, das loucuras e dos segredos alheios, de toda aquela dor dos outros que é mais fácil de contemplar do que a própria. A dor alheia é seu verdadeiro pai, aquele que um dia poderá verdadeiramente cobrá-la. Ifigênia o rastreia. Por isso vai até a janela que separa o mundo delirante da cachorra do mundo delirante da casa, vai e se aproxima, contempla a cachorra chafurdando em seu suor e em suas lembranças, com a urna do cãozinho morto contra o peito.

Vê-la assim faz Ifigênia ter vontade de rir e correr, até de viver, como é linda a vida quando os outros sofrem. Depois se dá conta de que a dor perene que sente no baixo-ventre começa a se dissipar e é substituída por uma umidade, um orvalho entre as pernas que lhe dá cosquinhas e vontade de coçar a calcinha com o dedo.

Se uma das crianças chora porque a obrigam a comer, queira ou não queira, Ifigênia a observa de longe, mas sempre perto o suficiente para poder captar um pouco daquele desconsolo tão sombrio que se traduz em umidade. Ifigênia beberia as lágrimas de todos, as das crianças que soluçam quando os percevejos as picam, a raiva de Santa que mata galinhas para desacelerar um pouco a fúria que a corrói por dentro, até a tristeza da avó, que é uma selva de tristeza. Ifigênia colocaria a boca sob todas aquelas lágrimas e as recolheria com a língua, e ali ficaria para sempre, bebendo água da fonte sagrada da dor alheia, a fonte de toda fortuna, a fonte do prazer.

É por isso que, embora a tema, não consegue ficar muito tempo longe de Santa. Estar ao lado de sua fúria a alimenta. Escondida atrás das tábuas, Ifigênia observa Santa bater nas galinhas, chamá-las e chutá-las, *ti-ti-ti*, e as estúpidas se afastam, mas voltam em seguida. Talvez as galinhas se pareçam com Ifigênia, talvez sejam estúpidas como ela. Santa corre atrás dos cacarejos e pega uma galinha gorda, boa para o caldo, derrubando-a imediatamente com um golpe. Como são frágeis os pescoços das galinhas estúpidas, como se quebram facilmente. Ifigênia sente uma pontada de decepção, porque esperava que Santa gostasse mais da tarefa de torturar a galinha da vez, mas parece que hoje não tem tempo, porque só estica seu pescoço, e o estica com força, até que o pescoço de borracha e penas se quebre.

O sangue jorra, e Ifigênia sente o meio das pernas latejando.

Ao longe, as mãos de Santa parecem cansadas. Ela coça a cabeça e a mandíbula com os dedos ensanguentados e deixa o queixo cair no peito por um segundo. Um belo desenho ficou em seu rosto. Parecem lágrimas. Santa não chora, mas seu corpo sim, e isso basta para Ifigênia. Ela dá pulinhos. É bom pular, quanto mais alto melhor, porque a cada pulo comprova que o coração é uma bolha que sobe. Talvez a felicidade seja isso, uma bolha que sobe e um coração que não se sente aprisionado. Ela não sabe, mas a felicidade é, sem dúvida, algo mais: o meio das pernas úmido, esfregado a cada pulo. Ifigênia saltita e junta as pernas até estourar, até apertar as coxas e senti-las salgadas. Não para, saltita e saltita, encarando a selva e sua beleza, até explodir.

A velha

De frente para a selva e sua beleza, até explodir, depois de uma noite ruim. Este é o meu lugar. Cacete, lembro bem daquele ano em que comemos grilos e matamos ratos. Tínhamos acabado de chegar. Tínhamos recém acabado de chegar. Santa perguntava se os ratos eram gatinhos. Eles têm bigode, *miau-miau*, dizia e cantava para eles, um bigode, três bigodes, cinco bigodes, *miau-miau*. Coloquei a menina sobre a mesa para não gritar de horror e nojo, porque na escuridão da selva as canções infantis e os medos de uma mãe não valiam nada. Aqui a lei dos ratos vencia, aqui o reino era deles, e nós éramos as intrusas.

Eu nunca havia matado um animal tão grande.

Cacete, o sangue de um rato enorme é capaz de esguichar e se espalhar por todos os lados. A vida é uma merda, que me diga que não quem ainda tem olhos e não quer ver. Um bigode, três bigodes, cinco bigodes, *miau-miau*. Num canto vi a sombra do bicho. Tentava se aproximar da mesa. Achei que ia pular em cima dela a qualquer momento. Que aquela coisa bigoduda tinha sentido o cheiro de Santinha e ia para cima dela, cacete, na minha filha não, na minha filha não, cacete, a fúria das mulheres é preta e infinita, então peguei uma tábua, podia ser uma ferramenta perfeita para matar. Enquanto Santa cantava sobre os bigodes do que ela imaginava ser um gato, bati e bati na cabeça, no corpo, nas quatro patas, *miau-miau*, do monstro escuro.

O sangue respingou no vestidinho de renda de Santa. O único que conseguimos trazer da nossa antiga casa, uma das poucas coisas que me lembrei de colocar nela quando fugimos. Santa viu o rato esmagado e a mancha de sangue na borda do vestido e imediatamente começou a chorar, mas não por causa do sangue ou do tecido estragado, e sim pelo rato transmutado em gatinho pequeno por seus olhos de menina.

Miau-miau, a mamãe matou o *cato*, dizia, o *cato* morreu.

Peguei Santa nos braços, cacete, e comecei a cantar para ela na noite escura, para ver se a gritaria não nos arruinava, para ver se a gritaria não atraía da selva a mãe rato, que certamente estava procurando seu bebê, aquele bebê que eu havia matado. Sob as sombras da noite, a imaginação de uma mãe pode correr solta. O pranto de Santa era tão avassalador quanto o silêncio da selva.

O pranto de Santa era minha responsabilidade.

Lembro que naquela época ainda me importava quando via uma criança chorar.

O *cato*, o *cato*. Talvez ela lembrasse que na outra casa tínhamos dois gatinhos, um amarelo e branco, de olhos azuis que continham toda a tristeza do mundo. Cacete, que olhos tão tristes os daquele gato. O outro bicho era preto, não havia nada de especial nele exceto sua vontade de perseguir Santa, de dormir com ela no berço quando eu não notava e o tirava de lá. Às vezes eu os via abraçados, a menina e o gato, como dois irmãos.

Fiquei dura porque o medo faz isso, ou te apavora e te deixa vazia, tremendo nos cantos de uma casa que, apesar de estar cheia de ratos, te parece um milagre, ou faz seus ovários crescerem. Faz com que cresçam até ficarem maiores que a casa, maiores que os ratos, cacete, maiores que a mancha de sangue no vestido de renda da minha menina. Quase tão grandes quanto a selva, mas sempre menores que as lágrimas de uma filha. Segurei Santa pelos ombros para que ela também endurecesse, para que parasse de pensar nos gatinhos, para que se esquecesse de uma vez por todas do que havia sido antes naquela outra vida que mal chegou a conhecer.

Me olhou

O medo das crianças te apavora ou te deixa vazia.

O gato morreu e o rato também, cacete, eu disse a ela e mostrei a barra do vestido manchada de sangue, eles morreram e estão bem mortinhos, agora cale a boca se não quiser levar uma surra.

Uma garotinha tão pequena com certeza não conseguia entender nem metade das coisas que eu dizia para ela, aquelas coisas que pesavam na minha boca, que faziam minha língua azedar, mas entendia muito bem o quão pesado era o medo e o que significavam os gritos que minha boca segurava. Santa, tão pequenina, com aquela renda manchada de sangue, com seus poucos dentes, engoliu o choro e olhou para mim.

Desde então, tem me olhado com ódio a vida toda.

Nós duas temos vivido me olhando assim.

Essa foi a noite mais escura de todas. A única claridade vinha dos pirilampos e das luzes estranhas que brilhavam na selva. Os fogos-fátuos das crianças mortas, pensei, ou talvez os anjos dos ratos subindo para o céu. Pai nosso, a oração saiu da minha boca, proteja-nos de todas as trevas como nós, mães, protegemos nossas garotinhas.

Os grilos ainda cantavam quando Santa adormeceu sobre a mesa, cansada de tudo, do medo e da fome. Até aquele momento, a mesa era o lugar mais seguro que havia encontrado para a minha garotinha. Ela não queria que eu colocasse a mão nela, já estava desmamando do meu amor, já estava se libertando de mim. Em seus sonhos abraçou o vazio, e eu me perguntei quem ou o que abraçaria, até que me dei conta, cacete, até que me lembrei do gato preto de nossa outra casa, seu irmão de sonhos, que ela abraçava daquele jeito para adormecer.

Velei a menina e às cegas tentei organizar um pouco aquele mundo de entulhos e poeira ao qual havíamos chegado. Sempre com o pai-nosso na boca para, caso os milicos nos pegassem, pelo menos morrer confessada. Os ratos corriam entre as minhas pernas, e eu os chutava. Eu os chutava, e eles gritavam, e eu gritava de volta, cacete, aqueles ratos de merda estavam por todos os lados, no céu e na terra, na selva e nas memórias, ratos como deuses e deus transformado em rato. Queria que, quando Santa abrisse os olhos, não visse tanta desolação. Que algo, naquele novo destino, parecesse quase normal para ela. Ou não tanto um pesadelo.

Algumas horas depois, eu estava exausta de tanto remexer naquela bagunça. Com a vista cansada de olhar para o escuro. Os selvagens uivavam na selva. Quis esquecer tudo e fechar os olhos, mas, quando o medo faz seus ovários crescerem e ficarem tão grandes que, em vez de olhos, você tem óvulos na cara, dormir é uma tarefa impossível. Acho que desde então não dormi, mas passo noite após noite, cacete, noite após noite matando ratos imaginários, esperando que o sol volte, esperando que as luzes da selva não sejam mortos, esperando que os sons da noite não sejam as mandíbulas, esperando que tudo não tenha passado de um sonho ruim, do começo ao fim, esperando que um dia acorde jovem e recém-parida e descubra que minha garotinha ainda é pequena e diz *cato* e *miau-miau*.

Cacete, a vida passa tão rápido.

Mas a vida também te acostuma, isso é preciso reconhecer, a ter estômago forte. Te deixa curtida depois das surras. Deixa sua carne cheia de espinhos. Naquela época, ver cadáveres ainda me dava arrepios, uma sensação de amargura, não sei o que me dava quando via corpos por ali, mas isso passou, tudo isso passou, assim como os olhos de garotinha de Santa, porque ficamos duronas e velhas aqui, aos pés da selva.

Lembro...

Lembro que, no dia seguinte, quando minha garotinha abriu os olhos, seu corpinho estava duro e frio e seu olhar havia mudado. Cacete, como isso me machucou naquela época. Agora não mais, porque não me lembro muito bem como eram aqueles olhos antes. A vida te acostuma a esquecer. Santa tinha olhos novos para descobrir aquela nova vida, e eu havia empilhado vários corpos de ratos debaixo da mesa. Um bigode, três bigodes, cinco bigodes, *miau-miau*. Santa me olhou e fez beicinho, a boca fechada, segurando o grito para chamar mamãe, e de repente eu quis muito que ela chorasse daquele jeito, que minha filha desmoronasse, para ver se sob aquela menina tão rígida, cacete, se Santinha ainda estava lá. Mas não. Ela lembrava bem que o *cato* preto estava morto. Que mamãe havia assassinado outros *catos*. Engoliu até a última lágrima e não disse nada. A quem chamaria se a mãe na frente dela não era a mãe de antes. Se a própria Santa não era mais a garotinha que costumava ser. Se na solidão não havia mais ninguém para ajudá-la.

Só eu. E eu não era boa.

Naquela tarde comemos grilos. Melhor do que carne de rato, pensei. Santa os engoliu sem perguntas e disse que eram deliciosos e salgados, embora na verdade fossem apenas umas cascas duras recheadas com um pouco de polpa amarga. Cacete, a fazenda estava cheia de grilos e insetos, e de uma esperança de vida que me deu calafrios. Parecia que a fazenda inteira era uma boca que nos dava sua comida, seus restos já mastigados, para que as intrusas não morressem de fome.

E não, não morremos.

Mesmo depois, quando já tínhamos as primeiras galinhas que botavam ovos sujos de merda, Santa preferia comer grilos. Se metia nos cantos escuros para caçá-los, e a fazenda, como uma avó satisfeita, às vezes os entregava a ela, mostrava onde encontrar a fonte de seu desejo, como identificar o canto dos grilos mais gordos e arrancá-los dos lugares úmidos. Cacete, enquanto isso eu com meus ovos, enquanto isso eu só pensava em limpar a merda dos ovos, tirar deles todos os vestígios do cu das galinhas, e Santa caçando seus grilos, indiferente a tudo, com seus olhos que davam calafrios embora ainda dissesse *mamãe*.

Eu lembro.

Lembro melhor do que tudo na minha vida daqueles primeiros meses em que éramos só ela e eu na fazenda. Ela, a selva e eu. Só nós três. Ela, a selva, a fazenda e eu. Só nós quatro. Cacete, não parecia felicidade, mas pelo menos era uma pausa.

A verdade é que o tempo vale menos que merda de galinha. Passa rápido e não volta.

Após a pausa, os outros chegaram. Os estrangeiros. E assim acabou a paz e começou o tempo de saber, cacete. As sombras iam e vinham. As parturientes e as crianças solitárias. Depois, os homens que a selva trazia para acasalar comigo, para tirar crias da minha barriga, para me cobrar em carne e osso o direito de viver. Alguns estavam perdidos, nem sabiam quanto tempo fazia que estavam na selva e falavam como loucos dos horrores que tinham visto lá dentro. Esses eu levava rápido para o quarto, para trepar logo, para que minha boceta quente os fizesse esquecer. Outros pareciam mais sãos. Quando surgiam nos limites da selva já vinham com fome de casa e família, com fome de ficar um pouco depois de caminhar muito, e se estabeleciam na fazenda como se fosse deles. Um ficou tanto tempo que até hoje me lembro de como fazia a barba com a faca e de sua mania de ferver ervas pela manhã para gargarejar.

A vida na fazenda tem sido um pouco como seria em qualquer outro lugar: homens indo e vindo, mulheres perdidas, filhos para criar como se fossem nossos.

O problema era ter de usar as facas. O problema era sentir aquele arrepio na garganta quando um bebê nascia e a selva vinha reivindicá-lo. No começo não dava tempo nem de se apegar, porque as crianças eram poucas e a selva as levava cedo, aos três, quatro anos, um ela levou com poucos dias de vida. Era mais fácil naquela época. Mais fácil para mim. Eu era jovem e não me apegava muito. Era preciso cumprir a tarefa: ir para a selva, usar a faca, tentar não ser cruel. Mas a selva aprendeu tanto quanto eu neste tempo. Cacete, aprendeu que esperar era bom, que a carne rendia mais quando deixava os garotos florescerem um pouco.

Alguns chegaram a ter catorze anos na hora de seu sacrifício.

A própria Ifigênia, cacete, já tem onze.

A safada conseguiu ir acumulando.

Não quero me lembrar de Juanquito.

Santa me diz que é melhor não lembrar, para que preciso lembrar tanto, por que pergunto o quanto ela lembra. Ela tem razão. Já está muito velha pra eu meter a mão nela e dizer que faço o que me der na telha. É tarde demais. Virei uma frouxa. Medrosa. Uma garotinha com pele de velha, porque no fim das contas, cacete, a vida é uma merda, e eu vou virar filha da minha filha a qualquer momento, se é que já não sou. Todas as vezes em que fui dura com ela, todos aqueles olhinhos lindos que matei, todas aquelas lagriminhas dela que provoquei ao longo de tantos anos, aqueles ratos que massacrei com tábuas enquanto Santinha pensava que eram gatos, e o gatinho amarelo e branco que atirei pela janela da nossa casa na cidade para não comê-lo, e o outro que mantive conosco, o gato preto de Santa que não matou nossa fome, mas que pelo menos nos salvou de morrer de fome, tudo o que fiz naquela época e depois daquilo minha filha vai me fazer pagar.

Porque é na velhice que cobram nossas dívidas.

E eu vou sair desta vida sem dívidas, cacete.

Sem dívidas e sem filhas.

Pelas manhãs, Santa vem me ajudar. Desde aquela merda de queda, cacete, os ossos do meu peito doem. Tanta vida antes e então chega o dia em que não podemos mais nos dar ao luxo de um descuido. Devo ter quebrado uma costela, sei lá, ou meu coração virou cocô de galinha. Às vezes me digo que não estou tão mal assim. Deixo que Santa me dê a mão, me ajude a sair da cama suada, que me ajude com meu braço ruim.

Aproveito esses minutos para olhar para ela. Aproveito para me sentir perto dela, para beber o calorzinho da pele de Santa, que me lembra seu cheiro de criança, aquela época da qual ela mesma me diz que não se lembra. Faço minha cara dura de todos os dias para que não veja que estou mole. Desejo tem. Desejo de se dar conta e de mandar. Acha que não ando bem ou que só tenho olhos para a selva, mas se engana, a gente sempre sabe, uma mãe sempre sabe, e eu sei que já faz muito tempo que ela não suporta receber ordens. Cacete, não suporta as *minhas* ordens.

— Você se lembra, Santa, minha filha...? — pergunto em voz baixa, e ela não me deixa continuar.

— Ah, não, mamãe. Por favor, isso de novo, não. A senhora não cansa?

Também não suporta o fato de eu ter boa memória.

Colo meus olhos em sua testa. Os olhos duros que a fazem olhar para baixo e lembrar daquela minha outra imagem, a antiga, a da mulher que matou ratos com tábuas.

— A senhora não cansa? — repete mais baixo.

Não me canso.

— Você se lembra de quando viemos pra fazenda? — insisto.

— Não, mamãe, nadinha.

— Cacete, mas de comer grilos você se lembra. Disso, sim. Você se empanturrava daqueles grilos.

— Mamãe, acho que sim, mas não sei. Tudo isso foi há muito tempo.

— Eu queria te dar ovos porque havia encontrado as primeiras galinhas. Mas não importava. Santa não queria ovos de jeito nenhum. Às vezes tinha vontade de te matar. Aquilo de comer tanto grilo não era saudável. Mas, enfim — acaricio seu ombro —, você se saiu bem. Forte.

— A senhora já me contou essa mesmíssima coisa outras vezes. Lembra?

— Lembro. De tudo. O bom seria não lembrar de tudo, cacete. Mas os velhos, se não estão caindo aos pedaços, são como elefantes, lentos e pacientes. Mastigamos as recordações, e é assim que nos mantemos vivos.

Lembro. De tudo. Inclusive daquela vez que ela se perdeu na selva.

De como se perdeu naquela selva que antes havia me dado galinhas, numa tentativa de trocar as galinhas por minha filha.

Cacete: galinhas por filhas, carne por carne.

Lembro de como a selva a tirou de mim quando fugimos, de como levou Santinha para suas entranhas. Eu gostaria de não lembrar.

— Lembro da selva e daquele dia. Lembro dos meus gritos, de como os gritos soavam. Você nunca gritou assim por nenhum dos seus filhos. Por que não?

Santa está de joelhos, tentando me ajudar com os sapatos, mas interrompe o gesto por um segundo:

— Chega, a senhora quer estragar o dia que mal começou com essas histórias de anos atrás. Pra que pensar tanto na mesma coisa?

— Cacete, você precisa lembrar, Santa.

A vida é uma merda, mas o sol nasce todas as manhãs. Nasce mesmo que eu não queira. Nasce porque não mandamos no sol, porra, porque a vida é uma merda e é preciso aguentá-la. Depois dessa vida não se sabe o que haverá, se mandíbulas, se vazio, se mais merda, se mais grilos, se insônia e pesadelos, se mais e mais selva, se deus às portas do pai-nosso na minha boca. Talvez seja só isso, talvez a morte seja toda essa merda reunida na mesma pilha. Talvez lembrar também seja toda essa merda reunida. Santa me olha com seu rosto endurecido, com aquelas olheiras que querem me silenciar e são tão parecidas com as do meu rosto. São tão parecidas que me pergunto se não estou por trás desse rosto, se não somos a mesma mulher em dois corpos e dois tempos diferentes, se por trás desses pés de galinha em suas rugas realmente não se lembra ou não quer se lembrar.

Ou se está mentindo para mim.

Agora, depois de velha, me interessa saber o peso da mentira.

— Mas você se lembra dos gatos. Pelo menos dos gatos você se lembra.

Santa faz uma expressão aborrecida. Acho que é uma careta de aborrecimento, cacete, porque é isso que nós, velhos, fazemos, enchemos com perguntas, insistimos até que nos deem o que queremos.

— Quando chegamos aqui, todo esse lugar estava cheio de ratos, Santa. Eu os matava, e você começava a chorar porque pensava que os ratos eram gatinhos.

Não diz nada, mas se apressa para calçar os sapatos em meus pés. Para ver se assim acaba logo, se acaba a tortura de ter de ficar ao meu lado.

— Antes tínhamos um... Não, mentira, tínhamos dois gatos.

— Antes do quê? — Pela primeira vez, Santa faz uma careta de curiosidade, contrariada, já que preferia não sentir nenhum desejo de saber do que estou falando.

— Antes da fazenda. Antes de Ananda nascer. Quando éramos só você e eu.

Santa, a selva e eu. A selva que a ninava como se fosse uma avó. Uma avó mandíbula.

— Tínhamos um gato preto que era seu melhor amigo, filha. Já não me lembro do nome dele.

Santa também não se lembra. Leio isso em seus olhos. Mas há algo ali dentro, algo emaranhado como uma raiz.

— O gato que comemos, o que a senhora matou. Aquele...? — me pergunta com alguma dúvida, uma dúvida que parece genuína, cacete, que quase me emociona porque subjacente a ela está Santinha, minha menina com seu vestidinho de renda e tanto medo.

— Nós estávamos com fome. O que eu ia fazer? Era um gato ou a sua vida, cacete. Na cidade havia tanta fome naquela época que se comia qualquer coisa. Um gato, um cachorro, um pedaço de couro.

Santa dá de ombros, e a dúvida desaparece tão rápido que noto de leve seu brilho:

— Não vá estragar o seu dia, mamãe, pensando em bobagens. De que nos adianta isso agora. Qual é o sentido de lembrar? Só serve pra revirar as entranhas.

Diz assim mesmo, como se não soubesse que para nós, velhos, só resta pensar no que já foi, que não há mais nada para nós, como se não soubesse, cacete, que nós, velhos, estamos sempre parados no canto do passado que conseguimos abrir à força. Isso me ajuda a ficar de pé. A parte mais difícil do dia é conseguir estender os joelhos. Depois tudo fica mais fácil. Até existir e caminhar é mais fácil. Mas esse primeiro empurrão da manhã dói. Eu a agarro pelos ombros e a aperto. Santa reclama, mas não diz nada. Essa minha garotinha é muito cuidadosa com suas palavras.

Aprendeu isso comigo, que também sei cuidar das palavras e usá-las quando necessário.

— Na selva, naquele dia, aconteceram coisas que não consigo apagar da cabeça, cacete — digo a ela. — Eu te vi e me lembro como se fosse hoje.

Ela sorri condescendente. Eu destruiria a boca de Santa se não precisasse de sua ajuda para me levantar. Eu a quebraria com tábuas como se sua boca fosse um rato.

— A senhora não se lembra de nadinha, mamãe, por favor. A senhora não quer se lembrar de nadinha. — É a resposta de Santa, nem um só músculo do seu rosto treme, a mentira não a faz estremecer. Só eu tremo em seus braços e de repente pareço tão pequena que, se minha menina quisesse, poderia me espremer até quebrar todos os meus ossos. — A senhora passou todo esse tempo perguntando a mesma coisa sem parar. Já falei que não, que não sei, que não me importo e não me lembro. É tão difícil entender?

É tão difícil.

Aperto seu ombro com força.

Lá fora, na solidão da selva, está o silêncio.

Sei o que significa o silêncio numa selva cheia de grilos. Sei que a selva nos observa e nos ouve, porque não gosta das artimanhas da memória. O silêncio arrepia.

O silêncio da selva também me obriga ao silêncio.

Me apoio no ombro de Santa. O braço dela envolve minha cintura.

— Me solta, cacete! — praticamente grito em seu ouvido, e ela obedece na hora, como se minha pele estivesse em chamas, como se minha pele fosse um fogo antigo ou o vapor que sai das árvores pela manhã.

Manco. Os ossos rangem a cada passo. Santa não me segue, mas me olha com aquela cara inexpressiva, com aquela cara de morta-viva. Então vira as costas para mim. Volta ao seu mundo.

Vai pensar na avó selva e em suas mandíbulas, das quais ela e eu nos lembramos tão bem, assim como nos lembramos daqueles seus dentinhos, os dentes da minha menina Santa, encharcados de sangue naquele dia. Encharcados no prazer de provar o sangue pela primeira vez, aqueles dentes que me sorriram na claridade da selva, em sua secreta escuridão.

Santa

Secreta escuridão é a união da noite e da selva. Para olhar para ela sem medo é preciso ter os olhos bem grandes, como os de Santa, que não é uma mulher, mas um par de olhos colados nas órbitas de um rosto. Caminha pelos corredores às cegas, sem nada que ilumine minimamente, e contempla a beleza que existe quando a lua parece vomitada pela boca das árvores e depois nasce, gorda e cheia, lua prenha, até chegar à beira do mundo. A essa hora todos estão recolhidos como as galinhas. Se alguma coisa pode ser ouvida é o choro ou o uivo da cachorra, que não dorme bem, que sempre tem pesadelos ou fica alerta aos sons da noite.

Da selva pode-se ouvir os gemidos dos selvagens e a cachorra, lamentosa, respondendo.

Seus uivos nunca significam nada bom.

É como se Ananda tivesse ganhado a capacidade de anunciar a desgraça no mesmo instante em que perdeu a capacidade de ser humana.

Na última vez que ela uivou daquele jeito, várias galinhas morreram na mesma noite. Amanheceram de barriga para cima, com as patas rígidas, já fedendo morte. Na manhã seguinte, as crianças as encontraram e brincaram com elas, movendo seus cadáveres rígidos com uma vara. Ifigênia se meteu, arrancou as penas de uma delas, as colocou atrás da orelha e começou a gritar sou a mamãe galinha, *cocó*, mamãe galinha morta. No começo até foi engraçado vê-la cacarejar, as crianças ecoaram suas risadas. Mas o que não sabiam era que o riso alimentava a escuridão de Ifigênia e que, quanto mais riam, mais forte aquela menina ficava, mais se inchava com seu *cocó*, sou a mamãe galinha, mamãe galinha morta. O cacarejo se transformou em perseguição. Começou a ir atrás das outras crianças enquanto gritava quem eu tocar morre, quem eu tocar vira galinha e morre amanhã de manhã.

As crianças fugiram assustadas com o peso das palavras de Ifigênia.

Foi preciso pará-la e bater forte em sua boca para fazer a filha da puta parar. E ela parou rindo, com os olhos banhados em lágrimas de ódio e prazer. Santa lhe deu um tapa forte. Conhecia bem Ifigênia porque a havia parido. Mais do que parir, havia cagado Ifigênia. É isso que uma mãe faz quando tem uma filha de merda: cagar entre as dores.

Ifigênia ainda era pequena, então Santa a levou arrastada enquanto a menina ria, afogando-se em soluços e imitação de cacarejo. Fica calada agora ou arrebento a sua boca, disse Santa, e a ameaça surtiu algum efeito, porque, embora o riso não tivesse cessado, pelo menos ficou mais leve, mais tolerável para todos.

Santa a colocou no canto do castigo, de costas para a casa, para ver se ela pelo menos cruzava os braços, se fazia algo humano, se aquela expressão de selva viva ia embora de seus olhos. Assim, contra a parede, com as mãos na cintura, sem se afastar um centímetro do lugar, mas estremecida pelas gargalhadas, Ifigênia permaneceu por duas horas. A avó passou por ela e fez o sinal da cruz. Como se o sinal da cruz tivesse alguma utilidade. Como se cruzar as mãos sobre o rosto tivesse alguma utilidade. Como se a única religião que existisse neste mundo não fosse a do sangue que a selva pede e a da carne que a selva engole.

Santa ouviu as risadas com paciência e aguentou, esperou, até que Ifigênia começou a engasgar e a tosse se tornou constante. Ia matá-la de sede se necessário para que aprendesse a ficar quieta. Mas Ifigênia, que naquela época ainda não tinha sete anos, continuou com aquela alternância de soluços, tosses, risadas, soluços, tosses, risadas, tosses, tosses, até levantar sua melhor voz de passarinho doente para pedir:

— Santa, quero água.

Nunca a chamava de *mamãe* ou de *mãe*. Nem quando era muito pequena tinha tentado.

— Quero água, agora.

Santa se aproximou da menina.

— Para de rir que o engasgo passa — disse a ela.

— Não quero. O que eu quero é água — e enfatizou cada palavra com os olhos franzidos e a boca bem aberta. — E quero ir brincar no jardim também.

Não havia saído do canto do castigo, mas havia se virado.

— Bom, pelo menos você não está mais rindo, melhor assim. — Santa se agarrou à lógica e sorriu. Não era um sorriso lindo, mas o de uma aura que desejava morder a carne.

A lógica era avassaladora, e Ifigênia fez uma expressão de raiva infantil tão genuína que Santa pela primeira vez se perguntou se, por baixo daquela casca de menina, não poderia haver também um coração de menina. A dúvida desapareceu imediatamente quando Ifigênia pigarreou com o pouquinho de saliva quente que lhe restava na boca e recomeçou com seu *cocorocó* do inferno, com o cacarejo e os soluços.

— Santa é uma galinha morta, Santa é uma galinha morta, Santa é uma galinha...

Não pensou. Acertou o rosto de Ifigênia com tanta força que a cabeça dela bateu contra a parede fazendo um som oco, como de fruta com o interior podre caindo da árvore.

Santa quase gritou de medo porque a menina cambaleou, deu alguns passos à frente, assim como as galinhas que a própria Santa degolava. Caiu no chão. Deixou a cabeça cair no peito e babou.

Santa se afastou, sentindo algo parecido com medo.

Não era o medo da morte. Quem vive na selva não teme a morte nem seu rastro, porque a selva é tudo isso e muito mais. Santa, como todos os adultos da fazenda, todos menos a cachorra, tinha as mãos cobertas pela lembrança daquele sangue. Também não era uma lembrança que a assombrasse, nem sequer a acompanhava diariamente. Não lhe tirava o sono, não mais que as imagens sucessivas das galinhas que matava quase diariamente para fazer sopa. Em vez do pescoço das galinhas, o que cortava na frente da selva era o pescocinho, tão pequeno e macio e branco, das crias.

Não havia muita diferença.

Uma galinha sangrava vermelho. As crias também.

Era apenas uma ação repetida com frequência suficiente para que o gesto de degolar fosse simples demais.

Mas uma coisa era degolar entre as árvores, sob a proteção da vontade da selva, e outra coisa era matar uma cria com um golpe.

Santa sabia muito bem que com a selva não podia brincar, que com a comida da selva não podia brincar, que aquela comida era sagrada, tanto a carne quanto o sangue.

Reagiu imediatamente. Não ficou parada, mas se jogou sobre o corpo de Ifigênia, que estava frio e suado. Abraçou a menina como nunca havia feito antes, nem no instante em que ela nascera. Soprou ar quente sobre a ferida em sua cabeça, uma ferida que era um hematoma palpável, uma protuberância que começava a crescer como sinal da culpa de Santa, a impaciente, a que havia tirado comida da selva. Com um dedo trêmulo tocou os lábios da menina e percebeu que o ar saía através deles. Agradeceu, agradeceu em silêncio e quase se benzeu. Quase, mas não, porque logo percebeu que na selva não havia outro deus que não fosse a própria selva. Por que se benzer então? Por que rezar aquele pai-nosso antigo que sua mãe lhe ensinara quando criança como proteção contra a escuridão do mundo? Pai nosso que estais na selva, dai-nos hoje o pão nosso de cada dia, a carne e o sangue para comer e beber a teus pés. Essa era toda a oração de que Santa precisava.

Ifigênia se remexeu incômoda nos braços de Santa. Não estava acostumada que alguém a tocasse daquele jeito. Só a avó podia fazer aquilo. Sem nem abrir os olhos, estremeceu.

— Fica parada. Por que você tá se mexendo? — disse Santa em voz baixa. Viu aquelas penas das galinhas mortas atrás das orelhas da menina. Retirou-as com cuidado, porque estavam muito próximas do hematoma que estava ficando avermelhado. Ifigênia se remexeu, como se percebesse que a olhavam de uma maneira nova, completamente diferente de como haviam feito até aquele dia.

Não era amor. Santa sabia muito bem o que era o amor. A dor de amar alguém, como ela amava Lázaro, isso ela nunca havia sentido por nenhuma das crias. Nem por Ifigênia naquele momento. Não era a dor do corpo que parecia abrir-se sobre sua própria casca para dar lugar à vida. Era apenas um vazio.

— Me solta e não me toca — a voz da menina era cavernosa.

Santa estremeceu. Quis soltá-la na hora e deixar que aquela cabeça, habitat daquela voz e daqueles olhos, batesse de novo no chão. Mas uma atitude dessas não seria prudente. Moveu-se com lentidão. Encostou Ifigênia contra a parede e a deixou ali.

— Pronto — disse.

— Me solta.

Não havia nada para soltar. Santa levantou as duas mãos. Em uma, ainda segurava as penas da galinha morta.

Tudo começara naquele dia com o anúncio da desgraça, a desgraça em forma de uivos que a cachorra soltava noite adentro como se fosse um líquido ácido, um líquido que ela não conseguia conter na garganta. A cachorra nascera da tragédia e sabia farejá-la, sabia quando a tragédia se aproximava da fazenda, quando a tragédia vinha da selva com o uivo dos selvagens.

Também uivou na noite em que uma das crias escapou da selva para onde havia sido levada para sacrifício. A cachorra ainda não era completamente selvagem, mas também não era humana. Dava para notar o cheiro, os pelos duros, o focinho, como se do esqueleto de seu corpo bípede brotasse outro corpo, ainda não totalmente visível. Naquela noite da fuga, ouviu-se a cachorra chamada Ananda chorar e lamentar, falando com ninguém ou com a selva que nunca respondia com palavras.

Ninguém sabia por que a louca uivava, e Santa, dormindo ao lado de Lázaro, ouviu-o protestar:

— Ou calam a boca dessa criatura, ou eu me levanto e a amordaço. Que merda, não dá pra ter um momento de paz nessa fazenda. Depois querem que você seja bom com a faca e que a cria não chore nem sofra. Sem dormir não tem como, não tem como, porra!

Disse isso entre os lábios, envolto na rotina do sono, envolto na rotina nojenta de acordar entre mosquitos e suor, com uma louca uivando lá fora. Santa se levantou da cama e viu a mãe, velha, mas mais rápida do que qualquer um, ou talvez mais insone do que qualquer um, ou mais vigilante da filha perturbada do que qualquer um, entrar no quarto gradeado de Ananda para tentar silenciá-la.

Santa não voltou a dormir porque sabia que a noite era curta e o sono era apenas uma simulação. De vez em quando se ouvia um gemido alto que talvez fosse um grito de Ananda, e Santa então notava como a selva ficava tensa, como os grilos paravam de chirriar e as folhas de se mover. A certa altura ouviu a mãe bater com os nós dos dedos na porta do quarto que sua filha mais velha dividia com Lázaro. Em voz muito baixa lhes disse: lá fora, filhos, vamos lá. Santa se levantou imediatamente e avisou ao homem que ainda dormia, vamos, acorda. Sacudiu-o, ele abriu os olhos, colados de suor e sono, e os fechou de novo na hora. Nunca era necessário acordá-lo duas vezes. Nunca precisava sacudi-lo duas vezes, porque Lázaro conhecia o momento do sacrifício melhor do que ninguém. Mas aquela noite já estava desgraçada pelos gritos da cachorra, de Ananda ainda não totalmente cachorra de corpo, mas de alma e de uivos, e Lázaro grunhiu uma palavra e voltou a roncar.

Somente na quarta vez, quando Santa lhe deu um tapa nas costas, Lázaro abriu os olhos. Bocejou, limpou as remelas com saliva e se vestiu. Santa achava que ele fazia tudo muito devagar: vestir-se, abotoar a camisa, pegar a faca, limpá-la na barra da calça. Por que limpar a faca se a cria ia morrer de qualquer maneira e não havia necessidade de pensar nessas questões: sangue é sangue para a selva, carne é carne. Mas Lázaro era um homem de rituais, um homem de hábitos, e, quando Santa o repreendeu, ele olhou para ela com raiva e tédio, não tenho pressa, ou as coisas são bem-feitas, ou não são feitas, não me deixe nervoso.

Tudo foi de mal a pior. A faca caiu no chão. Lázaro a pegou e limpou novamente com a barra da calça. Suas mãos estavam úmidas, logo ele, que nunca tremia. Úmidas não, encharcadas de suor e presságios, e por um segundo ele olhou nos olhos de Santa como se estivesse pedindo ajuda. Vamos, não limpe mais nada, ela disse, e a faca caiu no chão pela segunda vez. Seu eco ressoou por toda a fazenda, ressoou mais do que nunca, como se fosse um grande estrondo que anunciasse a guerra.

Santa aguçou os ouvidos. Todas as crias estavam acordadas. Prendiam a respiração em uníssono, esperando que os adultos não ouvissem, que não soubessem que também tinham insônia e sabiam o que ia acontecer porque já haviam vivido aquilo antes. Sabiam que a selva comia à noite e que em silêncio a selva falava com aqueles que seriam sacrificados. Santa caminhou pelo corredor central da casa e ouviu as respirações agitadas, os suspiros de medo, e também ouviu sua mãe entrando no quarto das crianças e acariciando uma testa suada e com cheiro de morte. Vamos lá, Juanquito, levante e reze um pai-nosso que já está na hora de ir para o céu da selva. Santa espiou pela fresta da porta com um olho terrível e viu Juanquito. Ele tinha uns doze, talvez catorze anos, mas era mais alto que Santa e muito mais alto que a velha. Estava rígido. Pura carne e fibra, os olhos arregalados de pavor. Tinha um cheiro ruim nas axilas, um fedor atroz de jovem que manchava os tecidos da noite e se tornava mais penetrante conforme a velha insistia. Juanquito, vamos, meu filho, chega disso, vamos, meu bom menino, faça o que sua avó pede e implora, vamos lá, querido, sem violência, cacete.

E não foi violento naquele momento porque a voz da velha era doce, tão doce quanto a armadilha da selva. Juanquito se levantou e não calçou os sapatos. A velha nem percebeu, e Santa achou que o menino ia destruir os pés andando entre os galhos e as lianas, mas que diferença fazia, isso não importava agora, para que se preocupar com os pés se não teria mais garganta dentro de alguns minutos? Juanquito era enorme e tinha olhos de frango adestrado. A velha o segurava por um cotovelo. Os dois passaram por Santa na soleira da porta, e ela os deixou ultrapassar.

Vamos, filhinho, por aqui comigo, vai ser tudo rápido como você já sabe, a vovó promete que vai ser assim, meu amor, vamos pra começar rápido e terminar rápido, ore a deus pai. A mãe de Santa seguia os passos do menino com essas palavras, embora ele andasse cada vez mais lento. Depressa, por favor, Juanquito, já está na hora, estamos atrasados, dizia e o encorajava com um tapinha no ombro, com um puxão carinhoso, nada muito agressivo para a cria, nada que a cria pudesse interpretar como um ataque. Era preciso ter habilidade para uma tarefa dessas, não bastava ser um carniceiro: qualquer um podia manejar uma faca e cortar um pescoço, mas nem todos conseguiam convencer um menino rígido e forte a marchar rumo à morte sem reservas.

Santa achou que tudo ficaria bem. Juntos, em procissão, cruzaram os limites da casa e tocaram a primeira linha da selva, onde as árvores e o mundo inteiro pulsavam vermelhos para indicar que era a hora do sacrifício.

A velha e Juanquito caminhavam na frente, Santa um pouco mais atrás, e no final do cortejo caminhava Lázaro, com a faca escondida entre as roupas, invisível a qualquer olho que não fosse o seu. A selva piava hostil e faminta. Santa pisou nas primeiras folhas secas e percebeu que a selva estava insatisfeita, mas por quê?, talvez porque tivessem demorado uns minutos naquele quarto, ou porque Lázaro derrubara a faca duas vezes, ou porque Juanquito andava cada vez mais lento embora a avó continuasse cantando em seu ouvido palavras de amor e a promessa de que não doeria nada, de que a morte não doeria.

Você vai ser livre, Juanquito, que lindo vai ser, você, que gosta de jogar bola, na vida depois dessa vida se joga em equipe, tem muito verde no campo e os meninos correm de um lado para o outro com a bola. Juanquito olhou para a avó com olhos de bezerro louco e disse faz muito tempo que não gosto de bola, você não sabe nada sobre mim. Santa olhou para Lázaro e levantou um dedo, um ínfimo sinal de que seria bom manter a faca à mão. Eu não quero morrer, vovó, por que eu, me diz por que eu, prometo que acredito, mas não acho, vovó, não acho que vai me convencer, sussurrou Juanquito.

Lázaro caminhou em direção à frente da caravana com a faca tensa nas mãos. A velha o deteve com um movimento brusco do pescoço.

Acredite ou não, filho, isso não importa mais. Hoje você vai morrer, Juanquito, cacete. A voz da velha era amarga e grave. Não gosto da ideia, e você menos ainda, mas é o que temos. E antes de você, foi com muitos outros, porque você não foi o único nem é especial. A gente vem pra cá pra morrer, quero dizer, pra vida, e pra selva também. Mas, olhe, é melhor morrer tranquilo, com um só golpe, do que a facadas. Para a selva é a mesma coisa, cacete. A selva inclusive preferiria que eu te matasse a facadas, que a gente te cortasse aqui mesmo.

Hoje você vai morrer, meu filho, aconselho que faça isso calmo e com menos dor.

O bodum das axilas do menino era tão penetrante que a selva parecia envolta numa teia de aranha. Santa virou o rosto, e Lázaro trocou a faca de mão.

Depois de alguns segundos de silêncio, Juanquito ergueu os braços e disse tá bem, mas não deixe doer, a senhora prometeu que não ia doer se eu fosse bom, a senhora sempre disse isso. Fungou em seu peito nu de menino muito jovem, fungou sobre os primeiros pelinhos da adolescência que já cresciam em seu queixo e depois enxugou o rosto com as duas mãos.

Caminharam um pouco mais. Quando a fazenda não podia mais ser vista em lugar nenhum, quando a escuridão já havia engolido tudo, exceto aquela claridade vermelha, de dentes brilhantes, a velha parou, e Santa soube que o local do sacrifício seria aquele, dentro do ventre da selva, o suficiente para saciar bem aquela fome antiga.

Ajoelhe-se, meu filho, sussurrou a velha. Mais uma vez as palavras dóceis que tentavam amansar o medo das crias com a promessa de outro mundo. Será indolor e rápido, bem como prometi. Os joelhos de Juanquito tremiam. O menino tremia da cabeça aos pés. Seus olhos, já mortos, lacrimejavam. A velha empurrou o ombro do menino para fazê-lo se ajoelhar. Santa também se aproximou e o pressionou com cuidado, para que a cria não se assustasse de repente. Na selva, as folhas vibravam, a terra vibrava, a selva inteira era apenas uma barriga roncando.

As pernas de Juanquito não dobraram.

Vamos, meu filho, vamos, não complique, não complique pra essa velha com um coração cagado pela vida.

Talvez a velha não devesse ter escolhido aquelas palavras. Ou talvez não tenham sido as palavras, mas a raiva que explodiu naquele exato momento no ventre do menino. Santa percebeu um segundo antes de o caos começar e esteve a ponto de gritar, a ponto de dizer a Lázaro para enfiar a faca na carne do menino.

Não teve tempo. Sentiu o chute de Juanquito em sua perna e desabou.

Depois vieram os gritos. Os gritos de todos. Santa ouviu a mãe, Lázaro, viu os dois correndo entre as lianas e as árvores, perseguindo a cria que fugia. Acima de tudo, ouviu a selva. A fome da selva que sentia que sua refeição havia sido roubada. Aquela fome não entendia, não raciocinava, estava partida em duas como Santa de joelhos, com aquela dor na perna depois do chute de Juanquito. Viu Lázaro fazendo talhos com a faca de um lado para o outro enquanto xingava e a mãe tentando passar por entre os galhos.

Santa se deitou por um segundo sobre a imensa fome da selva e fechou os olhos.

A dor na perna se tornou ainda mais insuportável.

Quando abriu os olhos de novo, apenas uns minutos depois, sentia-se como um facão humano. Levantou-se.

Vamos pra casa, disse à mãe, que andava em círculos e, como todas as velhas, apenas colocava as mãos na cabeça e parecia prestes a chorar. O que corre para dentro da selva, a selva vomita.

A velha estava prestes a dizer que não, que estava errada, que estava louca, que tinham perdido a cria. Mas felizmente conteve as palavras e abaixou a cabeça. Deixou-se levar em direção à fazenda. Foi se benzendo o caminho inteiro, sussurrando aquele inútil pai nosso que estais no céu, santificado seja o vosso nome, perdoai as nossas ofensas assim como nós perdoamos, enquanto a selva resplandecia vermelha ao redor delas.

Santa se perguntou se conseguiriam sair dali. Se conseguiriam ver a fazenda novamente. Se a selva tomaria as duas como carne no lugar do corpo de Juanquito. Se a selva levaria Lázaro, que Santa não encontrava em lugar nenhum, se levaria Lázaro e sua faca rumo à garganta vermelha da fome. Sentiu angústia, aquela angústia sombria que enlouquece qualquer um e para a qual não há outro antídoto senão gritar enquanto caminha, enquanto corre pelo mato áspero.

A velha ficou para trás. Santa olhou por cima dos ombros para ver se ao menos conseguia distinguir sua silhueta manca, mas a verdade é que não se importava tanto com a mãe quanto com chegar à fazenda o mais rápido possível. Uma vida por outra vida. Uma carne por outra carne. A selva dá e a selva tira. A selva permitia que vivessem dentro de seu ventre, abria e fechava os caminhos porque era deus, e com deus não se brinca, muito menos com o alimento de um deus que ficou esperando que suas feras, os súditos de seu esplendor, viessem lhe oferecer o tributo prometido: a carne, a axila suada com fedor de jovem, fedor de vida, o sangue onde brotam os hormônios em forma de casulos.

A fome era mais antiga que a selva e ainda mais sábia. Se a selva é deus, a fome é sua mãe. Comerá o que colocarem em seu prato. Não importa se essa comida tem a cara de Santa ou de uma velha, se leva a faca nas costas como Lázaro.

Não havia tempo. Santa acelerou o passo. Tudo ao seu redor pulsava vermelho: a testa, o suor, o reflexo das folhas, a terra lamacenta, o orvalho, os insetos com a boca aberta e seus sons, e os pássaros noturnos que observavam aquele pesadelo. Abriu caminho no mato com as próprias mãos. Às vezes gritava o nome de Lázaro, como se chamá-lo o ajudasse a permanecer vivo. Pai nosso que estais na selva, santificado seja o vosso nome, venha a nós o vosso reino, não fique zangado e me dê tempo pra encontrar esse frangote, me dê tempo pra talhá-lo, mas não leve Lázaro, ele não, qualquer outro, mas ele não.

Chegou à fazenda banhada em suor frio e em presságio. A cachorra não uivava mais. Também não era necessário, porque o mundo era um uivo enorme. Antes de entrar na fazenda, Santa olhou por um segundo para as profundezas da escuridão e sentiu as batidas de seu coração se misturarem com as batidas das árvores, com o canto dos pássaros noturnos. Respirou fundo e foi para o pátio. Não precisava de olhos para saber onde estavam os facões com que cortava a carne das galinhas. Precisava de um bem afiado.

Traga-o pra mim, pediu ao deus da selva, traga-o pra mim aqui, coloque-o ao alcance do facão, coloque esse frangote sob o fio.

Ao longe, ouviu a voz de sua mãe chamando-a aos gritos. Tinha medo. Estava quase histérica. Poucas vezes a ouvira assim. A fazenda foi se enchendo de ruídos. Os ruídos da insônia e do medo. Os ruídos da paranoia. Não era bom que o medo pairasse sobre elas. Aquilo piorava as coisas. Outros gritos se juntaram. Santa ergueu o facão.

Traga-me o frangote e não brinque mais com a comida, pediu à selva, tire-o da garganta e me dê agora mesmo, pra ver do que sou capaz.

Foi então que viu aquela silhueta encurvada emergindo das árvores discretamente. Não estava muito longe. Santa caminhou sem pressa. O facão pesava, mas não o suficiente para deixá-lo cair. Uma vida por outra vida. Melhor Juanquito do que Lázaro. Melhor aquela cria de axila fedorenta que o homem da sua vida. A silhueta encurvada recuou, tentou retornar à selva pelo mesmo caminho que o levara de volta à fazenda, mas o caminho havia se fechado atrás dele.

A selva era uma armadilha cruel.

Santa sabia. Todo mundo sabia. E Juanquito ia descobrir hoje.

Quem é marcado como carne para a selva vai parar em sua garganta e dentro de sua mandíbula.

Santa assobiou para chamar a atenção de Juanquito. Viu o menino tropeçar de puro susto. Parecia apalermado, talvez cansado de lutar entre as árvores, talvez ainda confuso: não conseguia entender como havia chegado ao mesmo ponto de partida, como havia retornado ao matadouro. Santa se aproximou dele com o facão na frente. Nada de esconder a arma para não assustar a cria. As considerações haviam acabado. Se Juanquito a chutasse novamente, cortaria sua perna com o facão. Para a selva, carne é sempre carne, não importa se em pedaços ou inteira.

Ao longe, mas cada vez mais perto, os gritos da mãe encheram o ar. Assim não, Santa, assim não. O que diabos aqueles gritos importavam? Na verdade, o que significavam? Para Santa, nada. Para a selva, nada. Também não significavam nada para o menino da axila fedorenta e para o restante dos moradores da fazenda que ainda estavam recolhidos nos quartos, mas que exalavam seu medo como uma grande massa comum. Santa estava tão perto de Juanquito que sentiu o fedor de urubu banhando lentamente o ar. Enfiou o facão nele.

Juanquito gritou, recuou, tentou voltar para a selva.

A selva o impediu de entrar.

O menino correu em círculos procurando uma brecha no mato para escapar de novo, para fugir daquela mulher com facão. Foi inútil. A selva estava irritada com a espera. Desesperado, Juanquito fugiu para a fazenda. Pisava nas tábuas com muita força, fazendo barulho suficiente para que Santa pudesse segui-lo, mesmo às cegas.

E não estava às cegas, porque o mundo se tornara uma chama rubro-negra, uma poça de sangue de galinha.

Sentiu a mão da mãe em seu ombro e a ouviu implorar. Santa, assim não, cacete, essa casa é minha e quem manda aqui sou eu. A casa era dela. Ela mandava. A mãe estava certa, mas Santa não podia dar ouvidos a ela. Não agora. Ao amanhecer, assumiria sua culpa, quando Lázaro estivesse a salvo e o mundo voltasse à sua cor original. Então pediria perdão. Agora não. Para a selva era tudo carne e sangue, para Santa é tudo sangue e carne. Afastou a mão da mãe com a maior gentileza que conseguiu. Pode parar, essa briga não é sua, não se envolva, mamãe, tentou falar, mas tudo que saiu de sua boca foi um estalido misturado com baba, algumas sílabas desconexas, uma bolha.

A mãe, mais velha do que nunca, seguiu-a pelos cômodos, enquanto as tábuas da fazenda rangiam sob o peso de ambas.

Santa farejava o ar. O cheiro a levaria a Juanquito. Aquele cheiro de axila jovem. Aquele cheiro de vida e pânico a ajudaria a encontrá-lo.

Juanquito havia regressado a seu quarto, àquele quarto de onde fora retirado uma hora antes e que durante anos fora sua jaula, sua casa e seu refúgio. Não estava sozinho. As outras crianças que dormiam no mesmo espaço choravam juntas. Santa abriu a porta com um estrondo e foi recebida por um grito unânime. O fedor de urubu de Juanquito se misturava ao fedor de morte das crias: um bodum insuportável. Tanta vida e tanto horror num espaço tão pequeno, naquela caixa de sapatos com alma de caixão. Os quartos das crianças eram caixões em espera.

Assim não, Santa, assim não, insistia a velha.

Assim seria. A culpa não era dela, mas de Juanquito, o rebelde. Santa o viu abraçado a um travesseiro cheio de percevejos. Estava coberto de muco e sujeira. Aproximou-se dele com o facão levantado. O menino ergueu as mãos e as colocou entre o rosto e a arma, depois murmurou alguma coisa, um não sei o quê incompreensível que Santa afastou da cabeça. Não havia tempo para ouvir súplicas. O tempo era contado de outra forma: Lázaro dentro da selva e Juanquito vivo fora dela. O resto era uma dilatação desnecessária.

Assim não, Santa, assim não, gemeu a velha mãe.

As outras crianças gritaram. O fedor maldito da juventude se espalhou como uma nuvem.

Santa baixou o facão e o acertou na perna de Juanquito. Não era uma ferida muito profunda, mas o suficiente para impedi-lo de fugir de novo, caso ele enlouquecesse mais uma vez e tentasse tornar à selva ou dar voltas e voltas como uma galinha sem cabeça que só quer ganhar um pouco mais de tempo de vida.

Um golpe de facão por um chute: tudo tem volta.

O sangue jorrou do ferimento na coxa de Juanquito. As crianças gritaram de novo. Apesar da dor, Juanquito estava mudo, com a palidez de um cadáver, banhado em medo e na própria merda. Santa o agarrou pelos cabelos.

Assim não, Santa, assim não.

Ela o arrastou pelos cabelos para fora. Juanquito nem tentava se defender. Já havia começado a morrer. Deixou-se levar manso. Arrastava a perna ferida e parecia prestes a desmaiar. Continuava balbuciando palavras que Santa não estava disposta a entender. Se pedia perdão ou clemência, não importava, não conseguiria nenhuma das duas coisas.

A velha ia atrás dos dois. Na casa, os gritos de histeria e horror se misturavam com a urgência do chamado da selva, que já havia cheirado o sangue de Juanquito e lambia os beiços. Caminharam os poucos passos que separavam a fazenda da linha de frente, onde as árvores respiravam ódio e fome.

Santa viu as lianas dançando entre suas pernas. Nem precisou entrar muito. Alguns passos, o suficiente para que o corpo de Juanquito ficasse dentro do mato. Não havia tempo para mais. Não havia mais paciência. Assim não, Santa, assim não. Também não tinha mais vontade de ouvir a mãe. A única coisa que importava era a exigência do deus faminto e o retorno de Lázaro. Satisfazer um e encontrar o outro.

Um sacrifício minúsculo.

A velha teve o bom senso de virar as costas para não ver o golpe do facão.

O corpo de um menino, por mais jovem que seja, não é o corpo de um frango. Não morre no primeiro corte, a menos que seja um corte muito habilidoso. Como os de Lázaro, que dava um golpe com a faca no peito e pronto. Santa não teve tanta sorte. Foram necessários três golpes antes que o corpo parasse de se contorcer entre gritos. Na barriga, na cabeça, no pescoço.

Bem perto dela, a velha vomitou.

Vomitou sobre a selva, enojada com tudo.

Eu disse que assim não, Santa, eu disse que assim não.

Santa olhou para ela com pena. Já estava muito velha, muito mole. Observou-a chorar por um segundo e depois enxugar as lágrimas com a bainha do vestido que usava todos os dias, como se de repente soubesse que tinha ido longe demais, que chorar era um privilégio dos jovens e dos fortes. Que ela, pelo menos, não podia se permitir aquilo.

Então Santa viu a selva devorar seu tributo. A terra se banhava no sangue recém-derramado e o bebia sem cerimônia. Queria mais. Ainda estava com sede. Imediatamente os insetos, as formigas, os pequenos animais da noite, os necrófagos menores chegaram para cuidar dos restos do corpo. Uma nuvem escura de moscas envolveu o cadáver. Viu a língua da selva lamber o cheiro de sua axila até esfumá-lo. E, quando virou as costas, Santa também ouviu o som de suas mandíbulas, o som da deglutição, que destruía o que segundos antes havia sido vida.

Com a ponta da língua, Santa limpou um vestígio do sangue de Juanquito que havia respingado em seu buço.

Ela entendia bem a fome da selva.

Teria sentado entre as formigas e os necrófagos para compartilhar o banquete.

Ao seu redor, o ar foi se abrindo. A escuridão pacífica voltou. Santa e a velha caminharam de volta para a fazenda. O sacrifício havia acabado. Ainda coberta de sangue alheio, Santa esperou por Lázaro.

Sabia que a selva não ia enganá-la, que o traria de volta, que nada de mau poderia acontecer com ele porque o pacto havia sido consumado, pelo menos por enquanto. Porém, quando finalmente o viu chegar, cansado e sujo, triturado pelas picadas dos insetos, não pôde deixar de sentar-se na varanda, sem força nas pernas, sem força no braço do facão, sem força no coração.

Quando Lázaro passou, a selva imediatamente se fechou de novo.

Achei que não me deixaria sair, disse ele, os olhos esbugalhados com o terror da escuridão. Achei que seria a minha vez.

Desde então, os uivos da cachorra nunca trouxeram nada de bom. É por isso que Santa tapa os ouvidos toda vez que a ouve, como se esse gesto pudesse mudar as coisas de alguma forma. É inútil. A cachorra tem espírito de presságio.

Santa prefere ficar acordada a noite toda, vagando pela fazenda, em vez de ficar em uma cama grande demais ouvindo os uivos. Gosta de ver os primeiros raios de sol da manhã, quando o vapor da selva se mistura com a neblina e os mosquitos, quando ninguém acordou ainda e não precisa pensar no que foi e no que não será mais.

Mas nesta manhã ela não está sozinha.

A selva lhe deixou um presente.

Santa recua ao ver a mulher saindo do mato.

É jovem, tem cabelos longos, pretos, cheios de galhos. Faltam dentes em seu sorriso. Se os percevejos sorrissem, sorririam como ela. São tão lindos os percevejos. É tão linda a mulher que a selva trouxe de presente.

Suas pernas estão bem abertas, e suas costas, inclinadas. Está prenha. Muito prenha. O mais prenha que uma mulher pode estar.

Santa recua de novo, embora dar um passo para trás nunca sirva de nada.

A selva traz o que quer. Não é a primeira vez que estrangeiros chegam à porta da fazenda. Alguns até ficaram na casa tempo suficiente para que Santa se lembrasse de seus nomes.

Estrangeiros como Lázaro. Que já foi uma criança vomitada pelas árvores e cujo nome, agora, significa tudo para Santa.

Só precisa olhar para a menina prenha por um segundo para saber que aquela jovem é a desgraça.

E quem traz a desgraça é a selva.

Romina

Quem traz a desgraça é a selva, quem não sabe? Caranguejo sempre dizia isso. Cabra bonita se manda pra selva, cabra safada vai de quatro atrás da desgraça. Aí ele amassava seu rosto com um sopapo, depois te amassava toda, como se você não fosse uma mulher, mas um pão caseiro que precisasse sovar. Assim foi te sovando aos socos e pontapés. Beijava sua desgraça de boca. Essa boca tão linda e com dentes tão bonitos. Caranguejo tinha inveja dos dentes das mulheres porque traziam desgraça. Ninguém dá atenção às mulheres sem dentes, mas as que têm dentes limpos e inteiros, dizia, com boquinhas de merda como a sua, essas dão vontade de morder se ainda não desgraçaram a sua vida miserável, todas as mulheres são o mesmo açude de merda.

Para Caranguejo a boca de uma mulher era tão perigosa quanto a selva.

Por inveja dos seus dentes bonitos, um dia ele te encheu de chutes. E então você apenas riu porque Caranguejo estava suado, gordo, vermelho de raiva, tão feio quanto um sapo-boi. Rir é perigoso, disse sua mãe, que também foi bonita até deixar de ser, porque aquele machão do Pony bateu a cabeça dela na parede e a deixou pontuda. Você se lembra agora da cabeça da sua mãe e daquela ferida no lado direito do crânio que parecia uma pinta de sangue?

As mulheres da sua família sempre se entenderam com os homens a facadas. Caranguejo a mesma coisa, às vezes ele te enchia de chutes e às vezes aparecia feliz porque a pesquinha tinha ido bem. Às vezes vinha com um ou dois saquinhos de pó, cristalzinho pra minha menina, dizia, e te dava de presente o sonho branco, tão branco e tão bom quanto a ausência de qualquer mal ou alegria. Você andava sempre com o nariz e a garganta machucados pelo pó e pelo comprimido amassado que cheirava nos dias em que Caranguejo pescava, os dias em que ele estava de bom humor, os dias de minha linda, os dias de me dá essa bocetinha fresquinha peixinha, em que sentavam um de frente para o outro para morrer. Com o que será que Caranguejo sonhava quando cheirava até as próprias bolas? Talvez com mulheres sem dentes, com caranguejinhos pequenos e uma casa numa colina de pó branco.

E com o que você sonhava?

Com nada.

Só às vezes, com a selva. Com se perder nela e não voltar. Na selva não há Caranguejos, não há nada, exceto os mistérios que vivem em suas entranhas. Às vezes você tinha vontade de ir morar lá, de nunca mais voltar da viagem, de cheirar cada vez mais pó branco até se transformar num cristalzinho de Romina e viajar feito morta para a selva, porque só os mortos entram ali, isso é o que sua mãe dizia, quem vai não volta.

Do quartinho que Caranguejo te deu não dá para ver selva nenhuma, nem mesmo subindo em uma cadeira e colocando os pés para cima para tentar alcançar a janela. É como se a selva tivesse sido mastigada pelas casas. Mas existe, quer você veja ou não. Atrás das casinhas do norte, descendo a ponte uns dois quilômetros, você está lá. Ontem à noite, à sombra daquelas mesmas árvores, apunhalaram Copita, e ninguém viu nem soube de nada porque aqui matam mulheres como se fossem erva daninha. Ninguém liga para erva daninha nem para as mulheres, embora todo mundo pense em silêncio que foi Caranguejo quem a matou porque estava muito cansado dela: Copita cheirava mais pó do que sua boceta produzia, e para Caranguejo a pesca e o pó são coisa séria.

O santo de Copita não batia com o seu. Ela tinha sido sua amiga antes, quase uma irmã, quando Caranguejo a trouxe para o povoado e a colocou para morar com você. Mas Copita tinha mais esporas que um galo. Com a cara de mosquinha morta e os peitinhos de mosquinha morta, havia roubado três dos seus melhores clientes, aqueles que pagavam de verdade e até deixavam gorjeta se você chupasse bem, sem melindres. Para falar a verdade, Copita não era muito bonita, mas ainda tinha todos os dentes, e isso bastava, e além disso gostava da putaria e das ruas, e de esfregar na sua cara como ia bem a vida dela enquanto você ia ficando gorda de tão prenha.

Pela manhã, você ouviu os gritos que avisavam que uma nova morta havia aparecido nos limites da selva e, como todo mundo, foi bisbilhotar para ver se a fofoca era verdade, se o corpo havia aparecido com o crânio esmagado e as pernas abertas, sem roupa, como veio ao mundo. Que imundície morrer assim, você pensou enquanto caminhava entre as casas mal construídas do bairro. Ao pé da selva estava o cadáver, embora não se soubesse ao certo se era Copita ou não porque não havia rosto, não havia humanidade para reconhecer além de um mingau de ossos e a mandíbula com os dentes intactos. Mas todos diziam que sim, que era ela, e um de seus clientes garantiu que a verruga peluda na coxa certamente era de Copita, e umas velhas fofoqueiras se benzeram de horror diante de uma informação tão delicada. A polícia chegou quando quis, sempre tarde demais, embora num caso como esse não importasse se antes ou depois, se mais cedo ou mais tarde, já que não havia mais nada a fazer a não ser recolher o corpo, ver se algum ladrão estava por perto e se haviam levado do cadáver alguma evidência, disseram os guardas, como se a evidência fosse um caminho muito longo que era preciso reconstruir parte por parte.

Você ficou com pena ao vê-la atirada ali, com os pés no asfalto da estrada e o resto do corpo, o que restava dele, afundado entre o mato e as árvores da selva. Na mesma hora deixou de ter raiva dela, porque sua mãe lhe ensinou que se odeiam os vivos, que se guarda rancor daqueles que respiram, mas não dos mortos. Os mortos devem ser reverenciados, perdoados ou apagados. Nada além disso. E, se possível, as três coisas ao mesmo tempo. Você ficou triste que as coisas tivessem terminado mal entre vocês, que estavam sempre brigando por um cliente ou por uma carreira de pó. Não era bom acabar como duas estranhas, uma morta e outra viva, uma na beira da estrada onde as pessoas cochichavam sobre sua morbidade, e a outra entre as árvores, no exato local onde largavam os dispensáveis.

Era naquilo que havia se transformado aquele pedaço de selva tão próximo do bairro: um depósito de cadáveres. Era rara a semana em que um corpo não aparecia naquele limite de poucos quilômetros que dividia a selva e a estrada. Os narcotraficantes e os militares tinham muitos corpos dos quais se livrar, e por isso a selva era um caixão de braços abertos.

Você olhou para o cadáver de Copita e teve vontade de chorar diante dos fofoqueiros que vinham ver os corpos todas as manhãs para depois contar quais mutilações, quais feridas, quais roupas a morta usava. Era o turismo funerário da região, o turismo que todos protegiam em silêncio, porque, se à noite soava um foguetório, as pessoas tapavam os ouvidos e na manhã seguinte iam até aquela faixa de selva procurar cadáveres. Muitos juravam ter visto fuzilamentos na zona, embora, quando o sol nascesse, não aparecesse nenhum vestígio, nem mesmo de sangue, que é o mais persistente de todos. Você teve vontade de chorar por ela quando percebeu que já haviam levado as botas novas de salto alto, aquelas que ela havia comprado na semana anterior com os trocados que recebera de um de seus bons clientes, que foi seu antes de ser de Copita.

Morrer e nem sequer ficar com as botas novas era uma dor grande demais, e tudo porque algum infeliz achava que as prostitutas não mereciam nem a decência da morte: tinham de roubar ainda mais delas, bater nelas com ainda mais força e diminuí-las até o último instante.

Você sentiu a maior raiva da sua vida naquele momento quando uma das velhas fofoqueiras se benzeu, tão católica e tão podre por dentro, e então apontou para os pés descalços de Copita e disse:

— Com os calcanhares sujos, nem sequer limpou os próprios pés!

Alguém teve a misericórdia de te segurar porque você ia acabar com a boca daquela velha, sem pensar em nada, nem na idade dela, nem no fato de você estar prenha e lenta, nem em desgraçar sua vida diante da polícia, que, como sempre, assistia sem fazer nada. Que calcanhares sujos, velha de merda? Se a sujeira da morta a incomodava tanto, que a velha a limpasse com suas lágrimas. Mas não, ninguém tinha lágrimas para Copita, então quando você superou a raiva, depois de cuspir palavrões e saliva, sentou no asfalto quente até queimar as nádegas e olhou para os calcanhares sujos da que talvez não tenha sido sua amiga, mas era igual a você, uma irmã da rua.

Ninguém que não seja puta pode entender a irmandade das mulheres que vivem do suor de sua boceta, e é melhor assim. Se existisse um mundo de putas, talvez fosse um mundo melhor, e isso ninguém quer. Nem os traficantes, nem os militares, nem as velhas nojentas que se benzem, nem os mórbidos que se levantam todas as manhãs para ver os cadáveres, nem os policiais sem respostas. As putas têm coração, peitos e boceta de sobra, assim como coragem para vender tudo isso ao proponente mais habilidoso. Têm tanto de tudo que dão por aí a quem precisa e não o fazem num ato de contrição ou de miséria, elas cobram: democraticamente, tanto dos pobres quanto dos ricos, porque neste mundo a lei vigente é a de que nada é de graça, e um corpo e sua ilusão devem ser pagos com a vida. Não há dinheiro neste mundo que possa realmente comprar a ilusão que um corpo incita.

Você pensava em tudo isso com a cabeça entre as mãos e a bunda queimada do asfalto quente. Outra velha, mais misericordiosa, se aproximou de você e te deu água quente, tão quente quanto o próprio asfalto. Você agradeceu, mais pela ação do que pela água, que mal conseguia engolir, e enxaguou o suor do rosto.

Depois de uma hora, levaram o corpo em um saco preto com furinhos. Um saco já usado por muitos corpos, mas o que se poderia esperar de um dia de merda como aquele? Nem sapatos tinham deixado para Copita, nem sapatos, nem dignidade. Um saco para cadáveres novo seria pedir demais. As putas vão para a fossa em farrapos. Levam do mundo no máximo a própria beleza.

Você sabia perfeitamente que ninguém iria investigar aquela morte. Da mesma forma que ninguém se importava com Copita. Só mais uma puta. Só mais uma morte. Dentro de alguns dias, talvez uma semana, apareceria outro cadáver ali, e os vizinhos fofoqueiros correriam rua abaixo para vê-lo e apontar com um dedo hipócrita o que havia de errado com aquele corpo: se a sujeira acumulada, se a cara de viciada, se as tetas descobertas, se uma mordida na virilha, se o nariz machucado de tanto cheirar ou quebrado por pancadas, se uma morte digna ou indigna, se fedia.

Aquele pedaço de selva, agora sem o cadáver de Copita, parecia inofensivo.

— Essa garota era mais uma do Caranguejo — alguém disse em voz baixa — ou não era?

A multidão em coro disse unânime que sim, que Copita era de Caranguejo, que era uma perdida, que cheirava pó até não poder mais.

Todos uns nojentos.

— Certeza que esse aí bateu nela na selva.

As vozes se confundiam em seus ouvidos.

— Tá acabada, acabadinha.

— Os cafetões fazem essas coisas quando ficam putos com as meninas, todo mundo sabe disso.

As pessoas sempre falavam mal de Caranguejo pelas costas, mas ninguém cogitava fazer isso pela frente: as pinças dele eram perigosas.

— E essa outra menina, não é dele também?

Todos os olhos estavam voltados para você, que estava com o traseiro ardendo, sem conseguir parar de olhar para aquele pedaço de selva que havia sido o caixão mais digno que Copita poderia esperar. Provavelmente seria também, num futuro não tão distante, o seu próprio caixão. Porém, embora você não tenha se dignado a responder a ninguém, sabia que muitos a haviam reconhecido e balbuciavam na sua cara que sim, que você era mais uma das meninas de Caranguejo e seria melhor se todos ficassem calados para que a fofoca não chegasse a algum ouvido raivoso.

A velha compassiva de antes voltou para te trazer um pouco mais de água. Você nem agradeceu. Em um só jorro, você derramou a água na cabeça.

— Era minha irmã — foram as suas palavras. — Foi por isso que vim. Copita era minha irmã.

Era uma meia mentira e uma meia verdade. Não era sangue o que as unia, mas o fato de ambas serem filhas da rua e propriedade de Caranguejo. A irmandade das putas. Talvez alguém entendesse, mas você não ia explicar em voz alta. Irmã estava bom. Apenas irmã.

Pela primeira vez em todo aquele tempo, as pessoas começaram a parecer compassivas. Alguém tirou o chapéu e o colocou no peito. Alguém deu um tapinha em suas costas. Alguém, talvez a mesma velha nojenta cuja cara você quase quebrou por falar mal dos calcanhares de Copita, rezou um pai-nosso em voz rápida e bem baixa. Até as putas conhecem o pai-nosso, sua mãe te disse no dia em que o ensinou a você. Por sorte você se lembrava e rezou junto com a velha em coro. Alguém te convidou para tomar uma sopa quente. Alguém colocou a mão na sua cabeça e disse que você estava com febre, coitadinha. Alguém finalmente percebeu que você estava prenha, embora a barriga fosse tão grande e tão evidente que até um cego poderia vê-la a cem metros de distância, e imediatamente outra pessoa perguntou sobre o bebê, se era menina ou menino.

Você não respondeu.

Em geral, você nem se lembra do seu estado. Aconteceu e era isso. Como com tantas mulheres antes. Você continuava trabalhando e cheirando pó. Caranguejo havia dito que a criança era dele, embora você não tivesse certeza, mas quem ia discutir com Caranguejo sobre paternidade se ele quisesse assumi-la? Quem discutiria com Caranguejo por alguma coisa. De repente, quando aquela pessoa falou da sua barriga, você sentiu o movimento, um chute ou uma cotovelada, um deslizamento, algo telúrico que movimentava o parasita dentro do seu corpo. A verdade é que a coisa na sua barriga se mexia pouco, como se não quisesse que você percebesse que estava ali, como se não quisesse te incomodar, como se quisesse que você a perdoasse por ter te tirado clientes e por te dar enjoos matinais e moldar seu corpo à sua imagem e semelhança.

Foi um deslize breve, quase imperceptível, e te pareceu absurdo não sentir raiva do que vivia dentro de você. Você estava com fome. E estava há quase seis horas sem cheirar um pouco de pó. A necessidade de cheirar era muito mais urgente do que qualquer outra coisa no mundo.

Uma voz te deu os pêsames. Era bonito ouvir uma frase como aquela, tão elaborada, tão falsamente sincera: meus mais profundos pêsames pela morte da sua irmã. Era bonito ouvir essa mentira. No meio da multidão, um homem lembrou que havia alguns anos outro corpinho como aquele havia aparecido assim ao pé da selva, com a cabeça feito um mingau. Uma das garotas de Caranguejo, Galluna, que era muito loira, os cabelos quase brancos. Eram tão brancos que a reconheceram por isso e nada mais.

Os nomes continuaram surgindo. Nomes de mulheres ligados para sempre aos de seus sicários ou machões. Jota, Punyuy, Marisela, Malinche, Jalita, Nica. Uma irmandade de putas mortas, mais forte que a das vivas. Assassinadas, massacradas, empapadas. Com o nariz destroçado de tanto pó. Com os calcanhares sujos. Com a boca cheia de insetos. Aquelas bocas que tanto haviam amado. Aqueles calcanhares, aqueles narizes, aquelas bocetas e aqueles peitos que tanto haviam amado e dos quais ninguém mais se lembraria a não ser para falar da morte. Você se afastou da multidão. Não queria ouvir nenhum outro nome, quase parecia que a qualquer momento diriam o seu.

É a selva, diziam as pessoas ao seu redor, é tudo culpa da selva, que deixa os homens daqui loucos, porque eles não têm esperança.

— A selva precisa ser alimentada pra ficar tranquila — sussurrou de longe a velha que te oferecera água. — Não é à toa que vêm matar neste lugar. A selva come o sangue que lhe oferecem.

E todos disseram que sim, que a culpa era todinha da fome na selva, e não de homens como Caranguejo.

Sua barriga começou a latejar de raiva, e, lá dentro, aquela coisa que fazia parte do seu corpo se enfureceu. Seria parte de você, talvez, mas nunca parte de Caranguejo. Não é filho dele, você pensava enquanto escapulia pela multidão. Então subiu as ruas com fome, com calor e ansiosa para dar um teco.

Sua mãe sempre disse que você era impaciente. Que não levava jeito para ser puta. Que seu coração ia rápido demais pela vida. Que as putas tinham apenas três tesouros: a rapidez das mãos e da mente, a ausência de medo e a paciência. Em você faltava uma dessas qualidades indispensáveis. Ser puta não é só mexer o rabo, Romina, sempre reclamava sua mãe, ser puta é saber esperar e não ser uma descontrolada, que não consegue aguentar um segundo e fala tudo ou faz tudo sem pensar, as palavras não cabem na sua boca e você não aguenta o movimento no corpo, e é por isso, Romina, que mais cedo ou mais tarde você vai se ferrar.

Será que sua mãe conseguiria responder por que haviam massacrado Copita e roubado as botas dela? E pensar no que custavam aquelas botas. Quanto pó poderia ter conseguido no lugar delas, mas Copita não quis cheirar o dinheiro, decidiu comprar sapatos para que no fim um desgraçado os tirasse de seus pés.

Você teria sentado no meio da rua com as duas pernas abertas para empurrar o seu ódio, até pari-lo ali mesmo, se não fosse o sol, sempre impiedoso.

Sua cabeça estava queimando. E continuava queimando quando você chegou em casa, no meio da tarde, no horário mais abafado do dia. Água. Era só disso que precisava. E pó. Mas não havia água nos canos e o pó não apareceu nem quando você vasculhou as gavetas de Caranguejo, em busca de um saquinho branco esquecido num canto. Você só viu uma faca, um pouco enferrujada, mas afiada.

Caranguejo nunca esquecia um saquinho. Nunca deixava para trás algo que significasse dinheiro.

Seus dentes rangiam. Seu útero rangia. E sua barriga também.

Você lembrou que no início da sua gravidez Copita tinha se comportado melhor do que nunca com você. Ainda não roubava seus clientes e uma vez até te trouxe um doce e papéis coloridos, cheios de fotos de mulheres grávidas, gordas e felizes. Você comeu o doce na hora e achou o papel lindo. Ia guardá-lo, mas Copita disse que você deveria ler primeiro, e, como nenhuma das duas era rápida com as letras, resolveram ler em coro, cabeças e olhos juntos, enquanto as sílabas pulavam na frente de vocês e as palavras se formavam pelos sons. O papel era uma idiotice cheia de merda que certamente tinha sido escrito por mulheres ricas que contavam às mulheres pobres o que significava ser uma boa mãe e estar grávida, quais responsabilidades uma palavra como essa trazia, como por nada no mundo podiam cheirar pó pelo bem da coisa que crescia dentro da barriga. Você caiu nesse conto?, você perguntou a Copita. Bem, talvez, ela confessou, e pela primeira vez você viu ela sendo tacanha, fazendo cálculos diante dos seus olhos porque, se você parasse de cheirar, ela poderia ficar com o pó que Caranguejo trazia para as duas. Tomada de desgosto, você despejou tudo na cara dela sem pensar. O primeiro erro de uma puta é não saber conter as palavras. Você que sabe, disse Copita depois de te ouvir, não sou eu quem vai parir um monstro banhado em pó branco. Você disparou um *puta* retumbante na cara dela, e ela te respondeu *puta é você*, e então não disseram mais nada porque Caranguejo estava de volta.

Você decidiu não pensar mais nela. Pelo menos não naquele momento. Seus dentes rangiam. Seu útero rangia. E sua barriga também.

Que raiva. Não havia nada para vender. Não restava um único peso nas gavetas. A casa era uma armadilha sem saída.

Você teria começado a gritar seu ódio se Caranguejo não tivesse chegado. Vermelho e suado como sempre. Passou por você e te olhou dos pés à cabeça.

— Não tem nada aí? — você perguntou a ele na hora.

Não havia tempo para melindres ou rodeios.

— Que descarada você, Romina, que cara de pau, que safada. Não trabalhou nada o dia todo e agora quer se divertir, é isso? — ele cuspiu em resposta.

Nunca vai ser uma boa puta. Sua mãe sabia disso. Uma puta não responderia assim:

— Você já tirou o suficiente de mim, meu velho. Vamos lá, me dá alguma coisa, vamos, hoje eu não tô bem.

Por um segundo, Caranguejo hesitou entre rachar a sua boca com beijos ou com tapas. Escolheu não fazer nenhuma das duas coisas. Não estava acostumado com você falando com ele daquela maneira. Coçou as costas e vasculhou o bolso da calça jeans. Então te atirou um saquinho branco.

— Toma aí e fica quieta, desaforada.

Em silêncio você desatou o nó e começou a preparar o pó. Três linhas. O suficiente. A liberdade do esquecimento.

Caranguejo se jogou no sofá e passou a mão na cabeça.

— Se você for boazinha hoje, vadia, te dou mais um presentinho.

Seu nariz sangrou quando a terceira linha entrou áspera. Foi então que Caranguejo colocou aquelas botas na sua frente. Eram pretas e altas, talvez chegassem aos joelhos. Os cadarços reluzentes. Quase novas. Quase. As botas de Copita. Pouquíssimo usadas. Uma semana, no máximo. Se você passasse um pano limpo, pareceria que tinham acabado de ser retiradas da caixa. Quase pareciam caras. Quase.

Diante de seus olhos, as botas pareciam insetos da morte, extraídos da selva. Você olhou para Caranguejo aterrorizada.

— Onde elas apareceram? — foi a pergunta.

— E o que você tem a ver com isso, Romina?

Copita usava um número menor que o seu. Ficariam apertadas em você. Mas isso não importava. Eram quase novas. Eram quase caras. Você nem se atrevia a tocá-las.

— Ela morreu com os pés sujos... — foi tudo o que você conseguiu dizer.

Caranguejo ergueu uma sobrancelha:

— Quê?

— Os pés sujos. Copita... você não viu os pés sujos dela quando tirou as botas?

Ele riu. A risada de Caranguejo também era um inseto sombrio.

— Ela morreu com os pés assim. Uma velha viu e todo mundo notou.

— Notou o quê, porra? — Caranguejo riu de novo. Sempre ria quando você ficava tão fora de si, tão branca, tão cheia de pó.

— Que os pés dela estavam sujos, escuta, cacete! Os... pés... sujos!

Ele não gostou que você tivesse gritado. Passou a mão na testa e depois pulou em cima de você, apertando seu pescoço, apertando e apertando seu corpo contra o dele, tanto que sua barriga começou a latejar de novo.

Foi apenas um segundo. Em seguida te soltou.

— Você se salvou porque tá prenha, vadia.

Ele não disse mais nada, não havia necessidade. Coçou a virilha e abriu outro saquinho de pó na sua frente. E então te disse Romina, e Copita, e Galluna, ou talvez não tenha dito nada, talvez tenha dito apenas seu nome, mas toda vez que ele te chamava você sentia que não era você, mas a outra, não a viva, mas as mortas, todas aquelas suas irmãs de quem Caranguejo tirara a dignidade e as botas. Ele preparou as três linhas e sorriu para você com aqueles dentes feios, como se nada tivesse acontecido, como se Copita tivesse sido apenas um pesadelo, como se o corpo de Copita na selva não significasse nada para ele.

— O quê? — ele perguntou depois de um instante de silêncio. — Você foi vê-la?

Você nem sequer respondeu. Nem sequer foi necessário perguntar o que ele queria dizer. Você sabia muito bem que Caranguejo estava falando da mulher morta. Não ia deixá-la descansar.

— É assim que acabam todas as putas deste bairro, Romina, minha safadinha. Se jogam na selva. Ou são jogadas lá. Todas as cabras bonitas, todinhas. Vê se aprende com o que você viu hoje pra não ser a próxima, hein.

Naquela noite ele adormeceu cedo. Nem sequer quis que você o beijasse. Ainda carregava consigo o cheiro do corpo de Copita. Já nem era mais o cheiro, você pensou, mas a lembrança dela. A boca dele estava aberta, mas não roncava. Pelo menos não roncava. Que sorte. Você ficou ali por um tempo sem se mexer, apenas observando-o respirar aquele ar todo que não era dele. E então suas mãos começaram a coçar.

As mulheres da sua família sempre se entenderam com os homens a facadas.

Você se lembrou daquela pequena navalha que tinha visto na gaveta, abandonada a seu destino, à sorte de te encontrar.

Esse era o seu propósito. Você foi atrás dela. A navalha parecia pequena demais perto do pescoço de Caranguejo. Quase inofensiva. Você precisou cortar o dedo para perceber que não era. Que vontade de rir. Que viagem ruim você estava tendo. Que viagem linda te esperava.

Uma viagem a facadas.

Você respirou ar quente sobre o cabelo do homem adormecido ao seu lado e então, sem pensar muito, enfiou a navalha no pescoço dele: três, cinco, dez vezes, quantas?

Enquanto você fazia isso, Caranguejo estapeava feito um louco. Abriu os olhos, deu um soco forte na sua barriga e te jogou para a frente como se você fosse uma sacola prenha de merda.

Algo tão pequeno como uma navalha contra um pescoço tão grande. Cinco, dez, quantas vezes?

Caranguejo tentou se levantar, mas não conseguiu. Tinha uma bolha de ar e sangue na boca. Você pensou que talvez saísse uma bolha branca, mas não, estava enganada, não havia mais pó dentro dele.

Você o havia esvaziado completamente.

Quando ele ficou parado, você vasculhou os bolsos dele e encontrou aqueles três saquinhos bem amarrados. Então pegou os três. Por um momento, ao ver as botas de Copita, você teve vontade de levá-las. Morta, não iria precisar delas. E sim, em vida poderia não as ter deixado para você como herança, mas agora Copita era realmente sua irmã de sangue, porque você tinha feito o que uma mulher faz por outra mulher, o que uma puta faz por outra puta: cobrar as dívidas.

Você não ia ficar nem mais um segundo naquele bairro de merda. Era um bairro de merda com Caranguejos demais. Matar um fazia com que aparecessem mais dez, e era comum que esses dez quisessem vingar o assassinato do caranguejinho morto, mesmo que o tivessem odiado em vida. Uma puta matar um caranguejo é um péssimo precedente para o negócio. Os cafetões também sabiam cobrar suas dívidas. As putas não são as únicas que têm códigos. Elas não eram as únicas irmãs de sangue e pó.

De qualquer maneira, você nunca tinha gostado daquele lugar. Nem das pessoas. Nem do suor, nem do calor, nem do asfalto. A única coisa que te parecia menos repulsiva naquele lugar era a proximidade com a selva, com aquele verdor aberto no meio do vapor.

Cabra safada se manda pra selva.

As putas também.

Sua barriga voltou a latejar. O que quer que estivesse dentro dela se acomodou. E naquele segundo, sozinha como você estava, aquele movimento te pareceu um sinal de boa sorte.

Já era noite quando você saiu para a rua com um vestido de tecido muito fino e três saquinhos de pó como seus únicos bens no mundo. No fim nem levou as botas, eram um número menor que o seu, e seus pés estavam inchados e gordos. Além disso, esperava que em algum momento elas fossem devolvidas a Copita e que pelo menos a enterrassem com os pés cobertos.

Você caminhou até aquele ponto exato onde a selva e o asfalto se encontravam, o ponto exato onde Copita havia morrido.

Mergulhou na selva sem medo, com os olhos fechados.

Quando os abriu um instante depois, não havia mais asfalto atrás, e você pensou ter visto, de longe, as silhuetas das putas mortas que você conhecia e das que não conhecia. Copita. Galluna. Jota, Punyuy, Marisela, Malinche, Jalita, Nica. Estavam sujas de sangue pegajoso, algumas eram apenas mandíbula, puro ossinho branco, mas você não sentiu medo, nem mesmo tendo uma viagem ruim, uma das piores da vida, você não sentiu medo algum, porque todas as putas são irmãs, estejam quebradas ou inteiras, vivas ou mortas.

As crianças

Vivas ou mortas, a vovó está sempre de olho nas prenhas. São os únicos corpos com os quais ela ainda se preocupa no mundo. Olha igualzinho para as galinhas quando elas vão botar ovos.

— Acorde, franguinha — disse a vovó e passou a mão pelos cabelos da mulher da barriga enorme. — Abre os olhos, cacete.

Ela obedeceu lentamente e balbuciou algumas palavras que ninguém conseguiu entender, exceto Lázaro, que tinha se apoiado no portão da fazenda e franzia o cenho. Já tinha visto outras jovens assim antes, disse, em sua outra vida. E se lembrava bem delas. Jovens marcadas pela morte do pó branco. A vovó assentiu.

— Caldo de galinha é o que você precisa — ordenou —, bem forte.

Não entendíamos nada, mas um estrangeiro que chega à fazenda sempre acorda todo mundo antes da hora. Talvez por isso tenhamos saído à luz do sol muito cedo, com os mosquitos da madrugada ainda dando voltas sobre as cabeças, só para ver o que a selva tinha trazido de novo. Ou quem. Até Santa parecia curiosa, e isso que ela e a vovó estavam ocupadas ajudando a jovem gorda. A prenha caminhava devagar, porque com a barriga tão cheia não conseguia fazer muita coisa sozinha.

Os joelhos dela estavam cheios de arranhões, e, quando abriu a boca para murmurar algo incoerente, vimos seus dentes. Dentes feios. De bruxa. Quebrados e lascados. Ninguém gostou daquilo, e Ifigênia, em voz baixa, disse que a selva certamente tinha quebrado eles no caminho, que por acaso não lembrávamos que a selva fazia essas coisas, matar e sangrar, quebrar dentes e pessoas. Mas Ifigênia sempre quer nos assustar. Principalmente à noite, quando está escuro e os pesadelos se tornam mais verdadeiros do que sob a luz do sol. Aí é que ela aproveita para ser Ifigênia mais do que nunca e falar da garganta da selva. Quando a selva fica vermelha, é porque está pedindo comida, nos lembra com um sorriso dentuço sob a escuridão que a protege. Não sabemos como culpá-la e ficamos em silêncio entre os lençóis e os abraços, como se assim pudéssemos dormir.

Não dá para dar bola para Ifigênia. Não dá para dar bola para ela, mas de qualquer forma o medo é maior que a precaução de não a ouvir. À noite, entre os grilos, a selva é um borrão escuro atrás da janela que a qualquer momento pode pulsar. Às vezes rezamos o pai-nosso para não a ouvir, como a vovó nos ensinou. Pai nosso que estais na selva, silencie Ifigênia e não a deixe falar mais.

Ela está certa quando nos lembra que a selva faz coisas piores do que quebrar os dentes dos recém-chegados. Depende da fome que estiver sentindo, diz Ifigênia, enquanto cutuca a sujeira das unhas. Atira a sujeira no ar enquanto ri, e nós, para fazê-la calar a boca de uma vez por todas, ameaçamos chamar a vovó e Santa, que, se a ouvirem, com certeza vão dar uma coça nela. Ifigênia encolhe os ombros e cospe algum insulto. Todos vão morrer de qualquer forma, diz, e é quase uma profecia que lança, uma profecia encardida, como se estivesse cavando com a unha suja os pesadelos de cada um para trazê-los à luz.

Em voz baixa, uma de nossas irmãs mais novinhas pergunta por que a barriga da mulher é tão grande, se ela comeu muito, se está doente, se vai morrer. Provavelmente viu os pardais doentes que, inchados, às vezes caem das árvores para nunca mais levantar voo, esses pardais que buscam a terra porque o ar é vida e a terra é o contrário.

Como aqueles pardais, a mulher também é gorda. Ifigênia não deixa que nós, os mais velhos, expliquemos aos mais novos, nunca nos dá tempo de falar porque é mais rápida e está sempre com a boca cheia de palavras. Não está gorda como os pardais, diz, ela está prenha, deixam as fêmeas prenhas para essas crias alimentarem a selva, você não sabia?, não te contaram? E como a menina diz que não, Ifigênia continua falando e não para. Lá embaixo, entre as pernas, você tem um buraquinho que fica enorme quando um homem vem ficar com você.

Ifigênia viu Santa e Lázaro nus na latrina, sempre os segue e os observa, por isso sabe demais, por isso vem nos contar e sempre dá muitos detalhes. Como um homem urina, como se senta, o que faz com as mãos e o que cresce quando as mãos tocam. Tapamos os ouvidos e dizemos *lalalalala*, não estou te ouvindo, Ifigênia, mas ela insiste em falar, como se fosse explodir se guardasse essas coisas dentro de si.

Um homem mete em você aquilo com que urina e com um jato de mijo deixa as mulheres prenhas, conta por fim à nossa irmã e ri tão, mas tão alto que Santa manda a gente calar a boca com um grito seco.

Tudo o que Ifigênia diz é um nojo atrás do outro. Nós olhamos para ela com olhos rancorosos, com os quais ela não se importa. Nos afastamos como se ela estivesse suja, como se fosse nos infectar com sua doença do riso. Não queremos ela aqui.

A vovó colocou a cabeça da mulher prenha sobre seu peito. Lázaro corre até onde estão vovó e Santa e ajuda com o corpo pesado da mulher, que não consegue mais se aguentar de pé.

Vai morrer. Com certeza vai morrer.

Aqui, na nossa fazenda, as pessoas não morrem com frequência. Juanquito há alguns meses. Mas ele não morreu, ele foi levado. A selva o levou. E antes foram outros. Uns quantos. Mas eles não morreram, nenhum deles. Há uma grande diferença entre morrer e ser reivindicado pela selva. Você morre quando isso acontece e pronto, te enterram longe das correntes de água, para que o corpo não contamine nada. Isso aconteceu uma vez, há muito tempo, um menininho magrelo que morreu da noite para o dia, sem explicação, porque a morte é assim, diz a vovó, às vezes acontece e não dá nada em troca, nem sequer uma explicação. O corpo foi velado a noite toda, e a vovó disse que havia mais um anjo no céu ao lado de deus, e todos nós olhamos para cima, mas, como era noite, não havia céu, só escuridão, e no fim não entendemos nada, se deus era escuro ou se o céu era uma garganta de cachorro selvagem.

A morte é muito diferente se a selva te devora. Quando isso acontece, não sobra corpo, não sobra osso, não sobra vestígio. Não tem velório, não tem enterro bonito, que é como uma festa porque a vovó mata um pato, nos dão manga duas vezes e deixam a gente lambuzar o queixo com a polpa sem nenhum adulto dizer nada.

Vai morrer. Com certeza vai morrer. Talvez até organizem um enterro para ela, embora ninguém se atreva a perguntar porque no fim a mulher é uma estranha e porque ainda não fechou os olhos para sempre. Está fria. Parece fria. Pisca, suas mãos estão duras porque está apertando um braço, o da vovó ou o de Lázaro, apertando com uma força que não é de cadáver, e grita.

Empurra e grita.

Se ajoelha.

— Cacete, ela vai parir. — A vovó até parece calma, mas há um brilho estranho em seus olhos. Não gosta das coisas que a selva traz, nem das coisas, nem das pessoas, da selva nunca se sabe o que esperar.

Santa não corre. Faz tudo devagar. Não é preciso se apressar para parir. Nem gritar, porque os gritos interrompem os empurrões e fazem com que o parto demore o dobro do tempo. Vai para a cozinha arrastando os pés como se fosse ela a prenha, a lenta, a que a selva trouxe. Há raiva em Santa. Quem não vê. Até Ifigênia com seu olho ruim percebe e sorri. Quando Santa volta com um par de trapos limpos, a prenha está pálida nos braços de Lázaro e da vovó, sentada com os pés abertos sob o sol e as nuvens de mosquitos.

Santa a agarra pelos joelhos e ninguém nos manda à merda para não vermos nada. Só a vovó reza um pai-nosso e faz o sinal da cruz enquanto a prenha começa a empurrar. Tanto suor numa mulher e ela não morre.

Ifigênia subiu no parapeito para ver melhor o espetáculo. A recém-chegada está com a boca úmida. Segura um gemido com a boca. Santa também, mas não de dor, e sim de irritação.

Depois de um tempo, vemos uma cabeça cabeluda entre as pernas da forasteira. Silenciosos, aplaudimos, porque é igual quando as galinhas botam ovos ou as porcas dão à luz, não há diferença, a não ser pelo balbucio da jovem que diz alguma coisa, pela primeira vez algo que se entende, me dá um pouco de pó, não aguento mais, me dá um pouco de pó, e chora porque aquela cabeleira preta que está surgindo é muito grande e machuca.

A vovó não responde. Lázaro também não. E muito menos Santa.

Aqui se dá à luz em silêncio.

A mulher não sabe, mas no último minuto, antes de lançar o filho na vida, fica tensa e calada, engole as palavras, as reclamações e os gritos, e se concentra no último empurrão, o empurrão em que as palavras se rompem.

Na selva as catorritas cantam e as colônias de insetos zumbem.

O menino que nasce não chora.

A vovó lhe dá palmadas fortes para fazê-lo reagir. Está azulzinho e é pequeno, parece banhado em pó branco, de tão sujo que saiu. A recém-parida arregala os olhos e estende os braços, mas não para que lhe deem o filho, e sim para pedir de novo um pouco de pó, que não aguenta mais, e, ao ver a criança banhada em tanta brancura, lambe os beiços e fica louca, e quer lambê-lo, e quer enfiar o nariz naquela carne. Lázaro segura os braços dela e a imobiliza enquanto a vovó tenta fazer com que o menino azul respire, que pulse como a selva, que seu peito se mova ao ritmo do canto das catorritas selvagens.

Vai morrer. Com certeza vai morrer. E talvez a gente tenha um belo velório e nos deixem comer manga, até manga verde, que dá caganeira e dor de barriga.

— É menino — diz a vovó em voz alta. Se esforça para aquecer o corpo da criança e remover a meleca e o branco da boquinha aberta.

Sobre a grama, a parida ainda empurra. A grama está manchada de sangue e a terra o bebe. É o grito, é a farra do que está vivo lá dentro, na selva profunda, que começa a pulsar. É preciso levantar a parida logo, é preciso levantá-la logo para que a selva não a dessangre ali mesmo. Lázaro a carrega nos braços e Santa faz sua careta de sempre ao entrar na fazenda.

Ifigênia caminha lentamente em direção ao local exato onde ocorreu a carnificina da vida. A placenta ficou abandonada ali, e ela a toca com o pé.

— Está quente — nos convida a brincar com o despojo, mas ninguém lhe dá bola, ninguém quer brincar com Ifigênia, ninguém quer ser amigo dela.

Nós a deixamos sozinha. Não se importa. Não se importa com nada. Agarra a placenta com uma das mãos e a atira na selva:

— Come — diz.

Lázaro

— Come — diz e coloca o prato de sopa na sua frente.

Lázaro morde a boca antes de falar. Ultimamente ela está sempre assim, áspera, azeda demais.

— O que você tem hoje? — pergunta a Santa depois de um tempo.

Não se trata apenas de hoje, mas Lázaro sabe que todas as perguntas devem começar em algum lugar. Não se atreve a pedir nada, com Santa nunca se sabe, com as mulheres nunca se sabe, elas levam tudo ou dão tudo, sem meio-termo.

— Come — ela diz mais uma vez, com os olhos vermelhos de loucura ou insônia, ou ambas as coisas ao mesmo tempo. — Você não gosta de caldo de galinha velha? Ou por acaso as galinhas velhas têm fedor de pena?

O caldo está frio e tem gosto de água. Parece uma poça escura em que as tripas nadam. Lázaro dá de ombros e leva a colher à boca, bem devagar, num gesto repetido que só quer conciliar, ficar em paz. Ele não é homem de briga, não gosta de andar por aí com assuntos pendentes.

— Poderia ser sua filha... — Santa cospe depois de alguns minutos de silêncio excruciante.

Lázaro contempla a água cheia de tripas de galinha velha e opta por não dizer nada.

— É disso que você gosta, não é? Das franguinhas novas. Pra gozar bem rápido.

O homem engole as palavras e as mastiga, como faria com a sopa se a água tivesse solidez.

Há algo em Santa que o faz lembrar muito de sua mãe. É estranho. A ideia é muito confusa, e Lázaro não a quer em sua cabeça. Melhor uma lembrança morta do que viva para sempre, futucando por todos os lados, até o deixar em pedaços. Há lembranças que achou que havia enterrado na selva havia muito tempo e, no entanto, sempre vêm à tona, mais cedo ou mais tarde. As malditas lembranças. Há algo em Santa que é muito parecido com a mãe que Lázaro gostaria que estivesse esquecida.

Uma vez Santa lhe perguntou, anos antes, quando a noite era mais profunda e os lábios de ambos estavam unidos:

— Você nunca pensou em provar a carne de uma das crias? Só um pedacinho, não seria necessário matar nenhuma pra provar.

Lázaro se lembrava bem disso. Os olhos de Santa eram iguais aos de sua mãe. Ambas tinham a mesma avidez. Não há nada proibido para a fome, nada sagrado, nada que não possa ser mordido. Faz tempo que não toca em Santa porque a teme: os desejos dela são contagiosos, uma doença que se infiltrou da selva para enchê-la de desespero. Ela não é a mesma jovem que ele conheceu anos atrás, quando chegou à fazenda, magro e quase morto, solitário como um cachorro espancado. Não é uma questão de velhice. Lázaro se convence de que não se trata apenas disso. Amaria Santa velha, certamente a amaria mesmo que Santa não se parecesse cada vez mais com sua mãe e cada vez mais com a selva.

Ainda teme a mãe e a selva, embora tenha aprendido a conviver com a lembrança nebulosa da primeira e com a presença constante e opressora da outra. Duas comadres sombrias que dão chutes dentro da mente de Lázaro e se acomodam uma ao lado da outra, porque sobra espaço lá dentro, sobra espaço no medo de Lázaro para que ambas possam conviver na mesma casa. Agora Santa também ocupa seu lugar nesse cantinho dos medos.

O dia em que sua mãe o entregou para a selva era um dia como este, um dia comum e normal, e ela tinha lhe servido sopa, uma sopa tão turva quanto a de Santa. Água com sujeira dentro, com sujeira e tripas de algum animal. Tinha um gosto podre. Devia ser aquele o sabor da morte: um enorme vazio de ternura e de mãe. A mulher que tinha lhe dado a vida olhou para ele do outro lado da mesa. Não restava nem pão. Só restava ele, aquele Lázaro magro e pequeno que continuava crescendo e sempre pedia comida a uma mãe que já não dava mais, que não podia ser ordenhada como uma vaca para alimentar o bezerro desgraçado. Melhor se ele tivesse nascido morto, pensava ela enquanto contemplava o filho, enquanto o observava tomar aquela sopa.

Então a mãe o pegou pela mão. Era um gesto muito carinhoso, e Lázaro sentiu algo estranho, por que ela o tocava daquele jeito, por que o guiava daquela forma e para onde? Ficou arisco e tentou se safar, mas sua mãe lhe deu um tapa atrás da orelha, um golpe forte que abalou suas ideias e seu cérebro e o obrigou a caminhar. Não deixou ele terminar a sopa, e o menino Lázaro, com a fome que estava, chorou pela sopa perdida.

No caminho a mãe sussurrava palavras que ele não entendia. Melhor assim, porque eram palavras duras, palavras cuspidas, tão grandes quanto a pobreza que ambos sempre tinham conhecido. A pobreza herdada e passada de geração em geração, mais tenaz que a morte, porque significava viver como mortos-vivos, sem esperança de um antes ou de um depois. Quando havia pão era do filho. Se havia arroz era do filho. Nada para a mãe. As mães não merecem nada, e ela estava cansada daquilo, do filho e do peso dele, da pobreza herdada, de ser mulher e do direito à fome que não lhe permitiam sentir.

Eles moravam muito perto da selva, mas até a selva era pobre ali, estava tomada por roubos e saques e dava pouco. Além disso, cobrava muito pelo pouco que dava. A mãe nunca pedia à selva. Por que pedir se nunca recebera nada de ninguém? Outras mulheres pediam. Outras mães iam com os filhos que haviam sobrado e os entregavam. Voltavam mais tarde, mais jovens e com uma esperança que durava uns poucos dias. Não era culpa da selva, que pagava por todas as oferendas. Uma mulher que deu a filha acordou com dois frangos gordos no jardim. Gordos e silvestres. Frangos órfãos que a panela adotou naquela mesma noite. Outra mulher acordou com uma fêmea de javali ferida na porta, quase morta e muito fraca, mas que deu crias: dois filhotes para engordar.

As mulheres entravam na selva para pedir comida em vez de filhos, porque estes sobravam e a primeira faltava. Não era um mau negócio. E havia quem pedisse um negocinho e conseguisse por um tempo, ou coca para mastigar, ou pó para meter no nariz, e havia aqueles pequenos milagres que todos ignoravam menos as mulheres, já que elas negociavam com aquele deus havia séculos e conheciam sua ganância.

Lázaro nunca tinha estado dentro da selva. Pelo menos não tão dentro. Brincava em suas fronteiras, quando tinha forças e a fome lhe permitia ficar de pé, com outras crianças ranhentas. Sempre olhava por cima dos ombros para evitar que algo acontecesse, como se perder ou esquecer a trilha, como se encontrar sozinho naquela mandíbula aberta que era a selva. Naquele dia ele tentou resistir à mão da mãe que o arrastava para as profundezas. Bastou a mãe olhar para ele com aqueles olhos famintos, já cansados de esperar, para perceber que não havia nada que pudesse fazer, que estava abandonado à própria sorte e que iam simplesmente trocá-lo por um frango ou um filhote de javali.

Sua hora havia chegado.

Ele não era bobo. Ao longo dos anos, havia conhecido crianças que nunca mais apareciam nem voltavam para brincar com ele. Ninguém perguntava nada. Nem as crianças, nem os adultos, porque todos sabiam da troca, e os sobreviventes não abriam a boca nem para piar, para que a mãe não decidisse que o filho estava sobrando e a carne, faltando. Foi assim que Lázaro cresceu, embora tenha se tornado confiante, porque com o passar do tempo acreditou que já estava a salvo, que não aconteceria com ele. Por que ele, se mal comia, se mal vivia, se mal respirava?

Mas a mãe não pensava assim. Para ela, Lázaro comia, vivia e respirava demais.

Perambularam durante horas pela selva, dentro o suficiente para que Lázaro se perguntasse se aquele caminho teria fim, se parariam de caminhar, se algo o esperava ali, talvez a morte, e, nesse caso, quando chegaria. A mãe soltou a mão dele de repente e o encarou com os olhos vermelhos.

— Caminha pra lá — disse e apontou para a frente —, anda.

Ele ficou parado. Sem obedecer. Viu os cabelos pretos da mãe sobre a cara dela e contou as sardas de seu rosto. Os dentes cariados de velha prematura. Seus gestos repetidos:

— Pra lá, pra lá. — Tentava espantá-lo como se fosse uma galinha, mas Lázaro só deu dois passos para a frente e depois retrocedeu em busca da mãe. — Eu já disse pra ir! — ela gritou para ele com a voz rouca, mas ainda assim bonita. — Pode se perder aí pra dentro. Caminha que a selva abençoa as crianças e transforma todas em anjinhos.

Era uma mentira tão descarada que Lázaro sentiu nojo, sentiu a náusea subindo pela garganta a ponto de quase se derramar sobre ele. Todos, até as crianças, sabiam que a selva queria carne e não estava disposta a dar nenhuma bênção que não fosse sua mordida. O menino mal se conteve. Contraiu a bunda para não chorar. Não perto da mãe. Não dentro da selva.

Notou que ela tinha uma faquinha cega nas mãos, como se fosse uma ameaça suficiente para afastar Lázaro. A mulher o ameaçou e lhe mostrou a faquinha, um gesto irreversível de caça, de vai embora que você me irrita, de vou te matar sem dó, de queria que você não existisse e nunca tivesse existido.

A selva, por outro lado, o queria.

E o queria tanto que passou a língua vaporosa pela carne de Lázaro. Ao seu redor, o silêncio aguardava de braços abertos. Lázaro sentiu aquele desejo. O desejo da selva. A ânsia de possuí-lo. De ficar com seu corpo, de torná-lo seu.

O amor e a fome da selva contra o ódio e a fome daquela mulher que o havia parido.

Ela não precisou repetir aquele *anda* tacanho ou enganá-lo novamente com uma mentira. Lázaro lhe deu as costas e a ouviu suspirar alto, os pulmões da mulher finalmente se libertando do fardo do filho, daquele peso absurdo que ela conseguira permutar. Tomara que os frangos que a selva te dê morram, Lázaro rogou em silêncio enquanto caminhava em direção ao desconhecido, tomara que você não possa comê-los e eles morram de fraqueza. Essa seria a sua vingança. Notou que a selva o escutava, que pela primeira vez algo ou alguém teve consciência de seus desejos, e sentiu reverência e uma explosão de medo, porque entrar na selva, na garganta da selva, significava ficar preso ali para sempre. As outras crianças não tinham saído, e ele também não sairia.

Caminhou entre as árvores, entre lianas infames, em meio ao som de uma centena de animais pequenos, uma confusão terrível que o fazia ouvir as vozes da selva nua. Quantas vozes para um mesmo corpo. Que música mais dissonante. Caminhou até desejar que não houvesse mais caminho, até ansiar que a selva acabasse com ele de uma vez por todas. Pelo menos iriam comê-lo com as pernas, inteiro, porque, se continuasse andando daquele jeito, seu corpo certamente desmoronaria. Mas a selva não o deixou descansar, e, quando Lázaro tentou sentar no chão, encontrou formigueiros, e, quando mais para a frente tentou subir numa árvore, o líquen verde o fez escorregar, e, quando decidiu ficar parado, o mundo começou a se mover sob seus pés, um mundo trêmulo, um mundo sem origem nem fim.

Foi morrendo aos poucos. Despediu-se da vida. Talvez a morte fosse isso, vagar e vagar sem descanso, entre mosquitos e lianas. Lembrou-se da mãe e da sopa de água turva que não conseguira terminar, e seu estômago roncou, parecia uma pequena selva em suas entranhas. Era um menino perdido. Um entregue. Assim como aquelas outras crianças das histórias que os pequenos do povoado contavam a si mesmos ao pé das árvores para sentir medo, e o medo existia justamente porque as histórias não eram mentiras, não eram histórias falsas para provocar arrepios ou semear pânico. As crianças narravam umas às outras seus próprios terrores para que, quando chegasse a hora de se perderem de verdade na selva, soubessem que não tinham sido as únicas.

Essas lembranças da infância fazem Lázaro engasgar com a sopa e cuspir uma colherada de volta no prato.

Santa olha para ele.

— Você gosta dessa garota, quero ver ter colhão de me dizer que não... — É desprezo o que brota da boca daquela mulher de forma torta, como palavras deformadas.

Não pergunta, afirma. E, quando Santa afirma, sua verdade é a única que importa no mundo. Nada mais existe.

— Não negue, eu vi como você olhava quando ela chegou.

Ela o conhece muito bem. Gostaria de não o conhecer tanto. Lázaro não pode mentir para ela. Não para Santa. Estão de olho um no outro há tempo suficiente para perceber a diferença entre a verdade e a mentira. É verdade que ele desejou a estrangeira. Que contemplou a mulher prenha com seus olhos frios, que não sabiam olhar direito, que não lembravam de outro corpo além do de Santa, aqueles olhos que envelheceram enquanto observavam a mesma selva e a mesma Santa de todos os dias.

A curiosidade e o desejo eram parte de sua culpa?

Lázaro termina a sopa. Desde que sua mãe o entregou à selva, tem o cuidado de tomar todas as sopas que lhe servem, mesmo aquelas que têm gosto de sujeira. Nunca se sabe qual será a última sopa da vida, e é uma desgraça morrer de estômago vazio. Também foi uma desgraça não ter morrido naquele dia na selva.

Teria sido mais fácil dizer adeus a tudo quando era pequeno. Não havia muito do que se despedir, exceto do medo, e Lázaro o teria deixado para trás sem arrependimentos. Mas a selva tinha outros planos: era uma mãe terrível que o guiava através da neblina, às cegas, com o corpo cambaleante e sem vontade de parar. Esteve dentro de seu útero por um tempo, não saberia dizer quanto, porque, para as crianças perdidas, a noção de tempo se limita à fome e ao ronco da barriga, aos pés cortados, a uma sede dentro de outra sede dentro de outra sede e aos enormes mosquitos que iam pousando em cada pedaço de sua pele nua.

A luz do sol desapareceu entre as árvores e voltou a aparecer em algum momento.

E foi então que o menino viu a fazenda e a jovem que alimentava as galinhas, a jovem dos olhos enormes, que se parecia com sua mãe, embora Lázaro tenha decidido esmagar instantaneamente aquela memória. Não tinha mãe, suas mães eram a solidão e o medo: galinhas por filhos, uma galinha por um filho, aquela jovem tinha galinhas suficientes, e a fazenda atrás dela parecia velha, mas ainda sólida.

Lázaro saiu da selva para encontrar Santa, que naquela época devia ter catorze anos, cinco mais que ele, o suficiente para parecer que um abismo os separava. Ela o viu e preferiu ignorá-lo. *Ti-ti-ti-ti*, chamou as galinhas. Como se Lázaro não fosse uma criança, mas uma sombra vomitada pelas árvores. Um inseto em forma de criança. Um excedente da selva.

Haviam passado tantos anos desde então...

— Não tem mais um pouco de sopa? — Lázaro pergunta e arranca pela raiz a memória, que não serve para nada bom a não ser remexer no fundo da panela, onde toda a água é mais escura e pútrida.

Santa senta na ponta da mesa.

— Não tem mais nada pra você — ela responde.

Sempre o castiga com fome, como quem repreende um filho. Lázaro passou todos esses anos sendo o filho favorito de Santa. O filho com quem ela dorme. O filho que mordeu e beijou.

Há dias em que Lázaro gostaria de ter morrido lá dentro para não pensar em nada, nem na criança que foi, nem no medo daquela criança, nem nos outros pequenos que foram oferecidos à selva em troca de um javali ou de uma galinha. Gostaria de ter morrido para não ter aprendido, em todos aqueles anos, a manejar faca e facão, para não ser a mão esquerda da selva que algumas noites entra nos quartos das crias para recolher a carne do tributo. Gostaria de ter morrido para não ter mais medo, porque essa é a única coisa que sobreviverá quando ele finalmente deixar este mundo. Tornou-se um covarde afia-facas, que empunha facões e trocou filhos por vida, como fez sua mãe uma vez: qual é a diferença? Nenhuma. Não é melhor que ela.

Mas é melhor que Santa. Pelo menos ele não sonha em comer uma das crianças. Um pedacinho de carne, só um pedacinho, Santa lhe disse aquela vez, como se não quisesse dizer nada, mas com os olhos ansiosos e a boca cheia de saliva. Desde então ele a viu lamber os beiços. Ele a viu esconder seu segredo.

Gostaria de não se lembrar daquela noite, tantos anos atrás.

— Quando você estava dentro da selva, o que você viu? — foi a pergunta daquela mulher que Lázaro considerava sua.

Santa não fazia perguntas por acaso.

— Nada, só grama, mosquitos e árvores — ele respondeu, e Santa apertou os olhos numa careta de incredulidade.

— Nada?

E ele disse não de novo, jurou com a mão no peito, jurou pelo medo, o deus mais sagrado entre todas as coisas.

— Bom, eu comi na selva, só pra você saber. Faz anos. Quando era menina. Você quer que eu te conte o quê?

E ele disse não de novo, e Santa o chamou de *babaca*.

Com essa mulher é melhor ficar calado. Nunca responder nada. É melhor não vomitar fúria sobre fúria e esquecer as coisas que Santa poderia ter dito a ele em algum momento. Mesmo esquecendo que hoje lhe negou um pouco mais de sopa. Lázaro se afasta dela e imediatamente se sente mais leve, como se o sangue finalmente chegasse à sua cabeça e irrigasse suas ideias. Esta noite dormirá ao ar livre, entre os mosquitos e a solidão, como dormiu de uma forma ou de outra desde o primeiro momento de sua vida.

Ao longe, um recém-nascido chora. Não é o gemido de uma criança saudável. O filho da forasteira, com certeza. Lázaro conhece a diferença entre o grito da vida e o da morte. Já o ouviu muitas vezes. E o silenciou em ocasiões suficientes. Junto com o choro ele ouve a voz da velha, que se esforça para silenciar aquela angústia.

A velha canta.

Canta tão bonito que Lázaro choraria se ainda tivesse alma. Se não fosse uma criança perdida.

Gostaria que tivessem cantado para ele assim.

Caminha sem rumo pelo longo alpendre da fazenda até que os olhos da cachorra o encontram. Mais uma vez. Lázaro só pensa em como escapar daquele olhar, em como esquecer aqueles olhos e sua culpa. A cachorra está, como sempre, apoiada na grade, com as patas para fora e a língua ofegante. Contempla e avalia o mundo daqueles que se autodenominam sãos. Lázaro baixa a cabeça ao passar na frente dela: Ananda é sua vergonha, é o horror.

Entre as patas, a cachorra leva a ânfora onde chacoalham os ossos do filhote. Os ossos rangem estridentemente quando a cachorra a sacode. Para que Lázaro se lembre. Para que se lembre do horror. Para que se lembre do facão afiado e da vingança. Para que se lembre dos fracos, dos inocentes. Ao ver Lázaro, a cachorra late. Late até perder seus pulmões de cachorra, até a tosse substituir o latido. Ananda não esquece.

Lázaro sabe disso.

Não pode esquecer.

Não quer.

A cachorra

Não quer. Não quer ficar quieta. Aqueles pulmõezinhos de animal quase natimorto emitem gemidos noite adentro e mantêm todos acordados, inclusive o selvagem, enorme e ansioso, que te contempla entre as árvores.

Começou a chover.

Você geme para ver se alguém te ouve e fareja o cheiro do macho que te espera na selva. Então o vê passar, com o focinho inquieto, entre as lianas. Ele dá voltas e mais voltas de um lado para o outro. Está assim, cada vez mais impaciente, desde a chegada da forasteira prenha. Está com o cheiro do seu cio grudado nos dentes, e isso o deixa louco. O macho não vai aguardar para sempre, você sabe bem, outras selvagens esperam por ele e são fáceis de montar, não como você, que está atrás das grades, com o cheiro do cio apodrecendo na cabeça e na boceta. Você late para fazê-lo entender que te deixaram sozinha diante da vontade desses covardes e assassinos, que você não é uma cachorra com destino próprio, que está presa.

Talvez a chuva engula todos os sons da casa e deixe seus moradores surdos, todos menos você, Ananda, a pulguenta.

Você rastreia com seu olfato os cômodos distantes, seus ruídos. O ciúme de Santa soa como metal caindo no chão, às vezes também parece o chapinhar de pés afundando na lama. Agora que está chovendo, a fazenda é um enorme e interminável chapinhar, e Santa perambula por ela como uma alma em pausa dentro de um limbo. As crianças, dominadas pelo terror, andam na ponta dos pés para não incomodar a velha ou os adultos, que são sempre imprevisíveis em sua loucura. Só são diferentes os passos de Ifigênia, que você detecta imediatamente porque a conhece bem, ela e seu olho ruim, e a maldade de seu olho bom. Ela te visita às vezes, sobe em uma tábua de madeira para ter acesso à grade da sua janela e fica ali, durante uns minutos, agarrada à contemplação, te olhando para ver se com a vista a cachorra se entrega, se a cachorra late, se os ossos uivam dentro da ânfora porque alguém tão ferrado quanto você, diz Ifigênia, sempre é interessante.

No mundo homogêneo das crianças, Ifigênia é diferente. É por isso que você gasta algum tempo com ela. Quando Ifigênia te olha e se aproxima do seu mundo, você a encara de volta. Acima de tudo, você escuta o que vive nesses esconderijos que os seres humanos não conseguem alcançar, por exemplo, o rangido da alma, das entranhas e dos rins de Ifigênia, seu cérebro, suas engrenagens nervosas, ouve-a umedecer entre as pernas.

A menina fica em silêncio enquanto tenta cutucar suas feridas, mas você não pensa mais nela ou na garoa que parece pressagiar uma desgraça nem no som dos ossos de Choclo latindo empapados na urna, mas você vai mais longe, até Lázaro. Envolto numa nuvem de mosquitos, ele caminha, arrastando os pés, como se não quisesse fazer aquilo, até o quarto onde está a forasteira.

Ela não fala muito. Às vezes muge, como se sua boca estivesse cheia de uma pasta branca. Como se as palavras não lhe viessem de forma natural. Sua, fede a suor. Baba. Treme. Treme de novo. Está pedindo para morrer há algum tempo. Mas não é tão fácil assim. Aqui ou em qualquer outro lugar, morrer é uma tarefa complicada. A jovem suplica. Quando as palavras vêm à sua boca, implora por um pouco de pó. Ninguém a escuta. Ou preferem fingir que não a escutam. Ela, em vingança, morde o ar, as paredes, morde tanto que você se pergunta se ela também não é uma cachorra, uma cachorra como você, que explorou a fundo demais o horror da selva.

Faz muito tempo que não é possível dormir na fazenda. Quando não se ouve o choro do recém-nascido, cada vez mais fraco, cada vez mais azul, surge um ruído em outro canto, um grito de mulher ou uma mordida no ar. A velha canta uma canção de ninar para a criança que carrega nos braços, ou Ifigênia passa o dedo pela boceta úmida. É forte o som desse dedo, dessa fricção na pele. Você tapa as orelhas.

Gostaria de não ouvir tantas coisas.

Essa sempre foi a sua maldição.

Você ouviu todos os partos de Santa. Cuspia crianças no mundo sem parar. Era uma boa parideira. Nunca chorava por causa da dor, nem mesmo quando era jovem. Apertava as coxas e a boca e começava a empurrar enquanto a mãe trabalhava em seu corpo, enfiando a mão, virando a cabeça das crianças, removendo cordões umbilicais torcidos e costurando. Mas Santa não deixava que lhe dessem ordens entre os empurrões, nunca foi tão santa assim. Odiava que lhe dissessem qualquer coisa durante a labuta do parto, a menor palavra a deixava louca, então eram dias de silêncio. No máximo era possível ouvi-la rosnar baixinho, enquanto abria as pernas e passava a mão pela cabeça. Ela tinha quinze anos quando deu à luz pela primeira vez uma fêmea gorda com um crânio enorme, quase impossível de tirar. E para você foi o horror, Ananda, foi o seu horror de cachorra quando viu aquele crânio abrindo espaço entre os ossos da sua irmã, que havia sido uma ânfora por quase nove meses. Foi o seu horror de cachorra quando a selva rangeu. Você nunca vai se esquecer daquele rangido de fome, de mandíbula abrindo e fechando.

Você pensou que Santa imploraria pela menina. Depois de tanto esforço, tantas horas de parto excruciante, sua primogênita certamente estaria destinada a ser alimento da selva. Mas Santa apenas enxugou o suor da testa com um pano, depois cuspiu saliva no mesmo pano e o passou de novo no rosto. Em todos os partos fez os mesmos gestos: o pano, o cuspe, depois o rosto inexpressivo, de que nada me importa, porque sua irmã não sentia nem sequer o amor que uma galinha sente por seus ovos.

Naquele dia, pela primeira vez, você experimentou um medo genuíno diante de uma selva que até então parecia uma avó velha e caprichosa demais. Você havia nascido nela. Nenhum outro mundo existia, embora você soubesse que *algo* mais, um *algo* indefinível, estava lá fora. Desse lugar seguro vinham os estrangeiros, os ocasionais habitantes da fazenda que permaneciam dias, meses, talvez anos, que aqui riam e sofriam, faziam filhos e depois os deixavam como uma lembrança de que sua presença não havia sido um sonho ou uma alucinação coletiva. Era melhor não se acostumar com eles, sua mãe sempre dizia, era melhor não pensar neles porque um dia, um dia como outro qualquer, iam embora. Não sobrava vestígio de sua presença, nenhuma pegada, nenhuma roupa, nenhum rastro pelo mundo. Às vezes, isto sim, uma criança ficava para trás e chorava pelos ausentes. Não se podia fazer nada a não ser consolá-la e dizer-lhe, por pena, que seus pais nunca haviam existido ou que o céu da selva era um lindo lugar onde todas as crianças abandonadas um dia encontrariam seus pais.

Muitas vezes você se perguntou o que havia acontecido com aqueles homens e mulheres que desapareciam. Para onde a selva os levava. Se estavam mortos, onde tinham ido parar os cadáveres e por que não podiam enterrá-los, se era tão simples quanto abrir um buraco e plantar uma semente ou um corpo. Você se preocupava que um dia fosse encontrá-los assim, acomodados sobre uma liana, já mortinhos, nus em pele viva, em puro osso branco. A selva era uma ave necrófaga capaz de tirar tudo: vida, carne e roupa.

Você nem conseguia se lembrar de muitos daqueles estrangeiros que iam e vinham. Eles flutuavam diante de seus olhos por algumas semanas. Alguns deixavam uma lembrança: sua mãe prenha, por exemplo. Deixavam botões de camisa ou pedacinhos de tecido que Santa sempre encontrava entre as árvores e trazia como troféu. Passaram por aqui, dizia sempre para te convencer de que não havia sido uma alucinação. Um botão ou a faixa de um vestido era prova mais que suficiente, permitia que ambas construíssem uma história. Muitas vezes se enfiaram juntas na selva e prometeram encontrar algum vestígio, um sinal, por mínimo que fosse, do caminho que os estrangeiros haviam percorrido.

Era quase uma brincadeira, mas uma brincadeira muito séria.

No fim do dia, depois de andarem em círculos e comerem uma fruta ou outra, com a boca manchada de culpa e polpa, voltavam para a fazenda. Santa se convencia imediatamente de que não havia nada de errado em aceitar uma goiaba ou uma manga da selva, mas você às vezes não queria comer nada. Queria que a selva soubesse o quanto aqueles desaparecimentos te machucavam e o quanto você ficava incomodada por ela não conseguir controlar a fome. Mas sempre, no final da investigação, você estava tão cansada que acabava aceitando as frutas que Santa colhia das árvores. Assim que a via comer e sujar o vestido com um jato doce, dissimulava e estendia a mão. Depois voltavam juntas para a fazenda, que estava sempre muito perto, como se tudo o que tivessem caminhado por entre as árvores não passasse de alguns metros, a distância exata que uma avó caprichosa lhes permitia percorrer.

Aquelas brincadeiras, aquelas investigações inofensivas terminaram em seguida por culpa da sua mãe. Ela sempre as esperava histérica, gritava quando as duas apareciam entre as árvores, as apertava contra o peito, as obrigava a abrir a boca para ver o que haviam comido e perguntava o que tinham visto ali, quando viajavam no ventre da avó selva.

Nada, não tinham visto nada: nem mortos, nem vestígio dos estrangeiros, apenas árvores, folhas e frutas. Mas sua mãe insistia. Uma vez te sacudiu tanto que você pensou que sua cabeça fosse se desprender do corpo e voar. Era pior ainda com Santa. Sempre metia um dedo na garganta da filha mais velha, mas sua irmã não vomitava com facilidade, arqueava na grama, ficava encurvada de ânsia, não soltava nem uma gota. Quando encontrava nos dentes de vocês vestígios de polpa de fruta ou o fio de uma manga madura, parecia se acalmar. Suspirava alto demais, como se a vida lhe escapasse da boca em forma de alívio, e mandava as duas de castigo para um dos cantos da fazenda, de costas para a selva, de costas para o mundo por algumas horas, em silêncio.

Com o passar do tempo você se acostumou que os estrangeiros fossem apenas mais um artigo decorativo da casa. Um artigo que não estava destinado a durar e ao qual era melhor não se apegar porque na natureza nada ficava inerte por muito tempo. Só foi diferente com Chola. Chola não podia ser facilmente esquecida. Ela tinha a voz grossa, os olhos vermelhos de tanto chorar e rir sem parar às vezes. Cantava o dia todo. Suas tetas gordas amoleciam as crianças. Chola havia estado lá, na fazenda, na selva, desde que você tinha memória. Aos oito anos você ainda insistia em dormir nas tetas dela e chorava só para ter o privilégio de ouvi-la cantar à noite. Ao lado dela você virava um pedacinho de menina, chegava a esquecer o medo de um dia perdê-la, ela e seu vozeirão escuro. Nem sua mãe você amava assim. Nem Santa. Nem a selva. Não havia nada tão sagrado no mundo quanto Chola. Nem mesmo o deus daqueles pais-nossos que você era obrigada a repetir ou a escuridão da noite, que abrigava outros deuses mais antigos ali nas lianas altas.

Chola não tinha história. Nem passado. E, se tinha, nunca quis compartilhá-los com ninguém da casa, nem mesmo com você, que de alguma forma era filha do calor das tetas dela. Mas Chola mantinha a selva nos olhos. Isso você notava. Olhava para a selva como se soubesse que aquela pausa com vocês era apenas mais um ponto de passagem.

No dia em que eu partir, não chore, ela cantava para você com a voz quente. Era uma melodia que só tinha aquelas poucas palavras. Chola as repetia inúmeras vezes sem alterações, sem modulações, como se não fosse realmente uma canção, mas uma verdade reiterada até virar música.

Mas ficou anos na fazenda, e aquela canção sobre uma despedida iminente foi desaparecendo aos poucos. Talvez até a própria Chola acreditasse que, finalmente, havia chegado a um lugar definitivo, que não estava mais perdida, que todos tinham um lar sob o céu da selva, em sua garganta e inclusive dentro de seus dentes. Quanto tempo passou você não saberia dizer, muito menos agora que os anos são contados em anos de cachorra, e não de humana. Você se lembra de outras coisas. Por exemplo, que Chola te chamava de Nandita. Que as tetas enormes dela já estavam na fazenda quando a selva trouxe Lázaro, devorado pelos insetos e com olhos que já tinham visto demais para uma única vida. Que foi ela quem finalmente ensinou à sua mãe a técnica precisa para domar as crianças e prepará-las para a morte.

Até então tinha sido uma carnificina.

Desde criança você tinha os ouvidos atentos de uma cachorra e, ao ouvir os gritos no quarto próximo daquele que dividia com Santa, se obrigava a tapar a cabeça com o travesseiro, na tentativa de não ouvir mais aquele horror. Nem sempre gritavam, é verdade. Às vezes, sua mãe era rápida o suficiente para tirar uma criança da cama sem fazer muito barulho ou causar pânico. Mas às vezes não conseguia. E esses momentos eram suficientes para fazer você pensar se um dia não seria Santa quem gritaria daquele jeito, ou talvez você. Na manhã seguinte, quando sua mãe tentava te abraçar ou beijar sua cabeça, você não deixava. Você se encolhia ao vê-la. Olhava para as mãos dela para ver se estava escondendo facas.

Finalmente, sua mãe engoliu o horror, a raiva e o orgulho. Num dia como outro qualquer, ela se deixou ensinar, e então Chola a ajudou a fazer melhor aquele trabalho de carniceira. Pelo menos a função com as crias ficou mais silenciosa a partir daquele momento. Você podia dormir tranquila, sem pensar nos gritos, e foi assim que se criou a regra da fazenda: em silêncio e rápido para não espantar o sono de quem ainda não estava coberto de sangue até os ossos.

Só uma vez você viu Chola nessa tarefa. Você não conseguia dormir por causa do calor e, embora já tivesse idade suficiente para dar às crianças mais novas o prazer de se aninhar sobre as tetas macias de Chola, relutava em dar a elas esse privilégio. Então foi atrás dela. Atrás de seu canto, de suas tetas, do calor de seu hálito. Mas ela não estava lá. Nem na sala, nem nos corredores que reluziam vermelhos, nem no portão.

Seus olhos doíam.

E continuaram doendo quando você viu aquele brilho viscoso que a selva derramava sobre as coisas.

E te doeram ainda mais quando, nos limites que separavam a fazenda da selva, você conseguiu ver Chola e sua mãe.

Chola, sua mãe e a menina.

No dia em que eu partir, não chore, cantava Chola enquanto acariciava a testa suada da criança.

Uma testa que poderia ser a sua testa.

Se fosse a sua, naquele exato momento você soube, Chola cantaria a mesma canção com o mesmo amor e selvageria.

O som de uma faca entrando na carne é diferente de qualquer outro som deste universo.

Ao ouvi-lo, você fechou os olhos para não ver, embora a realidade já tivesse invadido sua cabeça e se projetasse ali em forma de nuvem.

Ambas, sua mãe e Chola, te encontraram no chão. Você não estava com febre, mas seu corpo tremia. O mundo não estava mais vermelho. E a selva também não.

No dia em que eu partir, não chore, Chola cantava para você como se nada tivesse acontecido.

Vendo seu olhar, vendo o horror que vivia dentro de você, Chola disse à sua mãe com uma expressão enfadada:

— Um dia você vai perder a Nandita, comadre. É muito fragilzinha. — Encolheu os ombros depois de falar. A tristeza fez com que ela te abraçasse com muita força, como se ela mesma fosse te perder a qualquer momento. — Minha pobre coelhinha, minha peixinha, meu coraçãozinho.

— Não, Chola, cacete. A menina não é frágil. — Sua mãe olhou para você perturbada, como se pela primeira vez percebesse que o defeito de humanidade que você havia recebido era uma maldição pesada demais.

— Minha pobre tartaruguinha, minha Nandita, minha cachorrinha.

Os diminutivos iam amenizando seu medo, tornando-o moldável, mais fácil de esquecer, e ao mesmo tempo seu corpo se livrava daquele calor infernal que te fazia suar nas entranhas. Relaxada, nos braços de Chola, você dormiu sem pensar na proximidade da morte.

Nem sequer lembra bem quando ela desapareceu. Num dia como outro qualquer, você supõe. A selva não tinha fome, a selva não precisava dela, mas mesmo assim a levou porque quis, porque podia, porque você entendeu, pela primeira vez, que para a selva não havia família, mas peões no tabuleiro de um jogo em que sua fome era disputada. E foi a raiva. A sua raiva. Você nunca pensou em detestar daquela forma a avó selva que até então tinha se mostrado caprichosa e muitas vezes inescrutável, mas não mais do que isso.

Você nem sequer acreditava mais em lágrimas. Para quê? Então não chorou por Chola.

A selva era injusta com você. Havia dado algo a todos. Santa tinha Lázaro. Ele a seguia por todos os lados, e Santa brincava com ele, abaixava suas calças pelos cantos, fazia-o obedecer apenas tocando-o com dois dedos. As outras crianças tinham umas às outras, viviam com um medo compartilhado que as transformava em uma mente única, em um sonho único, em um mesmo ser com muitos membros que se moviam em uníssono pela fazenda. Sua mãe era dona de Santa e dona também do seu destino.

Nada pertencia a você.

Nada era completamente seu. Nem mesmo sua irmã, nem mesmo sua mãe, nem mesmo seu corpo.

A selva havia levado Chola como quem move um objeto de um lugar para outro mais confortável. Você estava tão zangada com o mundo que cuspiu nas árvores e amaldiçoou tudo. Chutou troncos na esperança de que a selva sentisse aqueles golpes no fígado, no estômago, no útero. Um pássaro em um galho piou jovial e cagou no seu cabelo.

A merda do pássaro era branca e líquida.

Claro, ninguém se preocupou em procurar Chola. Sua mãe foi a única que soube da sua dor. Talvez pudesse ler em seus olhos. Ela se aproximou e quis te acalmar, mas o conforto tinha cheiro de cuspe. Não adiantava nada. Ela deu dois tapinhas na sua cabeça. O que mais você esperava? Na selva não há milagres.

Mas você não deve ser injusta, Ananda. Seu coração de cachorra tem espaço demais para a memória. É verdade que você nunca recuperou Chola, mas pelo menos a selva tentou virar aquela avó que fazia coisas boas só por fazer e às vezes trazia presentes surpresa para as netas rebeldes, aquelas que chutavam úteros, rins e fígados imaginários. Você não a perdoou. Ou sim. Talvez um pouco, o suficiente para que seu ódio ficasse enterrado por um tempo.

Você nunca quis ser mãe.

Não até ouvir o latido de Choclo. O latido dele vinha das entranhas da selva. Outros animais já haviam chegado à fazenda antes. Outros presentes. Outras demonstrações de que a selva estava feliz com a carne que lhe era dada sempre a tempo, havia muitíssimos anos. Frutas. Galinhas. Porcos e javalis gordos que iam morrer ao pé da casa ou que, mansos, se deixavam caçar. Galinhas-d'angola. Uma catorrita que Santa não quis comer e adestrou durante meses. Até roupas usadas, você se lembra daquelas roupas? Vestidos, tecidos, que apareciam como se fossem bagagens vagando pela selva, bagagens perdidas em uma estação muito longe para pedir devolução, sua mãe dizia e falava de trens, fumaça, trilhos, lugares de outro mundo que você nem podia imaginar. Tinham dificuldade de te vestir com aquelas roupas porque você imaginava outra menina, parecida com você, nua entre as árvores, sendo picada por mosquitos e maruins, sem nada além da solidão e do abandono daquela avó que despia uma neta para vestir outra. Não importava que sua mãe tentasse te convencer e que Santa, sempre prática, pegasse as melhores coisas. Santa não pensava em corpos nus ou em cadáveres, não conseguia sentir o cheiro da morte naquelas roupas.

— Elas têm um fedor pútrido — você reclamava sempre, mesmo que sua mãe lavasse até não poder mais cada um dos vestidinhos, meias e casacos usados por outras crianças.

Ela jurava que não e você acreditava nela, claro que acreditava: sua mãe era durona, mas nunca te vestiria com algo que cheirasse a cadáver. Você sabia que não. Mas sua mãe não era culpada por não sentir por baixo dos fios e do tecido aquele aroma de terra, sangue, faca, que só você notava.

A selva trazia coisas, deixava seus presentes ao pé da fazenda, fossem bem-vindos ou não.

E naquele dia ela trouxe Choclo.

Você o ouviu latir. Era o gemido de um animal solitário. Seu coração bateu. E então seu útero também. Você não pensou mais, só queria procurar, pressionar aquele gemido peludo contra seu peito.

Apareceu logo. Estava ali, bem debaixo de uma árvore, e era tão pequeno que cabia em suas mãos. Um selvagenzinho. Latia alto. Tinha o pelo branco e um olho com uma mancha preta. Um olho para o bem e outro para o mal. Um olho para você e outro para a selva. Você o pegou, e ele abanou o rabo.

Santa e Lázaro ficaram incomodados com o presente que a selva te dera. Ficaram incomodados porque a selva nunca tinha deixado para eles nada de único, só o básico para sobreviver. A selva não olhava para eles com os olhos de avó cruel e bajuladora. Se contentava em tratá-los como insetos. Ou não, melhor, como a galinha que botava ovos e o galo que montava nela. Só você era especial para a selva. Ananda, a neta com quem era preciso fazer um pacto logo, para que seu coração de folha frágil não acabasse ferido, para que a neta não virasse um monstro ou uma cachorra.

Na primeira vez que viram Choclo, que naquela época não se chamava Choclo, Santa e Lázaro se afastaram dele como se em vez de um animal fosse uma praga. Mas quem poderia tirar seu filho de você? Quem? Ninguém. Nem sua mãe se atreveu a intervir quando viu que o monstro pelo qual Santa gritava era apenas um filhotinho de selvagem ossudo e magro demais.

— Não seja trágica — disse a mãe a Santa — e deixe sua irmã em paz, cacete.

Havia raiva nos olhos de Santa. Pingava como uma manga podre, dessas que a selva teve o cuidado de nunca colocar na boca das duas quando eram meninas. Agora não eram mais. Não tanto. Santa tinha seu próprio animal de estimação, aquele Lázaro que agarrava pelos cantos, na frente de todos, porque todos sabiam que a natureza faria seu trabalho e que aqueles dois não iam parar até cumprir o mandato silencioso: fazer mais filhos, mais comida, mais carne boa. No fim, o tédio da primeira juventude acabou invadindo o corpo de sua irmã e se manifestou primeiro como um enjoo matinal persistente, que piorava por volta do meio-dia e depois diminuía. Quando o vômito parou, a barriga dela cresceu. Santa não chorou, mas sentava todas as manhãs numa poltrona com os pés inchados para ver você brincar com Choclo, você, que podia correr porque não estava gorda nem com dedos latejando.

— Mas que estúpida de merda — te disse uma vez, vendo você voltar suada, com Choclo nos braços —, esse bicho não é teu filho.

Mas era.

Àquela altura você já tinha virado um pouco cachorra e, quando ninguém estava olhando, latia para Choclo, que brincava com seu cabelo, e às vezes você até tentava correr de quatro, enquanto a selva soprava seu ar úmido em sua nuca.

— Mamãe diz que aqui precisamos de crias, não de cachorros. Por que você não faz um filho? — Santa gritou para você nesse dia, bem perto da mãe, justamente para que ela ouvisse: — Por que você não faz um filho, Ananda?

— Não tenho vontade — você sussurrou.

Os olhos da sua mãe repousaram sobre ambas, a filha mais velha e a filha mais nova. Ela respondeu bem devagar, sem tirar os olhos de Santa:

— Deixe ela crescer, cacete.

Mas não tinham deixado Santa crescer, antes disso haviam colocado Lázaro diante de seus olhos. Ninguém lhe ensinara as consequências. Não lhe deram tempo porque precisavam de uma boa parideira, uma menina jovem, de ossos fortes como ela, uma menina que entregasse os filhos sem pensar nas facas do futuro. Santa tinha vivido a dureza dos primogênitos, de se ferrar pelos outros, pela irmã menor que podia ter cães e não partos, a quem se permitia crescer a um ritmo diferente, a quem se dava tempo de vida e juventude.

Talvez a questão fosse simplesmente que a mãe não podia se dar ao luxo de se sentir culpada em relação a Santa.

Era muito dura com ela, para que se fortalecesse, para que parisse sem reclamar, para que nunca dissesse não, para que depois da quarentena tivesse vontade de procurar Lázaro de novo e assim começar um novo ciclo. Para que um dia ela fosse herdeira da fazenda e pegasse as facas nas mãos, sem tremer.

O ciclo da vida.

O ciclo da selva.

Apenas uma vez em todo esse tempo Santa se recusou a ficar prenha. Ela ainda era muito jovem. Seus quadris largos e as olheiras que lhe apareceram após o primeiro nascimento a faziam aparentar ser mais velha do que realmente era. Seu corpo em troca da tranquilidade da família. A mãe nunca diria palavras assim, mas no fundo era verdade: não só as crias eram um tributo à selva, Santa também.

Você amava Choclo mais do que sua irmã jamais amaria os filhos dela. Choclo era tudo o que você precisava no mundo. E esse sentimento te tornava egoísta, porque você não ia entregar seu corpo a ninguém, nem ao futuro da fazenda, nem à sua mãe, nem a Lázaro, nem doaria seu tempo a uma irmã exausta de parir sua desgraça. Você não faria isso nem pela avó da selva, que por tantos anos havia permitido que você fosse criança. Você não era mais. Não havia mais a justificativa de que você não estava pronta.

No fundo você era apenas uma mimada. Que a galinha chamada Santa botasse seus ovos, que se acabasse em vida, que envelhecesse cinco anos a cada parto enquanto você brincava com Choclo, não importava.

Você se importava menos com a felicidade da sua irmã do que com a do seu cachorro.

Após um parto complicado, Santa se recusou a deixar Lázaro montar nela de novo. Se recusou a abrir as pernas e disse à mãe que ia morrer. Ela estava parindo havia anos sem parar. Quando não paria, abortava. Nunca havia crias suficientes para a fome da selva, que podia ser metódica para a sorte de todos, embora sua mãe lembrasse muito bem que lidar com deus não era brincadeira, que deus era uma fera com a goela aberta na sombra. Muitos anos haviam passado, mas sua mãe ainda se lembrava daquelas três crianças que precisou sacrificar em menos de seis meses: uma delas era tão pequena que ainda não falava, e, ao entregá-la, sua mãe se perguntou por que diabos ainda estava fazendo aquilo, se não seria melhor que todos morressem, ela, Santa, até você, por que não matava as duas a facadas e depois se enforcava em um dos muitos cantos da fazenda, quem sabe com aquela comida definitiva a selva se acalmaria e o pesadelo chegaria ao fim.

Você se lembrava pouco desse tempo, porque naquela época ainda tinha as vendas protetoras da infância sobre os olhos. Mesmo ali, dentro da selva, sua mãe procurava garantir que as vendas estivessem bem colocadas, para que sua felicidade ou algo parecido com isso não fosse estragado pela desgraça e para que você não pensasse diariamente no fato de que as crianças sacrificadas eram suas irmãs.

Tanto sangue empurrando sua felicidade. Tanto sangue para que você não deixasse de ser menina.

Tanto sangue alheio.

Mas tudo acabou naquele dia, quando Santa se cansou de ser a única, quando começou a reclamar alto, quando chorou no peito da mãe como se fosse pequena de novo e sofresse por um gatinho morto. Você não sentiu pena dela. Deixou-a envolta em lágrimas e correu com Choclo pela grama cansada de sentir seus pés.

Totalmente inocente. Totalmente culpada.

Naquela noite, quando você voltou para a fazenda banhada pelo cheiro das árvores, sua mãe te esperava na parte de fora. Ela estava com as mãos inquietas atrás das costas e por um segundo você se perguntou se havia uma faca ali, entre aquelas mãos pontudas e já envelhecidas, se a selva finalmente estava cobrando o pagamento pelos anos de felicidade que te proporcionara. Sua mãe não tinha facas escondidas, mas palavras tão horríveis quanto:

— Santa não vai parir por um tempo. É a sua vez de fazer o trabalho. Eu faria, faria mil vezes por você e por ela, mas estou velha, não dou mais filhos, cacete, não dou mais nada a não ser más notícias. — Fez uma pausa e olhou nos seus olhos. — É a sua vez, Ananda.

Você pegou Choclo, que começou a latir para sua mãe como se soubesse exatamente o que ela estava pedindo de você, o sacrifício que exigia.

— Não seja mau — você sussurrou nos ouvidos dele, e o olho preto de Choclo olhou para você furioso, como se não entendesse por que você o mandava ficar quieto se ele só queria te defender.

— Pode ser com Lázaro se você quiser. Lázaro é bom. Ele é como um irmão pra você e será gentil. Ele dá boas crias — disse sua mãe novamente com seus olhinhos de galinha degolada. Tentava te convencer de que era um mal leve, que melhor Lázaro que qualquer outro estrangeiro que a selva pudesse pôr aos seus pés, melhor Lázaro, que não martelava a boceta de Santa como se fosse um animal raivoso, melhor o certo do que o incerto.

— Eu não quero crias, mamãe.

Ela ficou em silêncio por um tempo. Olhou para você sem dizer nada.

— Ananda, não tenho tempo pra brincadeira, cacete. — E então repetiu: — É a sua vez.

Choclo começou a rosnar. Seus latidos invadiram a fazenda e lá dentro, no fundo dos cômodos, um menino chorou. Um filho de Santa, talvez. Talvez um de seus irmãos mais novos, aqueles que você desprezava, porque não eram iguais a você: você sabia muito bem que os nascidos para a selva faziam parte de uma espécie diferente, criada para a morte. Você mal se lembrava dos nomes deles. Para quê. Sua mãe havia dado um nome para cada um porque era cruel, porque falava de civilização, mas debaixo daquela palavra escondia a brutalidade de uma foice. Por que nomeava algo que seria apenas comida?

— Não — você disse. — Nem filhos, nem crias, Lázaro que não pense que pode montar em mim. Se me tocar, eu mato ele. E aí Santa pode me matar.

— Cacete, Ananda! Sua irmã está doente. Está tudo em risco. Tudo, cacete. Se a sua irmã morrer, o que você acha que vai acontecer?

— Santa gosta de ser Santa.

Você não estava sendo justa. Sabia que Santa não estava bem, que depois do último parto tinha dado à luz dois filhos natimortos, que não dormia, que não conseguia nem aguentar Lázaro por perto. Que havia chegado a sua vez de assumir um pouco do fardo, de devolver à selva seus favores simplórios: a manga de presente na infância, o cachorro que te deu como companhia.

— Santa gosta de ser Santa? — Nos olhos da sua mãe estava aquele olhar incrédulo que você só veria de novo na primeira vez que ela te viu cachorra. — Não me venha com essa.

Você não era mais sua filha favorita. Ela via a monstruosidade dentro de você. Choclo latiu de novo em seus braços, e você o repreendeu baixinho.

— Não brinque comigo nem com a selva — foram as últimas palavras que sua mãe disse. — Isso não, cacete.

Você dormiu inquieta naquela noite e nas duas seguintes. Choclo permaneceu insone, com os olhos vermelhos como os de um cachorro do inferno, vigiando a porta, o corredor, qualquer acesso por onde um homem magro pudesse entrar em seu quarto, um homem tão magro quanto Lázaro. Debaixo da sua cama, envolto em teias de aranha e rosnados, Choclo tentava te proteger da forma que podia. Era seu filho. Seu marido. Seu pai. Com cuidado, para acalmá-lo quando ele ficava muito alterado, você abaixava a mão para tocar seu pelo e as orelhas. Esse sinal era suficiente para ele parar de latir. Mas não o fazia dormir, o que só acontecia quando o sol aparecia e Choclo sentia que a luz te acompanhava, que com ela nenhum homem viria, que você estava protegida dos olhos de Lázaro assim que o primeiro raio tocasse a janela.

Você começou a prestar atenção naqueles olhos. Alguma vezes eles tinham te notado. Os olhos de Lázaro eram maiores que todo o seu corpo e mais poderosos. Ele era o cachorro de Santa, o filhotinho dela, e sua irmã não permitia que ele se aproximasse muito de ninguém na fazenda. Não se brincava com a selva, com sua mãe ou com Santa. Com Santa muito menos. A raiva dos partos e dos hormônios, a raiva de estar eternamente prenha era uma frente unida contra a sua existência. Às vezes você sentia o olhar de Lázaro em seu corpo, mas não sabia como interpretá-lo. O que aquele olhar significava? Os olhos do caçador sobre sua presa ou os olhos da presa na selva que a vomita? Era melhor ignorá-lo. Era melhor que aquele homem não tivesse corpo e que você também não tivesse para ele.

Você não conhecia o desejo. Tinha visto Lázaro e Santa rolando entre troncos abandonados, entre as árvores, meio escondidos, na escuridão da noite, em meio ao vapor dos lençóis brancos, entre mosquitos e gemidos. Você tinha ouvido ela se entregar. Também tinha ouvido os orgasmos que pareciam vir da própria garganta da selva, mas tudo aquilo era irrelevante para você.

Uma vez você explorou seu corpo. Um dedo nos seios. Outro na boceta. Algo de bom tinha que existir ali, algo de bom para que Lázaro e Santa provassem tantas vezes, algo que lhes servia de alimento, que os obrigava a devorar um ao outro. Ao tocar sua própria carne, você não sentiu nada além de tédio, um bocejo que parecia vir da boca da sua boceta para a boca da sua mente. Desde então você suspeitava que Lázaro podia sentir o cheiro do que você havia feito. Que era um mastim enorme com a capacidade de farejar o ar e seguir o rastro daquela boceta que você havia fuçado sem nunca conhecer dor ou prazer. Em seu rosto inexpressivo você lia os sinais, muito claros, de que ele podia sentir o cheiro das suas ações.

Choclo não o deixava chegar perto. Era um monstro ladrador e infinitamente fiel.

Com seu olho preto e vingativo se aproximava de Lázaro em silêncio e rosnava entre suas pernas. Com Santa também, mas sua irmã não acreditava no medo dos latidos. Choclo se afastava dela. Questão de instinto. Santa não acreditava nem em deus, muito menos em um cachorro.

Você nunca vai esquecer a lembrança de Santa pequena, coberta de polpa de fruta, escondida na selva ao seu lado, cercada por mosquitos enquanto as catorritas cagavam bem belas ao redor de vocês. Havia ali uma felicidade não tão remota porque a selva, avó cruel, sabia que aquelas duas meninas logo seriam suas galinhas poedeiras, que gerariam mais carne para saciar seu apetite, que o sabor distante que captava com sua língua de ar era uma provinha do que experimentaria no futuro.

Existem outras lembranças que também não vão se apagar da sua memória. Pouco depois de sua mãe dizer que você deveria participar do fardo dos partos, Santa veio te procurar no jardim, com a pele quase azulada sob as olheiras. Os dentes se destacavam da boca. As gengivas de Santa estavam brancas e escamosas, e os dentes pendiam delas como carcaças de marfim. Sua mão de dedos longos, lianas da selva onde morriam os enforcados, pousou em seu antebraço e o apertou com força, com tanta força que Choclo rosnou baixinho, apesar do medo que tinha de Santa.

— Comece a parir agora mesmo ou como seus olhos, vadia — foi a ameaça de sua irmã mais velha.

Então, em silêncio, se afastou. Em seu braço ficaram aquelas marcas de unhas que não doíam, mas coçavam, como se as mãos de Santa fossem patas de inseto. Você sentiu nojo ao vê-la. Com aquelas gengivas e aqueles dentes, e aqueles cabelos desbotados, grisalhos, e os pés que ela arrastava passo a passo e as pernas abertas porque doía fechá-las. Tão feia. Tão velha. Um borrão que não se parecia mais com a sua irmã.

Não há tempo para se arrepender, não agora que você é uma cachorra. Mas você sabe que Ananda não devia ter rido naquele dia. Não devia ter rido, não devia ter aberto a boca. Não devia ter carregado Choclo nos braços e cantarolado aquela canção que um dia te ensinaram, a canção de Chola, aquela usada para acalmar as crianças a caminho da morte.

No dia em que eu partir, não chore.

Santa teria preferido uma cuspida, não aquela risada. Essa foi possivelmente a sua condenação. Ali, entre aquela risada e a canção, foi definida a morte de Choclo.

E a de Ananda.

Mas como farejar a desgraça para tentar se antecipar a ela, para correr mais rápido que ela? Não tem como. Existe uma merda chamada destino que é como a cagada das catorritas: não importa para quão longe você fuja, a cagada te alcança, o pássaro vai cagar na sua cabeça, quer você queira ou não. Choclo estava destinado a se tornar um montinho de ossos. Ninguém nasceu para outra coisa senão para a morte.

Você era uma menina mimada, mas pensava que a crueldade só tinha a dimensão estúpida do seu corpo, aquela maldade a conta-gotas que você nem conseguia definir completamente. Ainda precisava descobrir que existia uma crueldade mais bem moldada, feita de empurrões, vestida de Santa.

Até hoje você não sabe como conseguiram afastar Choclo de você. Amanhecia entre mosquitos e neblina quando você o ouviu rosnar e correr endoidado, desesperado para encontrar alguma coisa, para arrancar a pele com mordidas e latidos. Arranhava a porta do quarto para sair. O pobrezinho certamente estava explodindo. Estava explodindo de vontade de mijar. Você nunca deveria ter aberto aquela porta. Mas como ia saber? Como poderia prever que Choclo iria fugir para a selva, com as orelhas levantadas, abanando o rabo como se a selva fosse uma mãe cachorra? Disparou como se estivesse em busca de tetas com leite, do cheiro dos irmãos. Gemia, um filhotinho obcecado que não parava de correr em direção à liberdade das árvores.

Foi então que você sentiu a primeira onda de pânico, de que não o veria de novo, mas ainda não havia motivos reais para temer. A selva não comia carne de cachorro, não bebia daquele sangue. Você o chamou aos gritos. Correu descalça, e os galhos secos machucaram seus pés. Deveria ter continuado a correr sobre a carne viva até ficar puro osso, mas era fraca, não uma cachorra, mas humana, e voltou para a fazenda. A loucura de Choclo ia passar, e ele voltaria como sempre, com o rabo entre as pernas, arrependido de ter ido longe.

Ao meio-dia você se cansou de esperar. Talvez a selva tivesse levado Choclo. Seu útero latejou, sua boceta também, sua garganta adormecida tremelicou, e você começou a chamá-lo de novo. Vomitava o nome dele entre grunhidos. Foi Santa quem te pegou pelos ombros como se fosse uma mãe e te embalou, sussurrou tantas coisas em suas orelhas de cachorra que você acreditou nela: Choclo não estava morto, ele voltaria a qualquer momento, a selva não come cachorro, não come animais, jamais comeria o filho de Ananda, a neta preferida, a menina fugaz.

Com paciência, Santa te levou até a soleira da fazenda e jurou que tinha ouvido um latido lá atrás, no meio das madeiras do galinheiro. Choclo certamente estava brincando com os frangos, não seria a primeira vez que estaria correndo atrás deles para depená-los. Venha para a cozinha, ela disse, vou te dar um caldo, você está febril, doidinha, tanta confusão por um cachorro. Como você ia explicar para Santa que ele não era um cachorro, e sim um filho, como você ia explicar para ela, que não entendia a diferença entre uma coisa e outra, a ela, para quem a palavra *filho* parecia tão vazia quanto a palavra *irmã*.

Você se deixou levar entre o medo e a inércia, com a testa queimando, a boca e a boceta pegando fogo. Isso é o que você conhece hoje como presságio, antes nem sequer conhecia esse nome.

Caldo de frango. Santa fazia o melhor. Colocou a tigela funda em suas mãos, quase morna, com um pedacinho de carne flutuando dentro. Toma tudo, menina, e depois vamos caçar Choclo antes que ele coma os ovos das minhas galinhas, prometeu Santa. Você não gostou daquela escolha de palavras. Caçar, por que caçar o seu cachorro? Sua irmã deu de ombros. Come, vai, você pensa demais nas coisas, disse.

A sopa tinha um gosto bom, embora estivesse um pouco amarga. Talvez alguma coisa tivesse grudado no fundo da panela. Da carne você não gostou muito. Parecia rançosa. Uma galinha velha, sem dúvida. Uma galinha prestes a morrer. Mas, depois de alguns segundos, a carne não parecia tão ruim, só era diferente. Dava para comer, embora fosse difícil mastigar. Você fez tudo o mais rápido que podia e mostrou a Santa o prato vazio, raspado até o fundo.

Estava boa a sopa, menina, ela perguntou, e para não perder mais tempo você disse que sim, que era a melhor sopa do mundo, nem falou da galinha rançosa. Sua irmã sorriu. Fico feliz, ela disse, que bom. Permaneceu em silêncio por alguns segundos como se tivesse tempo de sobra, com o pouco que havia, com Choclo certamente no meio dos ovos, acabando com as galinhas dela.

Vem aqui, Ananda, sussurrou um instante depois. Sem esperar que você obedecesse, ela se levantou da mesa, foi até o fogão e mexeu a sopa na panela. Vem aqui, acho que ouvi Choclo latir.

Você se aproximou sem saber.

Onde você o ouviu latir, foi sua pergunta.

Aqui, ela disse, e remexeu novamente o conteúdo da panela. Aqui mesmo.

O vômito chegou à sua boca antes que você pudesse ver.

Como esse filho da puta late, Santa continuou dizendo. Com uma concha remexia o conteúdo, os ossos, aqueles ossos seus, aqueles ossos e aquela cabeça separada do corpo que Santa levantou pelas orelhas e finalmente te mostrou. Estava fervida. Não latia mais.

Lázaro apareceu em um dos cantos da cozinha. Estava limpando uma faca ensanguentada no tecido da calça. Mastigava um fiapo de grama.

Suas ideias explodiram todas ao mesmo tempo. E com elas Ananda explodiu também.

Você enfiou as mãos naquele caldo para resgatar Choclo. Talvez ele estivesse vivo. Em pedaços, mas vivo. Talvez se o levasse para a selva um milagre acontecesse, talvez a avó implacável pudesse olhar nos olhos da neta favorita e devolver-lhe o filho. A sopa estava fervendo. Você queimava as mãos sem parar, gritando, mas as enfiava de novo em busca daqueles ossos pelados, dos pedacinhos de carne, de cada pedaço de Choclo que tivesse sobrado.

Santa recuou. Talvez tenha pensado que você ia queimá-la. Talvez seus latidos a tenham assustado.

As palavras dela e as de Lázaro se misturaram em sua cabeça.

O horror das palavras que você não queria mais entender. Quando chamaram seu nome pela terceira vez, Ananda, Ananda, Ananda, você uivou e lançou mordidas. Em língua de cachorra você disse a Santa, a dos olhos congelados, que um dia ela ia pagar com a própria pele como a puta que era, como a desgraçada que era, a sem filhos, a sem mãe, a sem coração, a sem irmã. Suas mãos tinham se transformado em bolhas vivas. Lázaro tentou te segurar quando você passou por ele, mas você o mordeu quase pegando a jugular. Ele deu um passo para trás e pela primeira vez viu você feito cachorra.

Cachorra raivosa.

Cachorra que olhava para os assassinos de seu filhote e os amaldiçoava.

Você levava os ossos de Choclo no vestido, o que tinha sobrado dele, a cabeça fervida. Então correu em direção à selva enquanto ficavam para trás os gritos de sua mãe, que finalmente ouvira o horror. Ela estava quase velha, não conseguia acompanhar seus passos. Se limitou a uivar ao ver você saindo de casa, sem saber bem o que havia acontecido. Aquele Ananda, Ananda, Ananda não chamava você, mas a sombra que não existia mais. Então você ouviu as batidas, as palavras, a voz de sua mãe se partindo em pedaços.

Você correu até que suas pernas não aguentaram mais. Ali, sob as árvores, sob o olhar atento dos pássaros do destino, você sentou para descansar. Com aqueles ossos sobre suas pernas. Com os ossos de Choclo transformados em parte do seu corpo, agora para sempre.

Ao longe, você ouviu uma música.

No dia em que eu partir, não chore.

Por um segundo você a viu entre as árvores e seu nome foi a última palavra que Ananda pronunciou em vida, antes de assumir para sempre um voto de silêncio e de latidos. Chola, você a chamou aos gritos, desesperada, com a garganta quebrada até que ela te viu e se aproximou imediatamente, quase correndo, uma mulher que interrompia seu eterno caminhar pela selva, entre um lugar e outro, para te encontrar ao menos por um breve instante. Tinha uma cara triste, de quem sabe que não pode ficar muito tempo porque a viagem é urgente, com olhos de quem vê pela última vez uma criatura destruída. Chola se aproximou com suas tetas grandes para te dar o consolo de seu canto. Tão fraquinha a minha menina, Nandita, minha passarinha, minha cachorrinha, ela sussurrou. Então se ajoelhou ao seu lado e deixou você chorar toda a fúria e a náusea até ficar vazia. Enquanto você acariciava os ossos e a carne de Choclo, a mulher acariciava seu pelo e suas orelhas, catando pulgas entre acalantos e lágrimas.

A velha

Entre acalantos e lágrimas se deixa cair no sono depois de ter chorado tanto. O ar escapa da boca para algum lado e de repente fica vazio, e o coração como um inseto dentro da casca. Cacete, a vida toda me perguntei por que nascemos, por que escolhemos nascer quando é tão bom não existir, não ser nada, não sentir o peso dessa vida de merda sobre os ombros ou precisar arrastar o corpo selva adentro. Por isso sussurro no ouvido do pequeno que tenta ficar deste lado do mundo: vai, meu filho, ainda dá tempo. Mas os garotos e os moribundos são caprichosos. Cacete, eles não desistem. Não ouvem os conselhos de uma velha que já viu muita coisa.

Todos os pequenos são feios quando nascem, mas este não. É quase bonito, com cílios longos e unhazinhas azuladas, o azul da doença e da falta de ar que torna os fracos bonitos. Me lembra tanto aquele outro pequeno, o meu, o primeiro a sucumbir à faca, que o aperto contra o peito como se realmente o tivesse parido.

Lindo como é, vai acabar em merda. Em choro e merda. Nem sequer vai dar tempo de ser marcado pela selva. Se é que a selva quer uma carne como a dele, que deve ter gosto de cocaína e morte incrustado nos ossinhos. Às vezes me pergunto como é possível que um corpo tão pequeno tenha tanta merda dentro. Merda sem fedor, vazia de sentido, que limpo com cuidado para que a bunda do infeliz não fique assada. Já é horrível nascer e respirar com o coração ruim sem ter assadura na bunda.

A piedade que me resta é essa. Limpá-lo, dar-lhe o leite das cabras misturado com água, mesmo que no fundo saiba que não vai reter nada de tão fraco que está. A mãe não o amamenta. Que leite vai ter com tanto pó naquele corpo. Não o amamenta porque anda louca sem cheirar. Implora por isso o tempo todo, e o menino, cacete, digno filho da mãe que tem, também grita pelo peito dela: precisa colocar alguma coisa na boca para se acalmar quando seu coraçãozinho dispara e o ar começa a lhe faltar. Talvez eu seja uma velha louca. Uma velha caduca que abre a camisola e gruda o corpo do garoto na carne porque me lembra de quando eu era jovem e mãe e costumava grudar meus filhos nas costelas. Olhava para eles enrolados em meus peitos e mantinha distância entre meus olhos e eles, cacete, não eram meus filhos, mas carne para a devoradora.

Quantos pequenos segurei nos braços durante todos esses anos. Nem sei mais. Pedi a todos que morressem. Por suas mortes rezei um pai-nosso. Santa diz que aqui não existe deus, mas ela está enganada, existe um deus em todo lugar, só que às vezes ele não é bom e às vezes é surdo, e às vezes a selva é tão grande que as orações não flutuam alto o suficiente nem chegam ao céu. É preciso abrandar os ouvidos de deus com pais-nossos. É preciso dar sinais de fumaça para que baixe os olhos e se dê conta de que aqui estamos.

O ar noturno sopra e se mistura com o vapor da casa, de todas as respirações que saem do corpo da fazenda ao mesmo tempo, cacete, e depois se misturam com as árvores.

Aqui estou. Entre acalantos e lágrimas. Esperando pelo sinal.

É preciso olhar para todos os lados. Tentei ensinar isso a Santa, que em breve ocupará meu lugar aqui porque não vou ser uma liana para sempre. Em breve terá de aprender a ler as marcas da selva. Mas Santa só se preocupa em ser Santa, cacete, não está interessada em mais nada, e se a vejo, quando a vejo, seus olhos estão fixos em Lázaro ou fixos em seu desejo de conquistar o mundo, ou agora fixos na recém-chegada, nos seios redondos que ela tem, nos seios bem novinhos que são mais lindos que os de Santa.

Aqui estou, e a selva sabe disso.

Sente meu cheiro. Sei que sente meu cheiro e me prova porque conhece meu suor. Quando paria filhos para ela, cacete, sua língua entrava por meus sovacos e minha boceta e lambia cada empurrão. Não me dava tempo de limpar as crianças porque em seguida passava sua língua de vapor pela barriga, pela cabeça, pelo cordão umbilical, pela placenta delas. Agora que estou velha, gosta menos de mim. Não aguenta o fedor do que vai morrer, a desgraçada só gosta de carninha fresca, do suorzinho da primeira vida. Não fica satisfeita apenas em me cheirar, sabe que há mais, que há carninha fresca de recém-nascido perto do meu peito. Reconhece, prova, o pequeno em meus braços sente a língua de vapor lamber suas costas e se remexe com um gemido.

Chora.

Cacete, os choros das crianças são todos iguais.

No dia em que Ananda nasceu, havia um vapor igual a esse. Santa olhava para mim com seus olhos enormes, de menina que não tinha medo de sangue. Não havia medo nela. Ela me trouxe a faca quando pedi e no resto do tempo ficou em um canto da sala, ouvindo os grilos cantarem entre meus empurrões.

Não sabia que estava prenha de Ananda quando viemos para a selva. Cacete, não teria feito diferença. Só se passava fome no povoado, e, como se não bastasse, os militares vinham à noite e levavam qualquer um. No dia seguinte não restava nem o nome do ausente. Era melhor apagar tudo.

Melhor fingir que nunca havia nascido o dono do corpo que aparecia depois, estropiado como um animal na estrada ou meio enterrado, com as mãos para fora da cova, pedindo água ou um nome. O medo estava no ar. Arrepios estavam no ar. Também levavam as crianças. Crianças como Santa. As crianças também tinham tumbas abertas.

Não havia nada para comer exceto a própria pobreza, e Santa era apenas um par de olhos sobre uma pilha de ossos.

Cacete, como dói a fome dos filhos.

Quando minhas comadres começaram a ir embora, me dei conta de que a solidão era a pior coisa que podia acontecer com uma mãe. Até então havíamos comido gatos juntas, com nossos filhos por perto, animadas porque pelo menos havia passado mais um dia em que tínhamos conseguido colocar algo na barriga para amansá-la, felizes porque as crianças eram tão pequenas que ainda não se davam conta de que dávamos gatos a elas. Mas as comadres foram para outros povoados, cruzaram fronteiras sem dizer adeus. Fui ficando sozinha. Santa começou a ficar tão magrinha que era difícil olhar para ela. Uma menina feita de vento, sem sangue nas veias. Uma menina de papel.

A noite era repleta de medo, de tiros e de gritos.

Os militares nos chamavam de putas. Éramos todas putas, comunistas, cabeças vazias que escondiam os homens para que não os levassem a uma tumba aberta.

Tinha ouvido falar que algumas mulheres se metiam a morar na selva em busca de comida e abrigo. Melhor lá dentro do que aqui, diziam e então partiam, com sacos de juta na cintura e os filhos nos braços. Durante um tempo não as segui. Até o dia em que um militar entrou na minha casa. Estava com sede, me disse. Com muita sede por causa do calor de merda. E começou a me perguntar nomes enquanto tomava um copo d'água. Logo eu, que tinha apagado todos eles. Só tinha um nome na cabeça, o da minha pequena. Para onde foram seu pai e o pai dessa menina, insistiu o militar e colocou um dedo no meu peito, cadê esses seus machões safados que não aparecem. A culpa era evidente em meus olhos, eu sabia onde, quando e por quê, então ele botou a mão entre os meus seios e continuou falando. Com essa cara de puta, disse, se vê que você sabe muita coisa, porque as putas ouvem mais do que dizem. Em seguida olhou para Santa. Então a rata tem uma ratinha, apontou com o dedo para ela e sacou uma arma. Na cabeça de Santa, o cano da arma parecia enorme.

Não gritei. Fiquei em silêncio, sem boca nem língua.

Santinha suava na testa, não sei se de calor ou de pânico. De calor, com certeza. As crianças não sabem quando estão comendo gatos ou quando o cano de uma arma está pousado em sua cabeça. Aquele filho da puta me perguntou nomes mais uma vez, e de repente me lembrei de todos eles. Inclusive daqueles que havia prometido esquecer. Nomes de pais, de amigos, de estranhos. Vomitei esses nomes, e o militar sussurrou a rata desembucha, que bom. Então me agradeceu, cacete, que esmero. Enxugou o suor das mãos na soleira da porta e se despediu de Santa. Tchau, ratinha linda.

Foi então que entendi minhas comadres. Por que elas iam embora. Por que não se despediam e fugiam no meio da noite. Por que todas nós íamos embora, cacete. Era provável que elas também tivessem cuspido nomes e endereços, assim como eu havia feito. Como eu poderia olhar para a terra novamente, ver uma mão meio enterrada e não me perguntar se aquela mão estava ali por minha culpa?

Não foi difícil decidir.

Santa estava tão magra que não pesava quase nada. Quando entrei na selva com ela nos braços, pela primeira vez me senti a salvo. Longe daqueles militares e daquelas armas, inclusive das mãos que se recusavam a ser enterradas, como se precisassem marcar meu passo, o passo da culpa, por entre as árvores.

Na selva caminhei sem rumo. Talvez tivesse sorte e aparecesse outra mulher, uma comadre com filhos como eu, uma irmã, cacete, para não ficar tão sozinha. Santa estava dormindo no meu ombro e perguntando sobre o gato preto que havíamos comido alguns dias antes. Eu estava preocupada com o cansaço nos joelhos, com o terror que me fazia tremer, com as poucas coisas que tinha para sobreviver.

Pai nosso que estais na selva.

Não lembro direito dessa caminhada. Horas ou dias, não sei. Meus sapatos ficaram destruídos, e eu carregava minha pequena por trechos quando achava que não ia desabar. Pensava que a selva podia nos devorar a qualquer momento. Que os mosquitos nos matariam. Que era muito provável que a fome não me deixasse andar, e se eu morresse ali, entre as lianas, o que seria de Santa? Um cadáver abraçado a outro cadáver, no meio do vapor.

Comecei a sentir a língua da selva naquele primeiro dia. Ainda não sabia que aquela língua invisível era dela, embora já tentasse nos reconhecer. Santa em meus braços começou a rir como quando eu fazia cócegas nela e apontava para todos os lados ao mesmo tempo, aqui e ali, com o punho, com o dedo, e então dava tchau com as duas mãos abertas.

Tchau para quem. Para quê.

O medo tapava a minha boca. Calafrios. Só podia continuar em frente. Nunca de volta para o povoado. Não restava mais nada lá, cacete. Nem nomes restavam. Eu não ia passar o resto da minha vida olhando para tumbas abertas, tentando reconhecer a mão do pai de Santa ou do meu próprio pai.

O céu da selva estava salpicado de verde.

Ficou noite.

Minha pequena via melhor do que eu no escuro. Quando estendeu a mão novamente e apontou o dedo para um volume mais denso dentro da escuridão, precisei forçar os olhos, arregalar os olhos, cacete, para ver a fazenda.

Achei que era um milagre.

Pai nosso que estais na selva. Pai nosso que estais no céu da selva. Santificado seja o vosso nome.

Mesmo com medo, caminhei em direção àquela construção de madeira velha. Estava cercada de árvores. Parecia um lugar tranquilo. Solitário. Um refúgio para mães que não tiveram mais remédio senão vender nomes para salvar a vida de uma filha.

Eu me sentia tão cansada e destruída pelo trajeto, com os pés tão abertos que nem sequer parei para pensar nos perigos que podiam me esperar ali. Não estava preocupada com os vivos nem com os mortos. Nem com os militares, nem com os desaparecidos, nem com as mãos em tumbas abertas. Só o cansaço tinha espaço no meu corpo.

A madeira rangeu sob meus pés quando cruzei a soleira. Peguei Santa pela mão, para não a perder no escuro. A fazenda estava cheia de ratos. Senti nojo, mas não medo. Os ratos não me tirariam minha nova casa, cacete. Não me roubariam o milagre. Em seus guinchos, a fazenda estava viva.

Continua viva até agora, quando minhas lembranças já viraram mortos incômodos. O pequeno em meus braços tosse e choraminga mais uma vez. Também é parecido com Ifigênia.

Ifigênia era igualmente fraca e teimosa ao nascer. Com o olho torto, como se seu olhar estivesse viajando dentro de sua cabeça, em busca de um canto do crânio para espionar todos nós.

Santa, que não dá à luz, mas cospe crianças, empurrou e deixou a menina em meus braços.

No começo eu tentava fazer com que Santa amamentasse os recém-nascidos. Ela sempre se negou. Então percebi que era melhor assim, por mais duro que parecesse. De qualquer forma, a selva ia levar consigo quase todos. Era melhor que Santa não sentisse nada por eles. Já lhes dera o corpo. Um favor suficiente pela vida toda. Lázaro era diferente. Queria conhecer todos os seus filhos. Até tentava aprender seus nomes. Algumas vezes os pegou no colo. Procurava no rosto deles alguma semelhança com o seu próprio rosto, a cor da pele, as pintas, as sardas. Não sabia como ser carinhoso com eles. Nunca lhe ensinaram como. Quando Ifigênia nasceu, Lázaro também quis conhecê-la. Pegou a menina no colo e estranhou seu olho ruim, perguntou se ela ia morrer por causa daquilo, por ter um olho diferente. Era uma pergunta estranha, e na hora ficou envergonhado por tê-la pronunciado em voz alta.

— Não se parece nada com Santa. Nem comigo — foram suas palavras.

Sob seu olhar, Ifigênia se transformou num objeto que Lázaro revirava para tentar reconhecer seu molde.

— Nem um pouco — disse novamente e a colocou em meus braços de novo.

Nunca mais quis tocá-la ou falar com ela. Ifigênia cresceu selvagem. Entre acalantos e lágrimas. Como uma pedra no sapato, que finca e é mais selva que menina. Sem pai, sem mãe. Só avó. Não é completamente arisca. Cacete, pelo menos não comigo. Talvez ela se lembre desses peitos velhos que tanto a abraçaram quando ela era pequena. Já não fala muito comigo. Quando fala, sempre tem raiva na boca e a cospe por todos os lados como uma serpentezinha em sua jaula. Acontece a mesma coisa com todas as crianças. Às vezes me pergunto se conseguem sentir o cheiro da selva como a selva consegue sentir o cheiro delas. Se notam sua fome, o cheiro de sua boca e de seus dentes. Às vezes me pergunto se sabem, até antes de mim, antes mesmo da própria selva, quando seu tempo vai acabar, assim como os frangos ficam inquietos na presença de quem vai matá-los.

A selva marcou tantas crianças que já não lembro quantas. Ifigênia estava entre meus peitos, procurando o mamilo que não podia lhe dar leite, apenas consolo, quando a selva a marcou como carne sua. O sinal é quase sempre o mesmo, se repete sem parar, se torna mais evidente a cada instante até que é impossível não o ver.

Cacete, a selva está ficando impaciente. Louca. Está babando de fome.

Prefere os pássaros e os insetos para fazer as marcas. Lembro daquele menino que acordou coroado por abelhas. Nenhuma o havia picado. Estavam tranquilas sobre a testa do pequeno, que não me lembro quantos anos tinha, talvez um ano, alguns meses. As abelhas haviam tecido uma coroa com pedaços de favo e mel que pingava em seus cabelos. Lembro dos zumbidos que faziam o garoto rir e me deixavam horrorizada. Lembro também dos pássaros pousados no berço de Juanquito. Pássaros multicoloridos, de bico torto e aqueles olhos bem escuros: observavam a cria, ouviam as batidas de seu coração com fome nos olhos, uma fome que não era dos pássaros, mas da selva. Haviam deixado cair as penas sobre o pequeno, que estava banhado de cores, da beleza da morte. Lembro das tarântulas. Cacete, caminhavam por toda a fazenda tentando chegar ao quarto, escalar as paredes, instalar-se em qualquer canto onde pudessem ver a recém-nascida Ifigênia. Lembro daquelas outras aranhazinhas minúsculas que teceram uma gosma sedosa nos pés da menina como se fosse uma meia-calça de vó, uma meia-calça para uma neta que viraria alimento.

Lembro das flores que cresceram diretamente no cordão umbilical de um dos bebês que dei à luz e depois em seu umbigo. Cacete, não importava que eu as cortasse, as flores ressurgiam.

Na selva e na vida nada é de graça. Tudo tem um preço. Eu deveria ter notado, agora eu sei, mas é mais fácil falar.

Antes, quando eu era jovem e estúpida, quando acreditava em milagres, a fazenda parecia uma resposta de deus. Agradeci, cacete, obrigado, paizinho, pelo teto que encontramos na selva, e, quando o primeiro temor tomou conta da minha boca, tive certeza de que o mundo lá fora tinha me enlouquecido. Não havia nada estranho no fato de a fazenda aparecer no meio da selva se fosse um milagre de nosso bom deus. Certamente tinha sido abandonada muitos anos antes, disse a mim mesma, certamente uma infestação de percevejos ou grilos forçara os antigos habitantes a se mudar. Imaginei os moradores fugindo com as saias compridas encharcadas, com medo de serem comidos pelos percevejos.

Quem era eu para desprezar um milagre tão grande.

Tínhamos camas, pratos, talheres, lenha seca, facões e facas o suficiente. Que bom não ser uma fresquinha, pensei, cacete, que bom saber fazer as coisas com as mãos e ganhar a vida assim. Nada que encontrei estava muito limpo, exceto as colheres. Impecáveis. Sem ferrugem ou poeira. E então me assustei um pouco e olhei para a selva, para ver se tinha sido idiota de me meter na boca dos lobos, na garganta dos traficantes que talvez morassem ali e fossem aos arredores do povoado para vender seu pó. Talvez por agir como idiotas Santa e eu acabaríamos pior do que no início, como escravas, como putas dos traficantes. Por pura paranoia, saí da fazenda e passei três dias andando de um lado para o outro. Quando o vapor ficava insuportável e Santa começava a chorar, eu a levava de volta para a sombra da casa e olhava por entre as árvores para que os traficantes não nos pegassem caso voltassem. Fugia de um lado para o outro, com o medo entre as pernas.

Depois de um tempo, me convenci de que estávamos sozinhas. Que a fazenda era nossa. Cacete, um presentinho de deus, por que eu desprezaria aquilo? Voltei para a casa. Não havia comida, mas havia grilos e um açude de água doce cheio de parasitas muito próximo. O suficiente para não morrermos. Todas as manhãs eu caminhava com Santa entre as árvores mais próximas para ver se encontrava frutas e no trajeto tentava aprender o caminho de volta, criar um mapa na memória que me ajudasse a me situar na selva.

Eu deveria ter percebido a tentação que cresceu em forma de frutas nas árvores que cercavam a fazenda. Cacete, eu deveria ter notado? Mangas, chirimoias, goiabas, frutas que não conhecia. De um dia para o outro as árvores amadureciam, cheias de vida. Santa estava cheia de polpa, pela primeira vez em muito tempo não sentia fome. Só pode ser um milagre ver um filho satisfeito.

Quando chegaram as primeiras galinhas, fiquei feliz, mas meu coração, mais rápido que minha mente, me deixou arrepiada. Cacete, meu coração já sabia. Nada é de graça.

Galinhas poedeiras. Primeiro encontrei três, à deriva na selva, cacarejando persistentes durante a noite e se deixando apanhar, mansinhas, com olhos de loucas. Fiz as contas: ovos, carne e cria. Apertei as galinhas contra o peito como se fossem filhas perdidas, amadas pequeninas com penas.

Foi então que tive a sensação de que deus não vivia no céu, como sempre tinham me ensinado. Por que levantava os olhos para as nuvens pensando em deus e em como rezar para ele, que desperdício de forças e de olhos, cacete, se era mais simples olhar para a selva e recitar um pai-nosso, duas ave-marias e um salve-deus, que não estava lá em cima, mas embaixo, entre as árvores.

Um dia acordei com vontade de comer carne. Fruta e ovo estava bom, mas sentia falta de uma carninha, cacete. Que delícia seria comer uma carninha como as de antes, nos domingos de feira, os poucos domingos por ano em que todos nos reuníamos para passar um tempo juntos em família. Aquela carne do passado, tão boa, tão distante, tão de outro mundo. Me espreguicei e fui lavar o rosto com um pouco de água antes de acordar minha pequena. Então o vi, bem na soleira do quarto, gordo e lento. Uma pontada de pânico. Os javalis selvagens eram perigosos. Procurei Santa com os olhos: encontrei-a já acordada, aproximando-se curiosa das presas daquele monstro, como se tivesse corpo suficiente para se deixar matar.

O javali me olhou com olhos mansos, com olhos de pode me matar. Meu medo era tanto que só pensava em Santa aproximando-se cada vez mais, e eu sem facas, sem facão, sem nada para defendê-la, a não ser meus gritos.

Gritei, e o javali se deitou na soleira da porta. Peguei Santa, como se levantá-la do chão fosse afastá-la da morte, e voltei para dentro do quarto. Fechei a porta lentamente, ajustei as velhas dobradiças e esperei. Depois de um tempo, olhei para fora novamente. O javali havia desaparecido.

O animal circulou pela casa nos dias seguintes, preso num limbo, com olhos suplicando misericórdia, buscando meus olhos e um golpe de facão. A vida lhe doía. Ou talvez lhe doesse a insistência da selva diante de meu desejo. Matei o javali algumas semanas depois, quando ele já estava magro e agonizante da vontade de morrer. E o matei não pelo desejo de comer uma carninha, mas para não voltar a vê-lo, cacete, nos arredores da selva ou da casa, para não ter de me lembrar do olhar dele.

Nós nem sequer comemos a carne.

Não voltei a pedir mais nada. Me parecia perigoso continuar pedindo a deus até encher o saco de sua paciência.

Galinhas, javalis e sombras passavam todos os dias diante dos meus olhos. Bastava ficar parada e contemplar a selva por alguns segundos. Era melhor não fazer isso, porque podia ficar louca de inquietação. As árvores e os galhos se moviam, as folhas farfalhavam, e então sempre aparecia um cão selvagem enorme, de pelo branco, com aquela mancha preta no olho que me doía olhar. A proximidade do selvagem não me assustava tanto, mas às vezes, cacete, eu queria pular dentro da selva e descobrir, por fim, quem estava pisoteando a grama seca, de quem era a mão na sombra, que corpo estava ali, por que os pássaros gritavam e por que o cão selvagem estava determinado a me encarar. Talvez, se eu procurasse bem, acabasse encontrando outras mulheres na selva, pensei. Talvez esses ruídos fossem das minhas comadres. Mas o arrepio na espinha me dizia que não, que não eram elas nem seus corpos, que as sombras que se moviam entre as árvores não se aproximavam da fazenda porque a selva tinha nos mantido aqui, na pequena jaulinha dourada, como meninas com penas.

De canto, para que a selva não soubesse, todas as tardes eu me apoiava na madeira do portão enquanto Santa brincava na grama. Espiava aquele verde profundo, o céu que deus dividia em duas partes: o mundo das sombras que vagavam e o da fazenda. Todas as tardes o selvagem vinha nos visitar.

Sua insistência, seu jeito de me olhar, me incomodava.

Ele foi embora no dia em que descobri que estava prenha de Ananda.

Não sei bem quando comecei a engordar. Sem náuseas nem dores nos pés, e ainda assim com fome e preguiça, com aquele passo arrastado de todas as prenhas. Outra menina para encher minha cabeça de dor e medo, pensei. Outra filha sem pai, cacete, foi minha queixa. Imediatamente soube que era melhor assim, por que pensar no pai de Santa ou no de Ananda, por que pensar nos mortos e naquela outra vida que havia ficado para além dos arredores da selva, se a selva era justamente esquecimento. Ananda não precisaria de nenhum pai. Ela tinha a mim.

Uma língua de vapor lambeu meu cabelo.

Soube na hora que não ia morrer no parto. Que deus, na selva ou no céu, o deus que vivia na boceta das mulheres que vão parir, não ia me trair. Que Ananda nasceria. Que Ananda seria o nome dela. Era bom poder chamá-la de alguma coisa depois de ter renunciado, em minha fuga para a selva, aos nomes de todas as pessoas que já amei.

Com Ananda eu recuperaria esses nomes de um jeito ou de outro.

— Vó? — ao meu lado, a voz de Ifigênia se espalha como um leve calafrio que me tira do sonho e me faz envelhecer de novo.

— Que foi, filha? — pergunto.

Cacete. O frágil pequeno adormeceu, e eu nem percebi, estou muito caduca. Ifigênia o contempla a uma distância segura.

— Já morreu, vó?

— Não — respondo com calma, até sorrio um pouco, embora Ifigênia nunca responda aos sorrisos.

— E a estrangeira, vai morrer?

— Por que você está tão interessada nos mortos, filha?

— Gosto de vê-los — é sua resposta.

Tudo o que Ifigênia aprendeu na vida está na selva e na minha cara.

— Vó, e eu? — pergunta um pouco depois. Sua voz é tão azulada quanto as unhas do pequeno em meu peito. Nem precisa repetir a pergunta porque sei que se refere a essa espera sem data, a essa espera de merda: olhar para as árvores e depois suspirar porque o dia ainda não chegou, e recomeçar, hora após hora.

— Ainda não é o momento, Ifigênia.

Não sei o que mais posso lhe dizer. Não consigo nem sustentar meu olhar no dela.

Quase todos os pequenos vieram me perguntar a mesma coisa quando o fim de seu tempo se aproximava. Avó transformada em carniceira. Queriam ter certeza de que pelo menos não ia doer. Vi nos olhos de alguns o desejo de fugir, principalmente dos machos, que pensam que a selva não é redonda, acham que são fortes e resistentes e em algum momento conseguirão sair do círculo de árvores e chegar a outro lugar. As fêmeas não têm vontade de ir embora, mas não é o medo que as impede, porque não há medo mais profundo do que esperar pela faca, mas porque são mais inteligentes. Sabem que a selva não tem paciência, que a selva exige sua carne e que sempre existe uma maneira pior de morrer.

— Cacete, não vai dar uma de Juanquito — sussurro para ela. — Não é bom pra você, filha, pra ninguém. Não é bom pra sua avó.

Sou uma velha egoísta que cospe palavras egoístas. Ifigênia não me responde por um bom tempo.

— Quem vai me matar? Santa? Ou você?

Não lhe digo que é Lázaro quem maneja as facas. Faz muito tempo que não consigo. Que meus joelhos cedem, cacete, que minhas mãos tremem. Que meus olhos choram. Mas é preciso mentir para as crias para que elas morram melhor. E lhe prometo em voz baixa que serei eu, para que não perceba até onde vai a minha mentira. A escuridão que pensei ter visto em seus olhos diminui um pouco. Ou talvez seja isso que eu queira ver.

O pequeno em meus peitos mal respira. Coloco minha mão em seu tórax e conto seus batimentos cardíacos acelerados. Um coração como uma flecha. E essas unhas tão azuis. Cacete, talvez ele me ouça e morra. Vamos, filhinho, não precisa aguentar mais, gostaria de sussurrar em seus ouvidos, vá embora daqui antes que a selva te marque.

— Ifigênia, chega, vá dormir, filhinha, nada se resolve nessa espera — peço a ela, embora saiba que não dorme há muito tempo, nem bem, nem mal, de maneira nenhuma, ela fica com os olhos abertos à noite e transpira de pânico. A agonia é assim.

— Não quero.

— Por quê? É tarde.

— Não quero dormir com aquelas crianças. Tenho nojo delas.

— São seus irmãos.

— Eu não tenho irmãos.

Eu queria perguntar se ela está bem. Queria pegá-la no colo e cantar para ela como antes. Vamos ver se com as canções de ninar alivio a morte e sua proximidade. Não dá tempo de dizer mais nada. Ifigênia desaparece no meio das sombras.

As crianças crescem. E a morte com elas.

É curioso o que a selva pode tirar das suas entranhas. Às vezes, um homem com quem passar uma noite, um mês, um ano; um homem com quem ter uma nova cria, ou talvez duas, se a selva quiser. Às vezes traz uma criança perdida como Lázaro. Às vezes uma prenha espumando pela boca pedindo carreiras de pó. Às vezes uma velha com sede, medo e os pés destroçados de tanto andar. Estrangeiros vêm à casa sem parar. Cacete, as pessoas passam como se a selva fosse uma estação onde se acumulam corpos. Por décadas os vi chegar e depois desaparecer. Apenas Lázaro ficou por muito tempo, como se a selva não o quisesse de volta ou os desejos de Santa o mantivessem preso aqui. Demorei para me acostumar com todos eles. Agora me dão um pouco de pena. Vejo-os órfãos e cansados e penso que talvez tenhamos sido eu e Santa, e Ananda no meu ventre, que fomos dando voltas e voltas entre as lianas, sem chegar a lugar algum.

Cacete, o que é pior? Estar aqui ou ser como eles?

Por mais caduca que eu fique, por mais que minha visão envelheça, nunca esquecerei o dia em que a primeira forasteira chegou à fazenda.

Era uma velha. Velha como nunca imaginei que uma mulher pudesse chegar a ser. Uma velhice como essa não deveria ser permitida, disse a mim mesma, e veja agora, tantos anos depois, estou cada vez mais perto de alcançá-la. A mulher não tinha sapatos nem unhas, mas seus pés estavam duros como a terra. Havia poeira e folhas em seu cabelo. Foi Santa quem a viu. A velha apareceu entre as árvores e olhava para a fazenda sem ousar dar um passo à frente. Santa me chamou gritando. A recém-nascida Ananda respondeu, choramingando em meus braços. Corri em direção à minha filha mais velha, que estava imóvel olhando para aquela aberração de velha. Era a primeira pessoa a nos visitar em quase dois anos.

Cacete, nunca acreditei em bruxas até ver aquela infeliz, aquele corpo cansado que parecia usado demais pela vida. A velha observava minha menina mais velha com olhos inquietos, mas não se aproximava dela, tinha um pé enfiado na folhagem. Tirei Santa da frente dela e a escondi atrás do meu quadril. Uma louca, talvez fosse uma louca perdida, e minhas facas estavam longe, fora do meu alcance.

Mas quem diabos pode contra uma mãe.

— Água — a velha pigarreou. — Me dê água.

Então fixou o olhar na fazenda, como se tivesse percebido que havia chegado a algum lugar. Apontou para ela:

— Minha casa...

Eu não acreditei nela na hora. Não se dá bola para uma velha louca. Então me lembrei da fazenda abandonada que havia alguns anos nos acolhera com talheres limpos. Cacete, algo fez um arrepio subir por minha garganta. Talvez, sem saber, tivéssemos roubado a casa daquela mulher. Talvez ela tivesse voltado porque queria pegar o que já era nosso. Talvez tentasse nos mandar de volta para a selva ou, pior, para esse outro mundo onde mãos saíam de todas as tumbas.

Velha de merda. Ela que tentasse, com aquelas mãos de bruxa e os pés destruídos.

— Que casa? — perguntei, com a voz trêmula, mas pronta para esmagá-la ali mesmo e deixar os dentes da selva cuidarem do cadáver depois. — Esta casa é minha. Das minhas filhas. Cacete, dá o fora ou eu te arrebento.

Vi seus olhinhos de fúria e depois a calma de quem não tem escolha a não ser obedecer, de quem sabe que está dolorida demais para enfrentar ossos jovens. Me pediu água de novo e me mostrou a língua branca, cheia de tártaro, para que eu visse que não era mentira que estava seca. Levantou as duas mãos em sinal de paz.

Não se nega água nem aos loucos, nem aos desconhecidos, mas a ela eu neguei.

— Não tem nada aqui — eu disse.

Ela encolheu os ombros como se não se importasse, como se estivesse tão acostumada a lhe atirarem merda que mais um pouco não faria diferença.

— O que você quer, cacete? — perguntei quando vi que ela não se mexia, que não voltava para a selva, mas também não dava um passo à frente.

— Voltar pra casa — sussurrou e colocou a mão apertada sobre a boca. Então olhou para as minhas duas filhas: — As franguinhas estão gordas, hein?

Dei outro passo para trás. Santa se agarrou ao meu quadril. Suas mãos estavam suadas e frias. Não gostei daquelas palavras da velha, muito menos dos seus olhos, que observavam as minhas meninas como se fossem pedacinhos de carne. Nem sequer me atrevi a mandar Santa para a fazenda. Não a soltaria nem morta.

— A selva gosta delas gordas assim.

Uma velha louca. Uma velha bruxa. Tossiu algumas vezes e cuspiu um catarro terroso sobre uma folha.

— Você ainda é novinha, mamãe. Novinha como uma folha. Mas aqui é preciso ser dura — ela pigarreou —, pra que a selva possa ser boa com você. Aqui é preciso parir e parir e parir. E então meter a faca nas crias pra selva te deixar em paz.

— Vai à merda.

O facão estava longe, fora do meu alcance.

— Não dê bola pra mim — ela sussurrou. — Não dê bola pra mim. Não acredite em mim. Mas eu vivi aqui. Me trouxeram pra esta casa. Depois de velha, quando já estava seca, a selva me tratou como um saco de merda. E agora não posso cruzar. Agora não me deixa. A selva não me deixa voltar pra casa.

Pigarreou e engoliu mais catarro. Riu. Sua risada era quase bonita, quase humana.

— Não tem nada aqui que seja seu — eu disse, e ela balançou a cabeça de um lado para o outro, como um animal selvagem em busca de água. — Vai embora, cacete!

— Estou com sede — ela implorou e por um segundo não pareceu tão velha, tão louca ou tão bruxa, apenas perdida na selva.

Eu não deveria ter negado água. Não teria me custado nada. Mas eu estava com medo. Me afastei sem me virar de costas e a vi andando pelos limites da selva, bem na beira onde as árvores abriam caminho para o terreno da casa. Não deu nem mais um passo adiante. A última coisa que vi dela foi sua careta. A última coisa que ouvi foram aquelas palavras:

— Miau-miau, mamãe matou o *cato* de sede.

Então entrou de novo na selva, e uma sombra se desenhou no meio do verde enquanto o calafrio subia por meu útero, minha barriga, minha boca.

Contive o grito, agarrei Santa pela mão e a apertei com muita força para que não se perdesse, para não pensar naquele gato preto que havia muito tempo nos tirara a fome, nem na selva que me lembrava dele, para não pensar nos olhos daquela mulher estrangeira, nem nos olhos de Santa.

Ifigênia

Os olhos de Santa entram no quarto à noite e pesam tanto sobre os lençóis que alguma criança sempre acorda. Os olhares são fardos jogados sobre os outros. É por isso que Santa os descarrega aqui. O menino que notou os olhos imediatamente começa a reclamar porque viu algo na escuridão noturna e teme que sejam monstros ou os olhos vermelhos da selva. Se houver olhos, deduz, lá também estará a boca da selva, que é o pior medo, o maior medo, aquele que ninguém quer ver ainda. O medo vai sendo semeado entre sussurros até que a insônia se esconda debaixo dos travesseiros, acorde os percevejos, cante com os grilos e se toque sob os lençóis como Ifigênia.

Ifigênia se toca enquanto as outras perguntam em voz baixa quando vai amanhecer. Não faz muito tempo, descobriu a beleza dos corpos nus. O dela, que mudou tanto, ficou barulhento e úmido e estala se Ifigênia esfregar no lugar exato. Nunca sabe qual é esse lugar exato, exceto que fica entre as pernas. Às vezes um pouco para a direita, às vezes para a esquerda, às vezes para dentro, às vezes forte, ou rápido, ou lento.

Ifigênia tensiona as nádegas e contrai a bunda.

Se as crianças do quarto chorarem, melhor. Graças ao medo dos outros, explodirá mais cedo, com a mente em branco, dividida.

— O bicho está aí! — grita um dos menores, e, embora nem todos o imitem, os olhares perscrutam a escuridão, na tentativa de apanhar o monstro que se esconde.

O monstro se chama Santa.

Ifigênia sabe disso porque a vê todas as noites, há duas semanas ela vê como o inseto escorre dos olhos de Santa e como ela abre as portas quando pensa que ninguém está olhando. Agora que sabe que vai morrer em breve, Ifigênia quase não dorme. Por que dormir agora se depois não se sabe o que será a morte, se sonho ou garganta infinita, se faca ou facão. A pontada da angústia está cravada em sua garganta. Tem dificuldade de engolir, como se seu corpo estivesse se acostumando com a ideia do fim, mas aos poucos, sem muito medo, entre crises de insônia.

O que faz com os dedos é tão bom que se irrita com a ideia de morrer. Se pelo menos morrer fosse assim, se pelo menos fosse como a escuridão que sucede o esfregar o corpo nos travesseiros, então tudo bem.

Os olhos de Santa espiam mais uma vez pela soleira do quarto para conferir as crianças. Desde a chegada da estrangeira que Lázaro contempla demais, Santa ficou estranha. Ela anda por aí o dia todo, é uma galinha sem cabeça que cospe e fala sozinha. Que nojo a sopa, que nojo sentar à mesa e comer a sopa de Santa, é o que todos pensam, mas ninguém diz uma palavra, para que Santa não comece a talhá-los.

Ifigênia, que não dorme, logo percebe que alguém está na porta. Na escuridão os olhos não brilham, embora a fome dentro deles, sim. A fome que lista corpos: há treze respirações no quarto, quatro meninos, oito meninas e Ifigênia, treze respirações, treze pratos de carne. Seus olhos se desviam quando percebem que chamaram muita atenção e que o choro de uma criança, no silêncio da noite, poderia levantar suspeitas.

Ifigênia observa a porta se fechar de novo.

Um segundo antes de desaparecer Santa a contempla. Encara o olhar de Ifigênia como se quisesse arrancá-lo. Acontece a mesma coisa todas as noites. Ifigênia não desvia nem baixa o olhar. Por que faria isso, se não foi ela quem veio contar cabeças pelas costas da avó? Por um segundo, Ifigênia pensa na possibilidade de se levantar e gritar a plenos pulmões que a viu, que ela está ali, que Santa é o monstro, que é possível sentir o cheiro da fome dela a cada passo. Mas se Ifigênia aprendeu alguma coisa em toda a sua vida é que os mais velhos da fazenda cuidam uns dos outros. Da selva, do medo e das crianças. Principalmente das crianças. Contar para a avó não adiantará nada. Provavelmente não acreditará em uma única palavra.

Os adultos não veem para além do medo que está em seus próprios olhos.

O rangido da porta é sinal suficiente: Ifigênia não dirá nada, não abrirá o bico nem para dizer um pio, e Santa retornará amanhã, como todas as noites, nas horas em que as crianças dormem.

O que há de errado com a mãe observando seus filhos dormirem?

O que há de errado com a galinha observando seus ovos?

Nada, não há nada de errado, dirão os adultos.

É fofo, eles vão se convencer.

Mas, na verdade, sabem que Santa não é mãe de nada que saiu de suas entranhas. De qualquer forma, é uma proprietária farta de que a selva tire o que é dela por direito.

No escuro, as crianças tremem:

— O bicho vai nos comer? — uma voz sussurra em pânico.

— Não, nós não. Mas Ifigênia talvez sim. É a vez dela. Que comam ela — respondem os murmúrios.

Sempre foi a ovelha negra. A não querida. A do olho ruim. A malvada das piadas macabras, a que gritou um dia, quando todos brincavam na selva, por que você não nos come agora, filha da puta, enquanto as outras crianças se escondiam atrás das árvores. Ficou assim, desafiando a filha da puta da selva até que todos se uniram para atirar pedras nela, para calar a ovelha do olho ruim. Ifigênia cansou de contar as vezes em que tentaram calá-la. Agora fogem dela porque sabem que sua vez de morrer está próxima, que os dois que estavam marcados antes já partiram. Alguns até se lembram de como foi a noite vermelha de Juanquito, dos gritos e do facão, e continuam sofrendo pesadelos por ele. Claro que amavam Juanquito, amavam-no muito, porque era uma ovelha branca, um cabrito submisso, boquiaberto no peito da selva, e não um encrenqueiro como Ifigênia.

Dane-se. Ser uma ovelha negra lhe dá o privilégio da solidão.

— Não é a selva, idiotas. — Ifigênia para de se tocar e se apoia nos cotovelos sobre a cama. Sua voz é tão calma que se destaca do pânico das outras vozes.

De repente, todos a ouvem. Até os grilos a ouvem. O silêncio é tanto que Ifigênia se pergunta se a deixaram sozinha. Passa a mão sobre o olho vesgo antes de continuar:

— Quando a selva chega, o mundo se tinge de vermelho.

As vozes das crianças mais velhas murmuram em concordância. Elas se lembram bem de como foram a última e a penúltima vez que levaram alguém daquele mesmo quarto. São poucas, todas com mais de dez anos, que lembram ainda mais: os rostos de crianças que ninguém mais menciona, nomes que nunca mais se repetiram, mas que não faz muito tempo foram companheiros de brincadeiras dos quais guardam lembranças. Há outros Juanquitos de quem ninguém mais fala e cuja vida desapareceu como se nada tivesse acontecido. Na escuridão pronunciam alguns nomes vagos para a memória de Ifigênia, que merda não saber ao certo o nome daquela menina do laço azul no cabelo, a das sardas, a que tinha uma mancha em formato de grilo na nádega, ou o menino com as calças cheias de furos, ou aquele que caçava formigas em casa e depois as levava para a selva para não ter de esmagá-las. As vozes voltam a silenciar na hora. Ifigênia aperta as coxas. O poder do silêncio é maravilhoso. O poder do medo faz cócegas dentro dela.

— Levaram Juanquito quando tudo estava pintado de vermelho. Você se lembra, eu sei... — diz e aponta para os ombros de uma menina alta demais.

— Se não é a selva que vem, o que é? — pergunta uma das vozes.

Os menores começaram a choramingar baixinho. Ifigênia encolhe os ombros. O poder está entre seus dedos, está bem ali, e é simples girá-lo, torcê-lo, fazer com que o controle dos demais se ajuste à umidade em seu interior.

— É Juanquito — Ifigênia segura o riso e aperta as coxas mais uma vez — que voltou da selva para comer todos nós.

Após alguns minutos de silêncio, a menina alta demais responde:

— Ninguém volta da selva, Ifigênia. Você é uma mentirosa. Na selva você morre e pronto. Depois que você morre, todo mundo sabe, você não se levanta a não ser para ir para o céu. Mas é a sua alma que vai. O corpo vira osso, e aí você sobe direto com deus...

— Eu não tô nem aí pro que você acredita! — A voz de Ifigênia é tão dura que todas as crianças se encolhem como se tivessem levado um tapa. — Pode acreditar no que quiser, mas depois não vem me dizer que eu não falei a verdade. Quando Juanquito chegar e começar a levar um depois do outro, não vem me pedir desculpas.

— Ninguém vai levar ninguém. Na selva se morre em paz, a vovó diz.

A menina alta demais é uma ovelhinha branca. Uma ovelhinha feliz em seu rebanho. Dá para ver. Aprendeu com a avó a ser boa e paciente, a não dar dor de cabeça, a estar pronta para morrer quando chegar a sua hora e a noite se pintar de vermelho. Ifigênia faz uma careta de nojo.

— Antes de você nascer aconteceu a mesma coisa que agora — Ifigênia estica o dedo para a noite —, mas ninguém se lembra porque eram todos muito pequenos, porque as crianças pequenas não fazem outra coisa senão morrer ou repetir as coisas que a vovó conta.

Ifigênia está ajoelhada sobre o colchão. Ela e a menina alta demais têm idades próximas: talvez Ifigênia seja alguns anos mais velha que ela, não mais que isso. Porém, o tom de autoridade na voz de Ifigênia, o tom de memória em sua voz, faz com que a outra garota baixe os olhos por um segundo. Todos os olhares estão voltados para a escuridão e para o corpo da ovelha negra. Ifigênia gosta que olhem para ela assim. Que os outros possam sentir o poder de estar um passo além da vida.

— Antes de Juanquito vieram outros mortos que a própria selva cuspiu. Eu me lembro! Os cadáveres apareciam na porta para nos olhar, noite após noite, todos os dias. Eles não comem na selva, estão mortos de fome. É por isso que eles vêm aqui, para se alimentar de nós.

Ifigênia ouve um soluço. Com um pulo fica de pé sobre o colchão cheio de palha e percevejos. Algo estala embaixo dela, mas nada mais lhe importa, nem cair, nem machucar os pés no escuro, não agora que sente a força da mentira na boca e acha seu sabor delicioso.

— Levaram três crianças daquela vez. E agora vai acontecer a mesma coisa!

Os pequenos, amontoados aos pés de Ifigênia, abrem a boca em pânico. Só a menina alta demais parece menos assustada:

— Não me lembro disso, Ifigênia — sussurra em voz muito baixa.

Um profeta pode nascer de uma ovelha negra, porque só se é profeta no terror reverencial dos irmãos. Antes de responder, Ifigênia abre os braços e engloba a escuridão dentro deles:

— Você não lembra? Mentirosa! — e então começa a pronunciar todos aqueles nomes das crias desaparecidas, daquelas crianças que a avó levou durante anos e outras que inventa aleatoriamente, nomes comuns e ordinários que se enlaçam em sua voz: Ileana, Pedro, Justa, Lidia, Mero, Lola, Ani, Diago, Mônica, saem de sua boca em cachos, José, Judas, Tadeu, Juan, Jesus, esses nomes do evangelho que a avó às vezes murmura para pedir ajuda ao céu, Mirtha, Carlo, Pepe, Tonho, há outros e Ifigênia os imagina num piscar de olhos, para que sua boca não se esvazie de repente e a descubram, Poto, Chaqui, Puma, Floflo, Nene. Nomes e mais nomes, nus no horror, para que a mentira continue crescendo e engordando como uma fera.

A lista cresce. Ifigênia não pode parar, não quer, porque é isso que os profetas fazem: criam uma mentira e a repetem quantas vezes forem necessárias até que se torne verdade. A voz assustada de uma das crianças corta a escuridão quando Ifigênia diz três nomes, Lisa, Marcos, Elena, e grita me lembro dela, de Elenita. Ifigênia não para, segue com nomes de flores muito comuns. Rosa, Gardênia, Lila. Cada vez que diz um, ouve-se um eu me lembro, um eu me lembro que convence todo mundo, que arrasta todo mundo para aquela maré.

— Alicia, Esperanza, Rodrigo...

Ifigênia olha nos olhos da menina alta demais, que ainda não sussurra nada. É preciso quebrar as pernas dessa ovelhinha branca e obediente, para que ela também saiba o que é o medo e o poder de Ifigênia, para que obedeça, sim, à nova líder do rebanho. As crianças se aproximam de Ifigênia e sussurram unânimes a cada novo nome que vem à tona: agora se lembram de todos os cadáveres, agora os monstros realmente existem porque Ifigênia os nomeou. A menina alta demais admite sua derrota com um suspiro, e Ifigênia revela a dúvida em seu rosto, esse não saber que equivale a aceitar a existência de uma possibilidade, mesmo que mínima, de que esses monstros sejam reais.

— Eu me lembro... sim, eu me lembro. Acho... — diz, por fim, a menina alta demais, derrotada em seu orgulho, a princípio em voz muito baixa, titubeante, depois em um tom cada vez mais agudo, até se juntar ao coro. Todos juntos sussurram o alívio sem fim de saber que a noite está cheia de monstros, mas que agora, pelo menos, os conhecem.

O silêncio cai sobre eles de novo.

— E como pararam os monstros daquela vez? — alguém pergunta.

— Não tem como matá-los, já estão mortos. O que fazemos então?

Todos observam Ifigênia como se contempla o deus dos covardes.

O coração de Ifigênia bate na garganta. Ela não tem mais palavras nem ideias, apenas aquele ardor entre as pernas, as coxas úmidas e o nariz banhado no medo alheio e no próprio poder.

Um único segundo de hesitação é suficiente para destruir tudo. A menina alta demais murmura:

— Eu não me lembro de nada. Ninguém voltou da selva. Ninguém. Nunca. Ifigênia sempre inventa coisas assim. — Enfatiza a palavra "sempre" como se quisesse lembrar a todos que Ifigênia já mentiu outras vezes.

Pronuncia as sílabas bem devagar para fazer com que os outros entendam que o terror é uma nuvem passageira. Na escuridão só existe um monstro, e esse monstro é Ifigênia.

Ifigênia morde os lábios e pronuncia nomes aleatórios, com o mesmo calor de antes, mas agora sem efeito. O véu da credulidade caiu, e o sol está prestes a nascer: é nessa hora que as crianças guardam seus medos até a noite seguinte.

Que dia de merda.

Ifigênia se levanta sem desejos. Por que escovar os dentes ou correr por aí, entre as galinhas, com tanto calor? Sua boceta está morta e seca, e era a única coisa boa que lhe restava. Pensar que o último dia de sua vida poderia ser aquele, nojento, cheio de suor, comum, a assusta. As galinhas, abatidas pelo calor reinante, mal cacarejam.

Ao longe, a avó canta uma canção de ninar para o menino frágil. Uma canção de ninar banhada em tristeza. Ali, também ao longe, a mulher estrangeira, a recém-chegada à fazenda, arrasta os pés em direção à luz do sol. É muito magrinha e tem a pele escura. Ifigênia mal se lembra de seu rosto, embora se lembre de sua expressão de estar perdida, de olhar para a selva e ver além das árvores. A forasteira caminha com cuidado, como se a terra fosse de vidro. Caminha como se não soubesse onde começa o mundo e onde começam seus pés. Como se abaixo dela houvesse um pântano que a qualquer momento poderia engoli-la. Passa a mão pelo rosto. Suas mãos são grandes. Grandes demais para uma mulher tão magrinha.

Ifigênia a segue, sempre a uma distância segura. Vamos ver por onde a mulher caminha, para onde vão seus pés. Os novos são sempre estranhos, muitas vezes difíceis. Querem fugir de volta para a selva ou, pelo contrário, instalam-se na fazenda como se sempre tivessem vivido ali.

A mulher está desorientada. Se vê de longe. Ifigênia percebe que a avó permite que ela ande pela casa, embora nunca fora do alcance de sua vista. Enquanto aperta o filho alheio nos braços, a avó observa as andanças da recém-chegada, o que ela faz, quais são seus movimentos. Deixa a estrangeira caminhar livremente até que ela pisa na grama e fica de cócoras fazendo força.

Ifigênia engole a gargalhada. Cagar na grama: que boa ideia. Isso nunca teria lhe ocorrido porque, embora seja uma ovelha negra, no fim das contas é uma ovelha negra, e sabe que obedecer é sua única opção. A avó revira os olhos e com isso bota para fora uma torrente de desprezo pela estrangeira. Detém a mulher com um grito. Mas por que as crianças têm que ver coisas assim?, se pergunta em voz alta. Falsa. A velha é tão falsa. Ifigênia não aguenta e murmura baixinho aquelas palavras duras, *falsa* e *cagar*, não entende por que a avó se escandaliza com uma cagada e não com as facas.

Com um gesto lento e pouco articulado, a avó aponta para a frente, para a latrina, caminha até a grama e levanta a mulher pelo braço. Olha para ela com olhos secos. Não se caga na frente dos olhos dos outros, parece lhe dizer. Leva a jovem até a latrina e fecha a porta atrás. Depois volta para seu lugar no portão da fazenda. Ifigênia aproveita o momento para dar a volta na casa e correr, pelo pátio, até a única janela da latrina, que dá para a selva.

A curiosidade pelos corpos nus faz suas pernas estremecerem e suas mãos suarem.

Não é a primeira vez. Há alguns anos viu Juanquito no mesmo lugar. O menino expelia a preguiça e o desconforto. Era Juanquito ou um dos meninos mais velhos, um daqueles que a selva levou há muito tempo? Ifigênia não se lembra. A solidão e a desmemória são privilégio das ovelhas negras. Quando a avó não estava no alpendre, Ifigênia achava seguro espionar os membros da família. Era boa em espionagem. Perambulava pelos cômodos da casa para ver o que encontrava. Talvez o segredo de alguém, sua nudez, de repente o corpo suado de Lázaro, estirado para uma soneca numa das redes com pouca sombra da casa, que exigia que não interrompessem seu sono, a não ser que o céu estivesse desabando, coisa que nunca acontecia, embora Ifigênia se esforçasse pedindo por isso. Algumas vezes encontrou Lázaro e Santa emaranhados como lagartos em um galho, um em cima do outro, os corpos balançando enquanto a selva se lambia e Ifigênia, ao lado dela, também. Aquele balanço não tinha nome, Ifigênia não sabia como definir aquilo, mas, ao vê-lo, sentia uma pontada por dentro, entre as tripas e a boceta. Isso já faz muito tempo. Já faz muito tempo que a selva não se lambe e que Santa não bota filhos no mundo, agora Lázaro passa o dia fumando e enojado com a ideia da velhice que os aguarda.

Era Juanquito ou outro dos machos que viu naquele dia?

Um menino pelado na latrina. Estava com dor de barriga. Ifigênia não se importou com o fedor que reinava naquele lugar e se espalhava janela afora, porque sua curiosidade era mais forte. Seguiu o menino pelos corredores, sempre à distância, sem que ele soubesse que estava sendo observado. Depois subiu na janela da latrina para vê-lo sofrer todo o horror da caganeira, mas também para notar que o suor era lindo naqueles braços magros e que a careta das cólicas acentuava ainda mais as covinhas em suas bochechas. Ifigênia teria gostado de enxugar aquele suor com beijos e lambidas, como as vacas faziam com suas crias quando estavam doentes. Aquele corpo era diferente de qualquer outro que havia conhecido até então. Não era o corpo magro de Santa, feito quase só de ossos e esforço, nem a carne velha da avó, nem as bocetinhas sem pelos das outras meninas.

Espiando pela janela e com o corpo encostado na pedra, Ifigênia soube pela primeira vez que sua boceta tinha vida própria.

Dentro daquela mesma latrina, a estrangeira se despe lentamente. Ifigênia consegue vê-la. A mulher tira o vestido, que fica enorme nela, pela cabeça. O vestido está encharcado. É um trapo cheio de sangue, muco, baba. O cabelo da estrangeira também está coberto de suor. Ela senta na latrina por respeito, mas não quer mais empurrar, não consegue, não depois que a velha interrompeu sua vontade de cagar ao ar livre, como deve ser. Para a selva o que é da selva, não só a carne, mas também seus detritos. Depois de um tempo, a mulher coloca um dedo sujo na gengiva e coça.

Com dentes ela ficaria mais bonita, pensa Ifigênia, mas feia não é.

A recém-chegada fecha os olhos e quase parece adormecida. Ifigênia coloca a cabeça um pouco mais para fora da janela e é então que ouve o assobio. O assobio de Lázaro, como uma flecha sobre as ideias, que avança pelo ar e espeta Ifigênia. Na latrina, a mulher abre os olhos de repente. Talvez ela tenha ficado assustada com o som inesperado por meio do qual uma ameaça pode viajar. Ifigênia sai do mirante da janela e salta em direção à grama. Consegue ver Lázaro, que assobia novamente e aponta para ela, aponta para a ovelha negra, para a menina atroz. Ninguém na casa pode olhar para os outros, exceto ele, quando deseja alguém, exceto a avó, quando conta os corpos que entregará para a selva, exceto Santa, quando à noite vira monstro e, claro, a selva, que tem todo o direito do mundo de olhar.

Ifigênia foge em direção às árvores. De vez em quando olha para trás, para conferir se Lázaro não está querendo se fazer de senhorzinho, de dono da ovelhinha negra e resolveu persegui-la. Mas Lázaro não quer nada com ela, e sim com a estrangeira pelada na latrina. Ifigênia caminha lentamente entre as árvores e dali, de seu refúgio, observa o homem que a encara, com o rosto inchado de sono, os olhos velhos e cheios de veias. Há uma faca em sua cintura. Ifigênia a nota rapidamente porque Lázaro a saca e, para que ela veja, para que ela saiba, afia, lustra e mostra, dizendo sem palavras: com essa faca aqui vou te matar, ovelhinha negra. Mas não se mexe, não se aproxima, porque não gosta da selva, porque só entra nela quando precisa, quando a selva exige e seu dever é cumprir a matança.

De uma distância prudente, Ifigênia vê Lázaro espiar pela fresta de uma das janelas da latrina e observar a nudez da mulher lá dentro, enquanto acaricia sua perna com o fio da faca.

A menina perambula entre as árvores.

Tentou fugir outras vezes. Desde que mataram Juanquito ela tentou. Talvez Juanquito também tenha tentado fugir em sua hora, talvez tenha vagado sem rumo entre as árvores para ver se a jaula tinha alguma rachadura. Mas sempre voltava para a fazenda. A mesma coisa acontece com Ifigênia toda vez que ela procura uma forma de ir embora. A língua vaporosa da selva a repreende. Se mete por baixo do vestido da menina e lambe seu púbis. Um golpe úmido, que quase atinge o osso da pelve, como se a selva mal conseguisse se conter para não a morder ali mesmo, debaixo de uma árvore qualquer.

Ifigênia já a viu faminta outras vezes, mas hoje ela está mais do que nunca. A menina consegue sentir, porque, a cada instante que passa, a selva e ela se aproximam mais: a carne perto da boca, os dentes perto da carne, até que a qualquer momento se feche o círculo que se abriu há muito tempo, quando Ifigênia nasceu.

Direita, esquerda, para trás, para a frente, sempre por um caminho diferente. Anda à deriva. Não importa o quão longe esteja de casa. Faça o que fizer, a fazenda sempre reaparecerá diante de seus olhos.

Poucas vezes Ifigênia sentiu um pânico como esse. Seu peito vai explodir, seu coração vai sair de órbita e flutuará na vegetação rasteira até que a língua da selva o agarre. Ela sabe que sua morte já não acontecerá dentro de meses, mas de semanas, dias talvez, e sabe disso precisamente porque a selva quer que ela perceba, porque aquele pássaro no galho olha para ela precavido e com olhos famintos, embora não seja a fome do pássaro, mas a da selva que incuba esse pânico, e porque há aranhas que descem das árvores para lhe mostrar o caminho de volta. A fazenda está ali, diante de seus olhos, assim como seu destino. Ifigênia sente que, se não sair dali, a qualquer momento um formigueiro subirá por seus pés até as coxas e entrará pela pelve até chegar ao osso, à dissolução.

Não é justo. Não é justo que ela precise morrer e os outros continuem vivos. Não é justo que um dia, quando o sol nascer novamente, haja outras crianças que nem saibam quem foi Ifigênia. Chuta a grama seca ao seu redor, mas a selva não sente o chute ou não se importa. Não dá bola para malcriações. Nem para choros.

Mas Ifigênia não chora. Pensa na fome da selva e em sua vontade de viver. Na hora de comer, importa de quem é a carne? Não. Ifigênia alguma vez perguntou qual galinha Santa escolheu para fazer o caldo desta manhã ou de todas as manhãs de sua vida? Nunca.

Derrotada, volta para a fazenda. Agora não vê Lázaro em lugar nenhum. Só pode estar por ali, em sua ruminação habitual. Ifigênia também rumina. Onde estarão as crianças? Encontra todas em seguida. Como sempre, caminham todas juntas. O rebanho de ovelhinhas brancas nunca se separa porque, embora tenham se esquecido dos olhos noturnos, a verdade é que ainda procuram nas sombras um sinal de alerta. Ifigênia não ousa aproximar-se dos menores. Os pequenos choram muito. Se os pega pela mão, eles começam a gritar, chamam por Santa, pela avó, por algum irmão mais velho. Os pequenos têm medo de Ifigênia. Talvez seja pelo olho ruim que a diferencia dos demais ou porque farejam melhor do que ninguém onde há perigo.

Ifigênia tem muita paciência.

Observa as crianças de longe para que não se afastem, para que não sintam que Ifigênia, a mentirosa, a que semeia pesadelos, está forçando-as a se separar. Dissimula. Brinca com as folhas e, de vez em quando, dá voltas pela fazenda, retorna para o mesmo lugar, sai de novo, para que as crianças não se perguntem por que a ovelha negra hoje quer ser ovelha branca e se entregar ao rebanho. Depois de um tempo não muito longo, o grupo começa a se dissolver, a mudar suas estruturas. As crianças não parecem mais tão próximas umas das outras, não estão mais conectadas pelo mesmo fio.

Um pouco distante do resto está a menina alta demais, a mesma que desmentiu Ifigênia na noite anterior. É grande o suficiente para não se sentir totalmente confortável na presença dos menores. Fica entediada. Poderia ter sido uma boa companhia para Ifigênia, mas isso nunca aconteceu, porque ovelhas de cores diferentes não se misturam.

A menina brinca com seus irmãos. Em seu rosto, uma careta. Talvez tenha percebido que, quando Ifigênia não existir mais, ela será a próxima a partir. Sua pele é morena como a de Lázaro, e há algo de Santa no tamanho de seus quadris e dos peitinhos que já começam a fazer volume no vestido. Ifigênia fixa os olhos no rosto dela, e a menina a evita, finge não a ver, se vira.

Mas Ifigênia tem muita paciência. Nisso ela se parece com a avó. Paciência para matar e esperar o melhor momento.

E o melhor momento veio quando a menina alta demais foi se arrastando ao encontro de Ifigênia:

— Ei, me fala a verdade, o que você viu ontem à noite? — Havia um tom diferente em sua voz, algo que não era medo, mas dúvida. — Sem brincadeira, me fala — insistiu.

Ifigênia se deu ao luxo de sorrir antes de responder:

— Olhos.

— Os de Juanquito?

— Não, dele, não — decidira não mentir para ela.

A menina alta demais suspirou de alívio.

— Como você é chata, Ifigênia. Eu sabia que não era verdade.

— Eram outros olhos. Mas você não vai acreditar se eu te contar.

Ifigênia arrastou as palavras suavemente. Uma carícia de palavras. Um convite para o jogo.

— De quem eram, então? — a menina alta demais perguntou com lentidão.

Já não era curiosidade nem dúvida, a aflição havia se instalado nela.

— Não faz diferença se eu te contar ou não. Eu já disse que você não vai acreditar em mim. — Ifigênia bocejou, como se aquilo não lhe interessasse.

— Talvez eu acredite em você — insistiu a outra. — Talvez sim, como você sabe?

— Você vai achar que é mentira e vai contar pra todo mundo que andei inventando coisas... Mas eu entro na selva e vejo o que você nem imagina. Tem olhos lá dentro. Por que eu inventaria isso?

— É que você joga sujo... com você nunca se sabe.

— Então deu, não vou falar.

Ifigênia deu meia-volta, mas a menina alta demais a seguiu.

— Quais olhos? Vai, fala.

— Olhos na selva, já disse. Vivem lá.

— Os mesmos de ontem à noite?

— Você só vai acreditar vendo. Chega, garota, chega. Mesmo que eu te mostre, tenho certeza de que você ainda não vai acreditar em mim.

Ali estavam a isca e o anzol. A dúvida se espalhou nos olhos da menina alta demais, e Ifigênia acreditou que tudo acabaria naquilo, que não havia mais nada a dizer, que seu plano estava arruinado.

— É muito pra dentro na selva? Tem que ir longe?

— Não tanto. Algumas árvores e pronto. Quer ou não quer?

— Esses olhos... eles são perigosos?

— Eles não me machucaram, mas não sei. Estão por aí — disse Ifigênia, encolhendo os ombros e apontando para a frente, para onde a selva abria a boca.

— E não são os de Juanquito?

— Não.

— Mas estão vivos?

— Como você e eu.

— E vão perceber que estou vendo eles?

— Você precisa saber se aproximar... Vem, eu te mostro. Se quiser, tudo bem, e se não quiser, tudo bem também. Mas precisa ser agora.

— Agora?

— Melhor com sol do que à noite. Porque à noite eles acordam.

— Não brinca assim, Ifigênia, não gosto disso.

— E por que eu estaria brincando? Pra você começar a chamar Santa ou a vovó, fofoqueira como você é?

A menina alta demais mordeu o lábio antes de responder:

— Está bem. Mas se for uma das suas brincadeiras, vou contar pra elas. Você vai ver só.

O sol estava no meio do céu, e os insetos zumbiam no ar. Ifigênia olhou em volta. Nenhum sinal de Santa, que cozinhava naquela hora, nem de Lázaro e suas facas, nem da estrangeira. Ao longe, ouvia-se a avó cantando uma canção de ninar, certamente para que a criança doente morresse de uma vez por todas. Os menores brincavam no portão da fazenda, entediados com o calor e com os insetos.

— Vamos — disse.

Ifigênia e a menina alta demais entraram juntas na selva.

— Não é muito longe? — a outra perguntou de novo.

— Um pouco mais pra lá. Atrás daquelas árvores.

A cada dois passos, a menina insistia, onde estavam os olhos, se estavam longe ou perto, se já haviam chegado. Suava muito, suava a curiosidade e o medo. Ifigênia se deu conta de que não conseguiria arrastá-la ainda mais para dentro, que a qualquer momento aquela menina sairia assustada e contaria para a avó.

— Bem, é isso, chegamos. Agora vou mostrar pra você.

A menina alta demais olhou para trás, para onde as árvores se fechavam.

— Mas daqui não se vê a fazenda.

— Está atrás de uma liana, garota. Além disso, já vamos voltar... Vem.

Ifigênia se debruçou sobre o buraco de uma árvore. Era pequeno, mas largo o suficiente para colocar a cabeça sem ficar preso. Um buraco de cupins, talvez. Um ninho vazio.

— Os olhos estão aí dentro? — a menina muito alta quis saber e imediatamente deu dois passos para trás.

— Você não precisa enfiar a cabeça, é só se aproximar.

Ifigênia de repente se deu conta de que não sabia como matar alguém. Não tinha facas nem sabia usá-las. Sentiu as mãos e os joelhos tremendo. Como poderia trocar uma vida por outra, o valor de uma cabeça por outra semelhante, para que a selva ficasse satisfeita, para ganhar um pouco mais de tempo? A menina alta demais se agachou com cuidado e de longe observou o buraco na árvore.

— Não tem nada aqui, Ifigênia. Uma aranha no máximo. Não sei se você sabe, mas as aranhas não me assustam há muito tempo. Como você é chata!

— Não, garota, olha bem. Tem, sim.

A pedra estava no chão. Uma pedra de matar. Uma pedra cujo único propósito no mundo era existir até que chegasse a sua hora, até que a mão de Ifigênia a levantasse para coletar seu peso em sangue. Ifigênia a pegou. Uma pedra esmagadora de crânios. A menina alta demais se aproximou um pouco mais do tronco.

— Tá vendo? — Ifigênia perguntou enquanto escondia a pedra nas costas. Então levantou um dedo para a frente, como se estivesse apontando para o buraco na árvore. — Tá vendo os olhos agora? Presta atenção.

O olhar da menina seguiu o rastro do dedo de Ifigênia, o rastro que a levava até a cavidade do tronco. Por fim decidiu se agachar para observar melhor. Algo piscava dentro do buraco.

— Sim, estou vendo — disse um segundo antes de receber o golpe. — São mariposas-bruxas, Ifigênia. Bruxas enormes. Um ninho de...

O golpe foi seco. A menina alta demais caiu de joelhos no chão e balançou os braços como um pássaro abatido. Ifigênia se agachou ao lado dela e a empurrou com um cotovelo até que ficasse de bruços. Então bateu na cabeça dela mais uma vez. Tentou acertar o ferimento anterior, o pedaço de crânio que havia afundado ao lado de uma mecha de cabelo, mas sua mão tremia, e ela errou. Como era difícil deixar um corpo parado. Talvez fosse mais fácil com as facas. Ifigênia olhou para a pedra e depois para o sangue. Olhou para o sangue em sua mão e sentiu nojo. Se limpou com uma folha.

Na selva só havia silêncio.

O corpo havia parado de se mexer. Ifigênia o virou para cima. Os olhos da menina estavam abertos e as pupilas muito dilatadas, quase pretas de horror. Uma pupila maior que a outra. Os cílios cheios de terra. As sobrancelhas também. Ela ainda estava respirando. Aquele corpo alto demais ainda respirava, apesar do golpe, do sangue e dos ferimentos. Lá estavam os olhos da ovelhinha branca, que agora pareciam os de um monstro. Ifigênia cobriu o rosto dela com folhas para não os ver, mas as folhas não eram suficientes. Nem todas as folhas do mundo conseguiriam cobri-los, e Ifigênia não tinha forças para arrastar o corpo para um lugar mais escondido. Com cuidado, jogou a pedra ensanguentada no buraco da árvore. Pela primeira vez notou aquele lampejo, o piscar de olhos sobre as asas escuras das mariposas-bruxas idiotas. Ifigênia encolheu os ombros de novo e pegou alguns galhos, uns montinhos de terra. Camuflou o corpo ainda vivo com aqueles resquícios da melhor maneira que pôde, o mais rápido possível.

Não queria fazer uma tumba bonita, apenas que a selva a achasse apetecível e se alimentasse da menina, que se alimentasse de uma vez, se estava com tanta fome uns segundos antes.

Mas na selva só havia silêncio.

Sobre as árvores, Ifigênia viu pássaros piando de modo hostil.

— Hora de comer, ti-ti-ti-ti — chamou-os.

Mas os pássaros não eram galinhas, a selva também não, e, embora Ifigênia tenha tentado assobiar para eles, embora tenha gorjeado para eles, embora tenha cantado um maldito acalanto para eles, os pássaros apenas a olharam pensativos, como se questionassem quem era o cadáver e quem era a menina viva.

Depois de uns minutos, Ifigênia percebeu que algumas formigas, apáticas, haviam começado a subir naquele corpo sob as folhas, e uma língua de ar fresco se esgueirou por trás de suas orelhas.

Antes de retornar à fazenda, Ifigênia se aproximou por um segundo do cadáver para ver o desamparo da beleza da vida, mas só conseguiu vislumbrar os olhos da menina alta demais ainda abertos e piscando, já além da morte, chorosos de solidão.

Romina

De solidão você rangeu os dentes como se o mundo fosse um empurrão. Quando o crânio do pequeno finalmente coroou, os ossos da sua pelve começaram a latejar. Você preferia matar mil Caranguejos de novo do que parir um único filho.

Bem-comportadinhas ficaram na selva. Elas, suas irmãs, as mortas. Com as cabeças rachadas, esburacadas, sem olhos e com olhos, permaneceram nos limites onde as árvores cresciam. Então você soube que não eram capazes de cruzar aquela fronteira invisível, que teria de fazer isso sozinha, como certamente também fez a primeira mulher quando descobriu que uma cabeça poderia surgir entre suas pernas.

Uma cabeça de cabelos pretos.

As mortas não foram embora. Ainda que não pudessem abandonar o refúgio da selva, ainda que a terra dos vivos estivesse proibida para elas, insistiram em permanecer entre as árvores enquanto respiravam ao seu lado, um dois três quatro, empurra, um dois três quatro cinco seis sete oito, empurra de novo. Iam todas parir com você, até Copita, recém-chegada ao reino das mortas, que movimentava as mãos para te indicar os períodos de inspiração e expiração

Na selva, suas irmãs lutavam para ver aquele pedaço do crânio da criança que aparecia entre as suas pernas, com o cabelo preto, quase indígena, que por sorte não era ruivo como o de Caranguejo. Várias mortinhas bateram palmas quando notaram que a criança era morena, igualzinha a você, que não tinha herdado nada do pai, e as que tinham olhos choraram terra, e as que não tinham cutucaram as órbitas como no passado, e Copita estalou o queixo de felicidade absoluta. Todas se reuniram para comemorar o nascimento do menino como se fosse delas também. Enquanto isso, você gemia. As mãos de uma velha arrancaram o bebê de dentro de você sem pedir licença: as mãos eram pequenas, e pequeno era o menino, nada parecia estranho, exceto a cor azul quase venosa do corpo dele e aqueles pulmõezinhos que se moviam arritmicamente como se a máquina em seu coração recém-nascido tivesse enlouquecido.

É tudo culpa do sol, te disseram as mortas na selva com gestos silenciosos, culpa daquele sol ruim que aquece as crianças, você vai ver que na sombra ele vai respirar melhor.

Então Copita levantou a mão para se despedir, já meio escondida entre as árvores. Só dava para ver aqueles dentes esplêndidos dela, e você quis lhe pedir que não fosse embora, por favor, que estava sozinha e com medo, em um ninho de estranhos, que queria cheirar um pouco, queria pó e, por mais que você procurasse por toda parte, não achava os saquinhos que tinha roubado de Caranguejo Ladrão que rouba ladrão tem cem anos de perdão, exceto o ladrão que rouba o pó de uma ladra recém-parida.

A velha estava com o menino metido entre os peitos, como se também quisesse roubá-lo de você, e aquilo te deixou com raiva: velha desgraçada, ladra de crianças e de pó, que ficasse com o pequeno se quisesse, mas que te devolvesse o que era importante de verdade, que te desse o oblívio branco e parasse de te pedir para empurrar, como se não fosse suficiente que o osso enorme da cabeça do seu filho tivesse te rasgado toda.

A velha não deu bola para as suas súplicas. Você não tinha forças para ir para cima dela e pegar o que era seu, por direito de parto e por direito de faca. Tudo seria diferente se as duas estivessem na selva, se as mortas estivessem cercando vocês: então a desgraçada veria quem era Romina e o calibre de seu exército. Você fechou os olhos e não se inteirou de mais nada.

Quando acordou, estava com frio e era noite. Não reconhecia o quarto. Por um segundo pensou que Caranguejo estava sentado ao pé da cama, com o pescoço aberto e ensanguentado. Olhava para você com olhos tristes, mas não conseguia dizer nem uma palavra. Cada vez que tentava, uma bolha de saliva vermelha saía de um buraco na jugular dele. A silhueta deixou de se parecer com Caranguejo de um momento para o outro. Não era mais ele, não era mais aquele cabelo avermelhado ou as mãos de unhas roídas, era outra pessoa: outro homem, magro e com os mesmos olhos tristes dos canalhas, embora já amansados pelo tempo. Todos os homens olham da mesma maneira, como se a despissem, como se tivessem facas nos olhos e com elas rasgassem a sua roupa.

Talvez fosse um novo cliente. Você pensou que estava de volta à rua, talvez com Copita por perto, roubando seus melhores clientes. Que talvez você não tivesse matado Caranguejo, mas tido uma viagem longa e um pouco mais agitada do que o normal. Que tudo o que você havia visto na selva era apenas parte da brisa do pó. As alucinações levavam as pessoas para longe e desencadeavam medos, às vezes até realizavam alguns sonhos, como a sua vontade silenciosa de matar Caranguejo ou o desejo incontrolável de cheirar um pouco daquele pó que o homem tem nas mãos.

— Pega — disse o estranho sentado na beira da cama.

Não estava morto, isso era certo. O peso dele aquecia os lençóis. O desejo dele fedia a cansaço. Por uma carreira de pó você teria aberto as pernas até para a selva. Então cheirou o pó da palma da mão dele e o alívio foi quase imediato. Não sofreria mais até apagar. Sentiu os polegares dele em seus seios. Polegares procurando sua recompensa. Ele não sabia como tocá-la, mas os homens nunca sabem, então não importava.

Você fechou os olhos de novo.

E o tempo passou.

A velha a acordou. A mesma velha ladra de antes. Estava tentando encaixar em seus mamilos a criança que você havia parido. Você pediu pó, e ela não respondeu. Começou a rezar um pai-nosso na sua frente. Enfia esse pai-nosso no rabo, você gritou, e a noite se encheu de berros. Os berros desconsolados da criança, o pai-nosso da velha e seus gritos. A selva também se encheu de vozes, e ao longe você ouviu Copita, o canto das mortas, que não tinham pó, mas lhe prometiam outras formas de ser feliz.

Você fechou os olhos de novo.

Alguém meteu uma colher com um líquido quente na sua boca. Queimou seus lábios rachados. Filha da puta, você cuspiu nela. Mais uma vez a colher tentou entrar. Nunca acertava. Desta vez queimou sua gengiva.

Na manhã seguinte você pensou que ia urinar pó branco.

Seus dentes batiam como se você fosse uma mulher feita de marfim e ossos, como se tivesse perdido toda a carne e a pele, como se tivesse se transformado em mais uma morta. Você conseguia ouvir tudo. O choro do menino ao longe. Os pulmões dele estavam ruins, e o coração batia mal. Aqueles pulmões e aquele coração banhados no pó branco que durante meses você havia metido no sangue, aqueles pulmões e aquele coração que eram culpa sua. O som dos mosquitos sugando sangue. A grama quando nela o ar batia. Uma mariposa-bruxa que se meteu no quarto e te encheu de medo, um medo tão profundo quanto a morte porque você via a sombra dela por toda parte: na sua boca, nas paredes, enfiada na sua boceta. O calor da selva lambia seus olhos, e dentro dela um cão selvagem no cio uivava.

Caranguejo voltou a visitá-la algumas noites e se debruçava sobre a cama para beijar seus seios. Na última hora ele sempre se arrependia, talvez porque você estivesse muito louca ou muito acabada, ou porque ele tinha medo de ser esfaqueado de novo. Os mortos se tornam precavidos. O homem moreno também voltou e lhe deu um pouco de pó, duas carreiras, você ficou de joelhos para chupá-lo em troca, mas ele não ficou duro, e isso fez você rir. Riu na cara dele por minutos que pareceram horas e horas que pareceram dias.

A febre passou.

Quando você acordou de novo, ainda estava viva. E, se não estava, pelo menos podia respirar na morte. Você mal tinha unhas e andava sem um eixo fixo, como se tivesse de arrastar os pés de tão duros que estavam. Ao meio-dia começou a sentir fome, e tudo lhe pareceu tão real que por um momento você teve vontade de ir para a cama de novo e recomeçar o ciclo.

Você estava limpa. Não era a primeira vez. Sabia como era não ter a sujeira branca no sistema, nos ossos e na linfa. Uma sensação pesada, que não era de alívio, mas de uma angústia primitiva em que você contava horas, dias, meses... até cair novamente no vício do pó.

A porta daquele quarto, daquele purgatório de lençóis e suores, permanecia fechada por fora. Você tocou a madeira com os nós dos dedos e gritou um pouco, para ver se alguém escutava. E alguém escutou. Você reconheceu o rosto na hora. A velha, com o menino azul no peito.

Seu filho.

Você estendeu os braços para pegá-lo em um gesto que talvez fosse instintivo ou que saía daquelas suas entranhas que pareciam prestes a explodir. Você se arrependeu no mesmo instante. Não tinha braços para aquela criança assim como não tinha forças para continuar ouvindo a respiração a conta-gotas, a ânsia de lhe mostrar a cada batimento cardíaco e a cada inspiração que você havia arruinado o pequeno maquinário do corpo dele.

Você priorizou o pó, e daí?

A velha esteve prestes a lhe entregar a criança, mas, quando viu seu gesto recuar, parou na hora.

— Eu quero sair... — você disse a ela com a voz de quem não soube falar por um tempo.

Ela tinha as mãos pequenas e muito brancas; o sol não as envelhecera muito. Com um único dedo puxou a pele do seu rosto e examinou seus olhos por um longo instante.

Foi então que você percebeu, pela primeira vez, que não sabia de fato onde estava. Não era capaz de distinguir entre o real e o imaginário e não teria se surpreendido se a mão branca da velha tivesse se transformado em puro osso e lhe dado as boas-vindas ao reino das mortas.

— Sai pra pegar um pouco de sol, você parece estar limpa — disse após um longo silêncio.

A voz dela era falsamente compassiva. Você já tinha conhecido outras velhas assim. Se faziam de boas, mas eram cheias de rachaduras por dentro. Se disfarçavam de santas e depois, quando viam uma puta na esquina, faziam o sinal da cruz para não pegar a doença de ser puta. Velhas de merda. Hipócritas.

Lá fora havia sol, uma epidemia de luz que penetrava nos olhos para fritá-los. Você caminhou até onde a grama começava, e a velha a seguiu de longe, com a criança nos braços. Quando seu olhar se acostumou novamente com a claridade do dia, você viu a selva. Maior e mais verde do que você lembrava, como se tivesse crescido enquanto você dormia. Uma doença de beleza.

Você procurou Copita e as outras mortas entre as árvores. Com certeza não iam deixar você à deriva, entre estranhos.

Agora, você sabia, aquela era a sua nova casa.

Seu novo lar estava cheio de crianças com olhos gigantes. Todos olhavam para você. Mas os mais insistentes eram o moreno e Santa, a mulher velha dele. Você nunca gostou que te olhassem assim. Entende que é lógico observar o desconhecido como se fosse um inseto debaixo do sapato, mas, porra, se pelo menos disfarçassem, se não fossem tão burros, se pelo menos aquela mulher não grudasse os olhos em você o tempo todo, talvez pudesse tolerar. Você também viu a louca confinada. Uma louca como você, outra irmã, mas viva, diferente das mortinhas que a esperavam na selva. Putas, loucas e viciadas em drogas eram irmãs do mesmo sangue.

Ela, como você, havia sido isolada.

Quando você perguntou a Santa por quê, ela te olhou da cabeça aos pés:

— Um dia a cabeça dela pifou. — Era a resposta que você esperava, o que havia imaginado: uma louca, talvez perigosa, que estava atrás das grades para não machucar ninguém ou a si mesma. Santa não precisava dizer mais nada, mas disse: — Aqui as mulheres enlouquecem, só pra você saber, franguinha.

Olhou para você da cabeça aos pés de novo, com as palavras feito profecias na garganta:

— Espera só pra ver como você vai ficar louca.

A gargalhada dela era rouca. Fazia muito tempo que você não ouvia uma risada assim. Nem as de Caranguejo eram parecidas. Era a risada dos sádicos, dos cafetões que esfaqueavam meninas que roubassem um pacotinho de pó ou não terminassem a noite com toda a grana no bolso. Você tinha ouvido aquelas risadas na rua e sempre fugia delas, porque uma puta rápida valia mais que uma puta inteligente, que uma incauta ou uma morta.

Naquela tarde você quis dar um teco porque o mundo das pessoas limpas era nojento. A selva era de um verde sem esperança, então você sentou perto da janela da louca para tomar um pouco de ar fresco, para ver se isso te fazia esquecer aquele desejo que comichava na garganta. Se estivesse na cidade, esse mesmo desejo teria te levado a um beco em busca de pó, e você teria comprado qualquer saquinho, sem que importasse a qualidade, sem saber se estava misturado com comprimidos, farinha ou talco. Uma vez você ouviu falar de uma garota que havia cheirado pó com cimento, ou pelo menos foi isso que disseram quando a encontraram morta debaixo de uma ponte asquerosa. O bom da selva é que não havia tentações, nem pontes, nem becos vazios, nem cafetão ou vendedor de plantão.

A louca, em sua janelinha de sempre, ofegava como uma cachorra no verão, com a língua de fora. Você olhou desesperada para a selva, para o tremor da selva, e a louca também olhou. De vez em quando vocês se entreolhavam, e você mostrava seu sorriso para ela, para que assim ela visse que você estava bem na companhia dela, que não se importava se ela era cachorra ou mulher, se era puta ou drogada, se selvagem ou domesticada, eram irmãs apesar de tudo. Mesmo que ela não sorrisse de volta, pelo menos vocês estavam juntas.

Na solidão da selva, as solidões de duas fêmeas são mais bem compartilhadas.

Quando Copita colocou o que restava de sua cabeça entre as árvores, a louca latiu na direção dela. A louca a tinha visto primeiro. Continuou ganindo enquanto Copita saltava entre as lianas e as raízes das primeiras árvores. Tentava se esconder. A morte a deixara tímida. Estava descalça, com os pés meio podres, e você se lembrou da porra das botas que tinha deixado na cidade. Você quis muito levá-las, mas estava cheirada até não poder mais. Já era tarde para arrependimentos, mas, porra, agora poderia fazer essa surpresa para Copita, para que os pés dela ficassem mais confortáveis, já que viva ou morta era um absurdo andar pela selva sem sapatos.

Você assobiou baixinho para que a louca se calasse, para que entendesse que Copita não era um perigo nem nada parecido, que também era irmã delas. Você rezou para que a velha, a dona da fazenda que estava com seu filho, não a visse, para que não te repreendesse por estar nos limites de sua propriedade como se alguém a tivesse convidado.

Ninguém convida os mortos para entrar, todo mundo sabe, ninguém quer putas mortas por perto, menos ainda se estiverem descalças e com os pés começando a apodrecer. As velhas hipócritas como a dona da fazenda se fingiam de santas, mas na hora da verdade, quando era preciso, não se importavam em apontar o dedo para os pés descalços de uma menina assassinada e falar mal de seus calcanhares sujos ou em fazer um escândalo quando viam uma mulher morta na beira da propriedade.

Atrás de você, a louca ficou em silêncio, ainda que com as narinas dilatadas, como se pudesse sentir o cheiro da morte que Copita carregava consigo. Lá nas árvores, sua amiga parecia inquieta e até levantou algumas vezes os bracinhos magros para que você a visse. Por que fazia aquilo, por que se expunha daquele jeito? Nem as putas, nem as mortas podiam baixar a guarda. Nesta fazenda também havia desgraçados como na cidade, porque as pessoas são más em todo lugar, porque o bodum da maldade é pior que o fedor da morte, e todo mundo sabia disso sem precisar ser uma cachorra.

Você caminhou lentamente em direção às árvores. Olhava por cima dos ombros para conferir se ninguém estava te vendo. No fim das contas, a fazenda era deles, e você estava ali provisoriamente. Mas melhor na fazenda do que debaixo de uma ponte na cidade, cheirando a morte com uma carreira atrás da outra.

Copita estava esperando por você atrás de uma liana. Ela parecia impaciente. Estalava a mandíbula como se estivesse contando os minutos que você havia levado para chegar. Você caminhou atrás dela pela selva, entre lianas e cipós, e ia contando seus passos com tristeza: os pés de Copita não iam servir para mais nada porque estavam deixando pedaços pelo caminho. Estariam puro osso em breve. Pensar naquela tragédia te deu vontade de cobrir as feridas dela com a boca. Talvez as mortas não precisassem de beijos, muito menos de pés. Talvez nem sentissem dor.

— Copita, me perdoa, deixei suas botas lá — você se desculpou com vergonha, enquanto ela caminhava na sua frente.

Ela encolheu os ombros.

— Eram novas e tudo mais, e sei que eram caras, Copita. Peguei do Caranguejo quando o matei, já te contei que esfaqueei aquele desgraçado até a morte?

Talvez ela se alegrasse se soubesse que você o havia matado.

— Ele quis me dar suas botas, Copita, aquele filho da puta. Mas não se preocupe, já fiz ele pagar.

Copita parou por um momento. Se ela tivesse olhos, você teria visto lágrimas de gratidão neles. Ela estalou a língua contra os lindos dentes e estendeu a mão na sua direção. Você a pegou. E continuaram avançando juntas.

— A última vez que estive limpa, como agora, foi antes de conhecer Caranguejo, Copita. É uma bosta estar limpa. Dá vontade de cheirar qualquer coisa.

Ela acariciou a sua mão. Era o amor de uma irmã. A paciência do amor de uma irmã. Copita estalou a língua contra os dentes mais uma vez e fez você passar por baixo de uns galhos grossos cheios de formigas. Ali, em cima de uma enorme árvore, sentadas entre os galhos, estavam as outras mortas. Uma delas, com um buraco de bala na testa, se balançava num ramo. Aquele era o seu verdadeiro lar, você soube disso na hora. As mãos de ossos, as mãozinhas podres, pousaram sobre seus ombros numa espécie de cumprimento. Elas estalavam a língua, e uma das mortas emitiu um som parecido com o balido das ovelhas, um som sem palavras ou qualquer significado, porque na morte, você estava começando a perceber, não existia linguagem.

Você se sentiu mais feliz do que nunca porque elas não tinham te deixado sozinha. Porque aquela era a verdadeira fidelidade: uma por todas e todas no céu da selva.

Copita subiu num dos galhos da árvore. Você nunca pensou que ela pudesse ser tão ágil. Os ossos dela rangiam, talvez alguns estivessem quebrados, mas como ela era feliz na morte, que lugar esplêndido: ali nada doía, nem o coração, nem a culpa, nem os filhos doentes, nem o pó branco e ausente.

A selva era o paraíso das putas assassinadas.

Copita se pendurou de cabeça para baixo na árvore como uma borboleta sem olhos. O sangue estava seco e tinha parado de escorrer pela mandíbula dela. Ali mesmo, deitada, quase angelical, ela estava mais linda do que nunca. Você teria beijado a boca dela, teria acariciado aqueles dentes com a língua, de tão linda que estava. Quanto tempo você havia perdido sem notar a beleza de Copita.

Foi bem nesse momento que você viu a menina. Ela era alta demais para a idade. Quantos anos devia ter? Uns onze talvez, pela roupinha de saia rodada suja de terra e o laço ensanguentado no cabelo. Os olhos eram difíceis de ver: uma pupila dilatada, como se fosse estourar a qualquer momento, e a outra pequena, um ponto preto perdido em um mar de veias. A menina estava quase intacta, era quase novinha, apenas os olhos e o crânio aberto em um coágulo de sangue revelavam sua condição de morta.

Você sentiu um pouco de pena ao vê-la tão perdida na selva das putas. Pelo menos agora estava a salvo. Ninguém bateria na cabeça dela de novo. Você tentou sorrir para ela, mas percebeu na hora que seus dentes quebrados assustavam a menina e guardou o sorriso. A dor de cabeça estava ficando persistente como um sinal vermelho, um sinal que te dizia que tudo dentro de você estava muito ferrado, que com ou sem pó você estava muito ferrada.

Por uma carreira de pó você teria dado tudo.

Da árvore, Copita estalou a mandíbula de novo, e você ficou surpresa ao vê-la tão viva, tão animada na morte, com força suficiente para ficar de cabeça para baixo e balançar um pouco, daqui pra lá, de trás pra frente.

— Onde estamos? — você perguntou em um tom de voz alto demais. Todas as mortas olharam para você com suas piores caras, e a menininha perdida se escondeu atrás de um tronco.

Que pergunta estúpida. Na selva. Claro que na selva. Tanto verde não podia enganar os olhos. A selva como a antessala do paraíso ou, talvez, o próprio paraíso. Você não precisava saber mais. Na selva e com Copita. Sem falar, silenciosa como todas, você sentou num pedaço de madeira podre. A dor na cabeça era insuportável.

Foi a menina perdida, a mortinha mais nova, a primeira a se apiedar de seu tormento. Talvez porque lembrasse melhor do que ninguém como era se sentir viva e que algo doesse a ponto de não ter mais volta. Ela se aproximou a passos lentos e fixou em você aqueles olhos difíceis de ver, aquelas pupilas diferentes que reviravam alguma coisa em suas entranhas. Você se conteve: se aquela garota podia superar seu receio e se aproximar de uma pessoa viva, você também podia fazer um esforço e não pensar nos olhos dela. A menina tinha uma folha nas mãos. Verde, como tudo na selva. E a estendeu como um presente. Que merda é essa, menina, você pensou, uma folha não vai tirar minha dor de cabeça, mas você estava errada e viva demais para entender a piedade das mortas, sua compaixão divina. Para que ela ficasse tranquila, você aceitou a folha e a colocou na testa enquanto fazia uma careta com seu sorriso terrível.

Em sua árvore, Copita movia o queixo para cima e para baixo, uma vez atrás da outra, muitas vezes. As mortas estalavam seus ossinhos, os ossinhos que ainda restavam em seus corpos. Um riso de mandíbulas secas, um novo tipo de riso sem gargalhadas, porque as mortas, você entendeu então, riam assim, com os ossos expostos.

A menina perdida se aproximou de novo, agora não tímida, mas encorajada, e tirou a folha de sua testa, colocou-a na entrada da sua boca e a empurrou com os dedos. Você não queria ofendê-la, mas a folha tinha gosto de merda, e você acabou mastigando só para não fazer feio.

Por alguns segundos nada aconteceu. Então veio o alívio. Um alívio disparado em rajadas e a sensação de flutuar no espaço, de se elevar acima da selva. Asas saíam da sua boceta e você podia voar, mariposa, bruxa das sombras, por cima da copa das árvores. O mundo transformado em um fractal verde se abria e se fechava. Você começou a rir e na hora foi acompanhada pelas gargalhadas dos ossos em resposta.

Você voltou para a fazenda quase à noite. Copita foi com você até o exato limite onde as árvores desapareciam. Você teria dado um abraço apertado nela ali mesmo, para agradecer a Copita, representando todas, por, mesmo mortas, te recordarem da agonia que significava estar viva, porque te deram aquela folha que tinha gosto de merda, mas que era tão poderosa quanto a morte branca do pó. No fim você não a abraçou porque tinha medo de quebrá-la, de deixar os ossos dela ainda mais expostos, então apenas estendeu a mão e ela a roçou com a ponta de seu dedo frio. Copita se aproximou do seu cabelo e estalou a mandíbula diversas vezes, como se estivesse juntando as palavras, como se quisesse te dizer que as botas não importavam, que, na verdade, nunca tinha precisado delas, que antes a vida a obrigara a ser frívola, mas agora, na morte, havia outras prioridades.

Você ficou sozinha.

E teria dado tudo para não encontrar ninguém no caminho de volta para aquele quartinho onde tinha dormido desde o dia da sua chegada.

— O que você estava fazendo na selva? — Mas você não teve sorte.

Se Caranguejo tivesse nascido mulher, seria Santa. A mesma forma de indagar, de ser incapaz de não saber tudo. Sem dizer uma única palavra, você tentou sair do caminho dela. Era a mesma coisa que você fazia quando Caranguejo queria testar sua resistência. Ignorá-lo e sair do alcance de seu olhar. O instinto de autopreservação sempre havia funcionado. Sempre até aquele dia. Aquela mulher te agarrou pelo braço e te puxou em direção ao corpo dela.

— Me solta, porra.

A mão de Santa era mais difícil que a de Caranguejo:

— Não solto nada até você me responder. O que você tá achando? Essa casa é minha, e aqui eu faço o que quiser — esmiuçou as palavras em seu ouvido: — Por que você foi pra selva?

— Eu queria mastigar folhas, porra.

Era a verdade, mas os olhos de Santa brilharam de raiva.

— Você foi pra selva pra encontrar o cachorro do Lázaro, né, puta?

A palavra *puta* não era um insulto para você, mas um fragmento sagrado da sua natureza que ela não tinha o direito de manchar com aquela boca velha. Putas eram as mortas, sua mãe, suas irmãs na selva. Você cravou as unhas no antebraço dela. Bem fundo, tão fundo quanto conseguia, mas Santa não se importava com a dor. Ela apertou seu braço com tanta força que você pensou que o havia quebrado.

— Aqui, nessa fazenda de merda, não acontece nada diante dos meus olhos que eu não saiba, puta. O que eu não vejo, imagino, e no final sempre tenho razão. Onde está Lázaro?

— E eu sei lá! — você gritou na cara dela.

Você não teve tempo de dizer que nunca tinha ouvido aquele nome. Ao menos não que se lembrasse. Na vida de uma puta os nomes não significam nada. O único cara que você tinha visto na fazenda tinha um olhar de abutre e você nunca chegaria perto de gente como ele se pudesse evitar.

— Eu vi, puta. Eu vi quando ele foi pro seu quarto. Eu vi quando ele foi pra selva atrás da sua boceta. — Santa baixou o tom até que sua voz virasse um sussurro mastigado: — Só pra você saber: não me importa como nem por que a selva traz pessoas como você. Não me importa nem quero saber. Aqui cada um faz o que tem que fazer e bem quietinho. Mas nem você, nem a selva, nem deus, nem ninguém vai me ferrar, tá me ouvindo?

Ela soltou seu braço. Você sentia seu osso queimando. Quando brigava com Copita por um cliente, não era pelo homem, mas pelo dinheiro, que era o único motivo digno. Você achava os homens totalmente substituíveis desde o dia em que descobriu que eles pagavam por uma boceta, que se esfaqueavam até a morte e às vezes morriam por uma.

— Nem você, nem a selva, nem deus na selva — repetiu Santa. Tinha olhos de louca. — Aqui todo mundo sucumbe, puta — acrescentou após alguns minutos de silêncio. — A mim ou à selva. Só pra você saber.

— Não sei quem é esse seu Lázaro — você sussurrou, a enxaqueca tinha voltado a se instalar em algum ponto de seu crânio.

Você trocaria um filho por uma carreira de pó. Uma vida por uma daquelas folhas que a selva guardava na boca.

— Você é apenas a nova galinha poedeira — Santa cuspia insultos e saliva na mesma medida —, e esta fazenda, minha mãe e a selva não se importam com as galinhas. Vão montar em você, vão te deixar prenha, suas crias vão nascer aqui. Se crescerem e ficarem grandes, um dia vou esfaquear todinhas. Não te contaram, puta? Lázaro não te contou? Não te explicou que toda vez que você abre a boceta pra ele está apenas preparando o novo alimento de deus?

Entre elas havia apenas escuridão.

— Só pra você saber, aqui a selva come os filhos de putas como você.

— Santa!

O grito da velha calou a boca da mulher. Congelou-a na hora. A idosa caminhou lentamente até vocês. Arrastava os pés.

— Cacete, Santa, sua boca grande de merda!

Diante da filha, a velha parecia um amontoado de rugas. Estava curvada pela idade e era muito menor que ela, mas sua sombra era uma cabeça mais alta. Você ouviu, mais do que viu, o som da palma da mão dela no rosto de Santa. Duas vezes.

— Cacete, espera eu morrer pra fazer as coisas do seu jeito. Enquanto eu estiver viva, você não manda aqui!

— Mas Lázaro... — a voz da filha encolhera de repente.

— Lázaro não é seu, porra! O corpo dele não é seu!

Por um segundo você se perguntou aonde diabos tinha ido parar. No ninho de uns dementes, sem dúvida. Mas todos no mundo eram loucos à sua maneira, você sabia bem disso. O ar quente da selva te embalou nos braços e assobiou em seus cabelos. Tudo estava bem. E quando no dia seguinte você voltasse às entranhas dela e reencontrasse Copita, quando mastigasse aquelas folhas e a agonia da enxaqueca no olho e no crânio se dissipasse, quando o deus da selva te beijasse na boca e na boceta, você ficaria muito melhor. Por que temer um deus que lambe sua boceta?

Você caminhou em direção aos quartos sem dizer nada:

— Menina! — A velha arrastava os passos e tentava te alcançar. — Vamos ver seu pequeno, vamos, que faz dias que você não sabe se ele está vivo ou morto.

Ela te empurrou com uma mão. Por um segundo, ainda atordoada, você se perguntou a qual pequeno ela se referia. De que menino estava falando? Mas você não demorou muito para lembrar que agora era mãe. Quer dizer, o que dava para ser de mãe depois de dar à luz *algo* que você não reconhecia como seu. Você seguiu a velha, embora tivesse preferido ficar sozinha.

Um filho... Talvez você não pudesse amá-lo porque a verdade é que ele era filho de Caranguejo. Talvez você tivesse medo de esfaqueá-lo se ele se parecesse muito com o pai. A velha acendeu algumas velas ao passar. As mãos dela tremiam. Você nunca tinha visto uma mulher tão acabada quanto ela. No bairro, com quarenta anos a pessoa já era idosa. E as putas, além disso, nunca chegavam tão longe. As que cheiravam pó sempre morriam jovens, pequenas sereias. Esse era o seu sonho, morrer pequena sereia, com os dentes podres de tanta droga, mas intacta na beleza da juventude, que se alguém te encontrasse caída na ponte dissesse que linda morta apareceu esta manhã, e se alguém te encontrasse com a cabeça aos pedaços na selva dissesse que pequena sereia tão bonita apareceu flutuando no mar verde.

— Você já sabe por que a selva te trouxe aqui, cacete, está com medo? — a velha cuspiu a pergunta sem olhar para você.

Se estava falando sobre seu filho, então sim. Você tinha medo de tocá-lo, de vê-lo azul, de ouvi-lo doente, de que se parecesse com Caranguejo ou, pior, com você. Seria pior se ele se parecesse com você. Você não respondeu, e a velha não insistiu. Em vez disso, abriu a porta de um quarto. Um quarto de velha. Dava para sentir o fedor da idade. Ela mancou até a cama, pegou o corpo do menino, que dormia enrolado em cobertores, e o trouxe a seus braços. Tinha cheiro de merda fresquinha.

— A selva ainda não veio exigi-lo. Acho que não gosta de comer carne doente. Acho que não vem mais, mas não sei de nada — disse, e sentou na beira da cama, esfregando com um dedo os calcanhares doloridos.

O menino tinha uma penugem preta espalhada pela moleira. Não se parecia com Caranguejo. Não se parecia com você. Não havia nada de familiar em seu rosto, era como se ele tivesse sido copiado de outro molde. Você suspirou aliviada.

— O pequeno está ruinzinho, mas crianças mais doentes já se salvaram — a velha falou de novo, e por um momento você sentiu que ela era honesta, que aquela velha realmente amava a criança e talvez estivesse tentando aliviar um fardo para você.

Dez unhazinhas azuladas. Os olhos tão fechados que você pensou que ele havia morrido em seus braços de repente. Talvez tivesse resistido para morrer sobre você, como vingança por tê-lo deixado nascer. Seria uma pena ter de levá-lo até Copita e pedir-lhe um novo favor: crie meu filho morto aqui na selva, minha irmã, e cuide bem dele, como se fosse osso dos seus ossos. Por sorte, o pequeno ainda respirava. Você o afastou do peito em seguida:

— Pega ele.

A velha o recebeu de braços abertos, parecia acostumada com as mães fazendo coisas parecidas, como se na verdade não esperasse outra coisa. Quando você encarou os olhos dela, não encontrou nenhuma censura.

— Eu não quero ficar com ele. Não coloca ele na minha frente.

— Tudo bem — ela sussurrou.

— Se ele morrer, não quero que você me diga nada.

— Cacete, tudo bem — repetiu.

Era bom não se sentir obrigada a ser mãe e que a velha tirasse esse peso de cima de você. Ela não parecia mais tão velha nem tão nojenta em sua velhice. Talvez até fosse uma boa mãe para a criança.

— Você ouviu o que Santa disse? — foi a única pergunta que ela fez.

Você confirmou em silêncio. Estava se perguntando quando ela te deixaria ir.

— A selva quer crianças. A selva come crianças. É simples assim, cacete. As mulheres que vêm para a fazenda, as mulheres que a selva traz, precisam parir. Gostem ou não. Goste você ou não.

As palavras dela flutuavam no ar como mariposas-bruxas de asas imensas.

— Você pode tentar escapar. Todo mundo aqui já tentou, cacete, mas a selva não gosta de joguinhos. Sempre vai te trazer de volta, filha. Mas pode tentar mesmo assim se quiser. Não tem nada a perder. Tempo talvez, mas temos muito tempo aqui.

Você daria sua vida por uma folha. A vida de mil filhos seus por apenas uma daquelas folhas que as mortas te deram naquela mesma tarde. Só as folhas aliviavam a provação de estar limpa. Um filho para a selva. Mil filhos para o deus faminto da selva. Não importava, desde que não faltassem folhas e a transcendência de ter asas na boceta e na boca. De fome você entendia bem. De fome e de tentar permanecer limpa enquanto o mundo te cuspia. Você era um pouco como aquele deus da selva. Um deus para as putas e as loucas, para as famintas e as excluídas.

Um deus finalmente seu.

As mãos da velha acariciaram suas costas, como se tentassem te consolar. Pobre velha. A hora dela já havia passado há muito tempo. Era como uma corda frágil que se esticava e se esticava e que em algum momento romperia em seu lado mais fino.

Na verdade, qual era a diferença entre criar filhos para a selva ou pari-los no bairro, debaixo de uma ponte, entre o pó da rua e o pó branco nas suas veias? Qual era a diferença entre dar seus filhos para alimentar a selva e para alimentar os Caranguejos do mundo? Nenhuma.

— Cacete, garota, diga alguma coisa — ela por fim implorou ao te ver tão muda.

Em resposta, você estalou a mandíbula como Copita teria feito. A velha passou a mão na sua testa, para ver se você estava ardendo de febre ou de silêncio. Você viu nos olhos dela o desejo de ler suas entranhas ou sua boca como as auras insistentes sobre os corpos de animais abandonados.

— Vou dormir — foi tudo o que você disse, e a velha não acrescentou nada. Abriu a porta. Às suas costas o menino chorava, como se fosse capaz de sentir que você estava partindo de novo e o estava deixando órfão pela segunda vez.

Você avançou no escuro pelos corredores, sem rosto nem corpo, sem saber o que acontecia ao seu redor, se a realidade era um sonho, se o sonho era uma selva infinita, se na selva infinita dos sonhos as mortas aguardavam o seu retorno na manhã seguinte. Você colidiu com um corpo duro. Aqueles olhos de homem e de covarde, de abutre humano, te encontraram. Na penumbra, os covardes criam novos dedos. Aquele abutre tentou te abraçar e apertar um dos seus peitos e suspirou uma palavra no seu pescoço, lindinha, e você suspirou de volta perto da jugular dele como se não estivesse mais viva e não temesse os homens: me toca de novo e eu corto as suas bolas, abutre.

A selva riu quando as mãos te soltaram, a selva riu com suas gargalhadas de osso.

Lázaro

Suas gargalhadas de osso arrancam o frio das entranhas. Lázaro a segue pelo enorme pântano das árvores, com os pés afundados na terra. A selva não pode parar um homem, pensa Lázaro, e logo se arrepende: não se deve medir o tamanho das bolas nem apostar contra a selva quando se vive dentro dela como no ventre de uma baleia. Às vezes tem a impressão de que a menina vai parar. Lázaro começa a sentir a velhice. A juventude já desapareceu completamente, e os pulmões não são os mesmos depois de tanto fumo, nem os pés são tão rápidos quanto antes, nem a resistência a mesma de outros tempos.

Lázaro não é mais o menino que abandonaram aos pés da selva. Agora se levanta todos os dias com calor demais, afogado nas próprias roupas, ou com a frieza de um morto prematuro alojada nos pulmões junto ao catarro matinal. Tudo mudou. Antes, Santa teria cuidado daquele catarro e daquela tossezinha, teria dado tapinhas nas costas dele para ajudá-lo a se livrar do medo de se afogar no meio da noite e depois teria preparado um chá de ervas para que o catarro encontrasse seu caminho para a luz. Mas Santa não é a mesma de alguns anos atrás, nem sequer a mesma Santa de algumas semanas atrás. Transformou-se em um ser feito apenas de olhos.

Olhos que seguem Lázaro.

Santa caminha silenciosa pela fazenda, uma serpente no cio, no escuro e tateando, porque Santa e a escuridão se entendem bem. O difícil é se sentir perseguido, ele, que a vida toda esteve observando os outros, que afiou facas e facões, que praticou onde acertar e como fazê-lo bem com javalis e galinhas: com um único corte, partindo o coração em dois, ou abrindo o pescoço com um talho para que o sangue jorre rápido e a agonia seja mais curta.

Os olhos de Santa o incomodam porque os encontra em todos os lados.

Sabe que ela o viu.

Ela o viu entrar na selva seguindo as pegadas de Romina. Percebeu que ele a segue de longe por toda a fazenda, mania nova de velho prematuro essa de seguir à distância: está obcecado pela juventude guardada nos rins e na boca de Romina. Com Santa era mais fácil. Com Santa sempre foi mais fácil. Seu corpo lhe era familiar, um corpo que envelheceu junto ao de Lázaro. A selva havia marcado os dois com rugas. Santa não menstruava mais, e ele já não era o mesmo homem de alguns anos atrás.

O antigo Lázaro, o jovem, não teria hesitado em levar Romina para a selva, em parar seu andar sem sentido e suas gargalhadas de osso para atirá-la no primeiro lugar que encontrasse em seu caminho. Dessa forma, poderia mostrar a ela que o coração das mulheres sempre palpitava no medo das bocetas. Mas a velhice o havia deixado cheio de pudor, além de lento. O temor nadava em seu sangue. O temor reverencial da selva, que sentiu todos os dias de sua vida: embora a navegue com certa desenvoltura, Lázaro não esquece, não pode esquecer o que é sentir-se imerso em suas águas quando não há um ponto de referência humano, apenas a escuridão e os chiados, que parecem que nunca vão acabar, que entre uma margem e outra do mundo não há nada além de selva.

Por isso caminha perto de Romina, vê a jovem dançar entre as árvores e sua pele se arrepia quando ela ri sozinha, quando estala a mandíbula como se estivesse quebrada, quando a vê mastigando fiapos de grama e subindo em uma árvore com a rapidez de um animal noturno. E sua pele se arrepia ainda mais quando Romina fica pendurada de cabeça para baixo, como um morcego enorme, com os cabelos caídos. Lianas da selva, lianas de cabelo humano. Ele a vê babar entre gargalhadas.

Por que diabos ele sempre gostou das loucas? Por quê, hein, por que as loucas o fazem andar sem rumo pela selva quando o sol ainda não nasceu totalmente, por que o deixam com tanta raiva a ponto de matar um cachorro com golpes de facão? Primeiro Ananda, que não foi sua porque as loucas não abraçam os homens quando eles precisam. Agora Romina, que quase arrancou sua genitália na outra noite. Me toca de novo e corto suas bolas, abutre, disse ela, e Lázaro soube que era melhor observá-la de longe e não ficar ao alcance de sua mão.

Algo daquele brilho juvenil que Ananda já teve brilha nos olhos de Romina. Lázaro não suporta se lembrar dela. Com aquela boca tão linda e aqueles peitos preparados para a vida, e tudo isso arruinado por um cachorro, por um facão, por um momento de raiva, de desejos frustrados, e pela idiotice de sua juventude, por ter ouvido Santa, por não ter observado Ananda direito, por não ter olhado dentro de seus olhos, para o lugar exato onde também brilhava a luz das loucas.

Quando ela ficou em pedaços, Lázaro ainda tentou consertá-la da única forma que achou que seria eficiente: entrou no quarto da doente, ouviu-a latir e se aproximou para amansá-la com beijos, para lhe prometer um novo cachorro, mil cachorros se ela não quisesse filhos, por ela caçaria cães selvagens na selva e lhe traria todos. Mas Ananda não era mais Ananda e, quando viu Lázaro entrando pela porta, foi para cima dele ganindo. Protegia os ossos de Choclo com seu corpo. Mesmo assim, Lázaro tentou se aproximar, esquivou-se das mordidas e pensou no que aconteceria se aqueles lindos dentes de Ananda afundassem em sua carne.

O sonho desapareceu no mesmo instante em que ela mordeu a mão dele. Lázaro pensou que ela tinha arrancado seus dedos, que havia inutilizado a mão do facão, mas teve sorte apesar do sangue e fugiu com medo da selvagem para a qual não conseguia mais olhar da mesma forma.

Foi Santa quem curou sua mão. Raspou a mordida com um pano úmido para causar mais dor, porque Santa também tinha suas formas de se vingar. Depois se recusou a dormir com ele por meses. Dormia com os outros, com os estrangeiros que às vezes chegavam à fazenda numa noite e iam embora na outra, e a mãe teve de intervir para obrigar Santa a voltar para a cama com Lázaro.

Olha aqui, se você inventar de olhar pra outra mulher como olhou pra Ananda..., foi a promessa inacabada de calamidade que pulsou na boca de Santa quando ela finalmente se resignou a voltar para ele. Promete que isso nunca mais vai acontecer, Lázaro.

E é claro que ele prometeu, porque suas bolas doíam depois de tanto tempo sem poder estar dentro de uma mulher. Agora ele tinha nojo de se tocar ou de imaginar que as galinhas eram Santa ou Ananda. Um homem pode viver sem muitas coisas, mas não sem prazer.

Havia conseguido cumprir sua palavra até Romina chegar com seus longos cabelos de índia e os dentes quebrados. Era a carne nova que a selva colocava num prato diante de Lázaro. Como não ia comê-la se a selva dava permissão e a selva era sua dona e proprietária? Santa teria de se conformar com seu último ato de crueldade. Ele ainda não estava velho. Não tão velho quanto ela. Uma semana antes tivera a coragem de finalmente quebrar aquela promessa antiga, forçada, que ainda lhe doía nas bolas, para entrar no quartinho onde o corpo de Romina se limpava do pó branco.

Sentou-se na beira da cama para vê-la suar.

A infeliz suava lindamente. A pele translúcida das viciadas em drogas era como a das salamandras. Ela gemia em suas alucinações com a mesma voz que Lázaro havia fantasiado. Um gemido de dor não era muito diferente de um gemido de prazer. Ele apertou a própria genitália com uma das mãos e a observou dormir mal e acordar com o olhar angustiado virado para o teto, como se estivesse contemplando sombras lá em cima. Então Romina fixou os olhos na beirada da cama, e Lázaro soube que ela o tinha visto. Como doíam os olhos das loucas. Lázaro apalpou um dos bolsos e encontrou o pacotinho de pó branco. Estava quase cheio. Havia encontrado no vestido de Romina quando ajudou a levá-la para o quartinho. O pacote lhe fizera companhia durante todo aquele tempo.

Um amuleto que lhe permitiria conquistar aquela garota.

— Lindinha — ele sussurrou em voz baixa, sem coragem de se aproximar mais. Com o dedo trêmulo Lázaro distribuiu grosseiramente o pó e, quando Romina fixou o olhar nele, o ofereceu a ela.

Tentou abraçá-la e chamá-la de Ananda, e repetiu nos ouvidos dela aquele *lindinha* ridículo que soava a coisa de velho. Ela cheirou sem questionar e depois ficou de joelhos, como se soubesse que tudo, na vida ou na selva, tinha seu preço. Lázaro notou a velhice justo no meio das pernas, onde tudo estava morto, por mais que Romina olhasse para ele e risse de seus anos, que não conseguiam mais ficar duros diante de uma mulher nua. Sua gargalhada era o coro das loucas, e Lázaro não aguentou, não quis ouvi-la porque no coro também estava a risada de Ananda, sua vingança. Fugiu do quarto para a escuridão.

Lá fora pensou ter visto Santa. Passou ao seu lado sem ter certeza se era ela ou uma das muitas sombras que, à noite, pareciam de mulher. Ignorou. Quando a luz do sol chegasse a ouviria, certamente a ouviria gritar sua raiva contra as pobres galinhas inocentes que pagariam por culpa de Lázaro, mas de manhã estaria tudo bem, de manhã havia espaço para a dor. Caminhou até a rede e pensou que ia dormir.

Naquela mesma noite, um barulho o acordou. Um barulho morno, desses que passariam despercebidos entre os chiados da selva se esta não andasse tão silenciosa. Lázaro abriu os olhos e ouviu de novo. A dobradiça de uma porta que se abria. Algo comum e ordinário, pensou Lázaro, mas a selva muda continuou pulsando em alerta até que por fim seu sono se dissipou, e meio vestido ele vagou por um corredor em busca do rastro do som.

Não demorou muito para encontrá-lo.

Santa estava parada em frente à porta do quarto das crianças e olhava para dentro como se seus olhos fossem cair do rosto, como se a boca fosse salivar ali mesmo, como se a mandíbula pudesse caminhar até as camas. Lázaro a observou durante vários minutos sem se mexer. O ar da selva trouxe o cheiro da avidez de Santa. Lázaro sentiu o horror de ser criança, de estar naquele quarto e ser contemplado.

Apenas duas vezes na vida tivera medo de Santa. A primeira, quando a viu decapitar o cachorro de Ananda, Choclo, já talhado por seu facão; a outra, quando a ouviu falar uma noite sobre a possibilidade de comer um de seus filhos, apenas um, um pedacinho de carne de criança. Lázaro pensou na própria mãe, naquela que o abandonara para ser comido por abutres ou monstros. Por um momento acreditou que teria sido melhor assim, morrer pequeno sem chegar à fazenda, sem conhecer Santa, sem envelhecer com ela até aquele dia em que a ouviu falar dos filhos como se fossem pedaços de frango.

Naquela noite, ao vê-la parada na porta, Lázaro voltou a sentir medo. Teria recuado em busca de descanso na rede, para fechar os olhos e não pensar, para se arrepender de ter sobrevivido tantos anos, se Santa não tivesse notado sua presença. Com extremo cuidado, a mulher fechou a porta do quarto das crianças e olhou para ele.

— Não — disse ele depois de alguns segundos.

— Não o quê? — perguntou a mulher com um sorriso que quase parecia inocente.

— Nem pense nisso.

— Não tô pensando em nada, seu bosta.

Santa caminhou até o portão, e ele a seguiu.

— Você está doente — foi a única coisa que saiu de sua boca junto com saliva e uma tosse de velhice, frio e fumo. Uma tosse de nojo. — São crianças, são seus filhos.

— Carne minha então, certo?

— Da selva.

— A selva não está com fome agora, eu sim.

A selva sempre estava com fome, às vezes apenas a colocava em pausa. Lázaro se perguntou como Santa não se dava conta.

— Vou contar pra sua mãe. — A ameaça parecia pálida na boca de Lázaro. Tossiu mais uma vez para ganhar forças: — Vou avisar que você está caçando eles.

— E daí, Lázaro? Você conta pra velha e aí? Vai me trancar com Ananda? Não me venha com essa. Não seja idiota. Esta fazenda não funciona sem mim. Você não vê que nada funciona sem mim? Chega, cala essa boca. Vai com a sua franguinha nova, se enfia no quarto com ela.

Os olhos de Lázaro doíam pelo esforço para enxergar no escuro.

— Sempre me perguntei por que a selva come eles, você não? Não, você não. Lázaro não se pergunta nadinha. — Na boca de Santa, os nomes pareciam cadáveres. — Lázaro não quer saber — zombou ela. — Tão santo, tão mosca morta. Mas uma mosca morta que se enfia na selva quando as bolas latejam.

— Chega, Santa!

Tinha vontade de calar a boca da mulher com um só golpe, quem sabe a dor a silenciasse, mas não tinha coragem, nem quando era jovem tivera coragem de passar por cima de Santa.

— Mosca morta — ela disse de novo.

Lázaro tossiu. Estava louco de vontade de fumar alguma coisa. Um pouquinho de fumo, mesmo que depois seus pulmões doessem e a tosse retumbasse em suas entranhas.

— Sempre me perguntei por que a selva tinha me juntado com um macho como você. Um macho fedendo a fragilidade. Tantos outros que vieram pra cá e a selva deixava eles ficarem um dia e no outro já partiam. Mas você ela deixou ficar desde que apareceu na fazenda, todo comido pelos mosquitos, chorando pela índia da sua mãe. E olha, já sei por quê. A selva gosta do sabor de mulherzinha que você dá à carne das crias. Se tivesse provado apenas o meu sabor, teria se engasgado, pode acreditar.

A noite ficou mais densa entre eles.

— Chega, cala a boca — Lázaro tossiu.

— Você tem gosto de fêmea, de boceta.. — riu.

— Não brinque com a selva, Santa.

— A selva não existe — ela sorriu mais uma vez na cara da penumbra, como se negar deus fosse um exercício de convencimento.

Lázaro pigarreou, mas o catarro preso na garganta era tão denso que só fez seu peito doer quando tentou expeli-lo. Sem dizer mais nada, naquela noite Santa se virou e voltou para o quarto que já tinha sido de ambos.

Com um gesto pesado da cabeça, Lázaro afasta da mente a persistência da memória e se concentra em olhar para o corpo de Romina. Por ela havia entrado na selva. Com as coxas agarradas a um dos galhos da árvore, a jovem se pendura de cabeça para baixo novamente. De seus lábios escorre uma baba muito fina, um fio de aranhas tingido de verde, o verde das folhas que Lázaro a vira mastigar pelo caminho.

A tosse luta para sair de sua garganta, catarro estúpido de velho carniceiro que engole rápido para não fazer mais barulho, para não alertar a jovem que se balança como uma mariposa-bruxa. Ao vê-la, uma dureza ardente no meio de suas pernas lhe diz que ainda está vivo, vivo o suficiente e jovem o suficiente para perceber que, se tentar beijá-la novamente e ela não arrancar suas bolas em resposta, pode se considerar um abutre de muita sorte.

Lázaro retrocede alguns passos sem olhar para trás, sem tirar os olhos dela.

Por um segundo, olha para a terra e encontra aquela mão.

A mão meio enterrada entre galhos e folhinhas secas.

A mão de menina, com dedos longos.

Ele se abaixa para ver aqueles dedos e afasta as folhas. Não é o cadáver antigo de uma das crias sacrificadas, nem tem a marca de seu corte no peito ou na garganta. O corpo está quase intacto. Ele imediatamente a reconhece. A menina é uma de suas filhas, uma daquelas cujo nome não sabe, mas que viu brincar inúmeras vezes no jardim da fazenda.

Todo mundo merece partir com um nome reconhecido pelos outros, ele pensa, e se odeia por não conseguir recordá-lo.

Ele se pergunta se a filha não terá morrido de causas naturais ali na selva: talvez por culpa de um problema no coração ou por algum motivo impossível de entender, um desses que vivem silenciosos nos corpos jovens até explodirem de repente. A selva mal a havia tocado, e aquilo era estranho.

Lázaro contempla a cabeça da menina alta demais e percebe pela primeira vez a mancha seca de sangue na borda da testa. Enigma resolvido: um crânio quebrado justifica aquela morte solitária, porque as crianças caem das árvores todos os dias e às vezes se machucam de modo irreversível. No entanto, uma pontada de pressentimento quase o faz tossir. Move o corpo com cuidado para ver melhor a ferida.

Atrás da cabeça aparece o golpe, bem onde o sangue ressecado e o cabelo com a terra e as folhas se juntam. O crânio está afundado, e ali, dentro do buraco, alguma coisa se move.

A pontada de pressentimento fica cada vez mais forte.

Uma mariposa-bruxa emerge do crânio quebrado da pequena morta. Demora pouco para sair totalmente e, quando finalmente o faz, coça com calma as patas dianteiras. O crânio treme mais uma vez, e Lázaro observa os insetos alados avançando pelo trecho aberto: dezenas de mariposas-bruxas escuras, que aos poucos retornam ao mundo e à luz, saem pela abertura do crânio como se saíssem de um casulo.

Ouve a respiração de Romina em suas costas, muito perto, e se vira, temendo mais do que nunca.

Mas Romina não pensa em Lázaro, não tem olhos para ele, não o chama de abutre, não ameaça esmagar suas bolas. Também não contempla o cadáver adormecido diante de seus pés. As mariposas-bruxas voam na direção dela e pousam sobre seus olhos, sua boca, seus cabelos. Romina dança incansável entre as árvores com as mariposas-bruxas a seu redor.

A dança das loucas, pensa Lázaro e lamenta seu destino.

Uma mariposa-bruxa pousa em seu nariz e abre as asas opacas no rosto do homem. Assustado, ele tira a mariposa da cara com um tapa e a joga no chão. A mariposa-bruxa, com as asas quase quebradas, refugia-se de novo no crânio da menina morta.

A velha

O crânio da menina morta parece vindo do passado. Do meu passado. Daquelas ruelas que Santa e eu deixamos há tanto tempo, as ruelas dos desaparecidos, os jardins repletos de mortos. Lázaro ao meu lado me diz que não lembra o nome da menina. Cacete, a culpa por não lembrar o nome o corrói. Queria que para mim também fosse fácil esquecê-lo, porque então seu corpo não seria nada mais do que outro corpo na selva: os que têm nomes são mais difíceis de ver.

Alina, eu digo a ele. Seu nome era Alina. Não era a sua hora. Ainda não era a sua vez de morrer, mas o mundo é uma tumba aberta.

Pai nosso, se você ainda me vê no meio de tanto verde e tanta nojeira, venha a nós o vosso reino, cacete. E me perdoe por dizer cacete, pai nosso, você sabe que sempre tive a boca suja e que não fica limpa por mais que eu reze, vou morrer com a boca suja.

Sussurro sobre a cabeça de Alina algo parecido com uma oração, e Lázaro não boceja na minha cara para não me fazer me sentir inútil, mas me dou conta do que ele pensa:

a oração é um consolo para os vivos, e não uma canção para os mortos.

Cacete, os mortos não precisam de nada, exceto que a gente pare de olhar para eles.

— O que houve com você? — Lázaro me pergunta.

Ele olha para mim com seus olhos de menino. Não acredita cegamente em mim. Também não é tão idiota, mas sou a coisa mais próxima de uma mãe para ele. Como não respondo, Lázaro volta a falar:

— Mataram ela. Alguém a matou. Olha a cabeça... a batida.

Cacete, a batida. O destino é uma desgraça mesmo. Você pode fugir, mas ele tem pernas rápidas e não teme a terra, o destino não esquece, persegue a gente com a paciência de um pássaro histérico. É uma merda mesmo. Agora está mais uma vez na minha frente e me dá uma tumba aberta por aquelas outras que eu não quis ver quando vivíamos fora.

Naquela época temia encontrar mãos semeadas na terra, corpos semienterrados, cobertos por folhas, aqueles corpos que estavam por toda parte. Bastava inclinar um pouco os olhos e floresciam na sua cara, cheios de escoriações, hematomas, com a juventude em pedaços.

Olho para Alina, o cadáver do que Alina foi, e é como se os anos não tivessem passado.

— O que eu faço com a cria? — Lázaro me pergunta.

Não é uma pergunta estúpida. A selva não vai mais comer aquele corpo, mas levá-lo para a fazenda pode não ser a melhor opção. As crianças estão lá, cacete. Precisamos evitar assustá-las, senão tudo ficará mais difícil. Além disso, a morte de Alina não é um trabalho da selva.

— Para a fazenda ela não vai — sussurro. — As crianças...

— As crianças sabem, não são idiotas. Com certeza perceberam que ela não está lá.

Lázaro já sabe o nome dela, mas não o pronuncia. Nós dois ficamos com ele preso na boca. Me lembro dela: sempre foi tranquila, tranquila demais e alta demais para a sua idade. Quase não fazia barulho. Desde pequena tinha olhos sérios, difíceis de ver.

— Deixa eu pensar, Lázaro, cacete.

Obedece de novo. Afasta-se um pouco e olha por entre as árvores, com aquele pavor que aprendi a notar nele, mesmo que o esconda. Por baixo da dureza das facas, ainda é possível ver o pequeno magrelo e comido por insetos que chegou à fazenda anos atrás. Mas agora o pequeno cresceu e tosse como uma mula doente, tosse e pigarreia diversas vezes até que tenho vontade de gritar para ele calar a boca de uma vez por todas, que com aquele barulho não consigo pensar, que a tosse dele se enfia na minha cabeça e me perfura, que já estou velha, acabada, cacete.

Algo o remorde por dentro. Ele sempre faz a mesma coisa quando sente culpa ou quer vomitar segredos que manteve escondidos por muito tempo, como a vez em que pediu perdão por Ananda e disse que havia sido ele, e não Santa, quem tivera a ideia de esfaquear o cachorro. De joelhos, com a voz baixinha e fininha, veio me pedir desculpas daquela vez, e eu o perdoei, da boca pra fora, sem rancor, mas também sem esquecer.

Deixo ele ruminar até que sua própria tosse o desespera. Ele se aproxima de mim.

— Santa a matou. Eu não vi, mas sei que foi ela.

O nome de minha filha mais velha pulsa na minha boca.

— Fala logo, chega de enrolar, droga — digo, com a garganta arrebentada, com gosto de merda entre os dentes.

— Eu não vi, mas sei que ela matou. Todas as noites ela vai ver as crianças. Vai até o quarto delas, abre a porta, observa por horas. Eu sei por quê.

— Por quê, cacete?

— Porque ela tem fome, porque enfiou na cabeça que precisa provar a carne delas, porque sua filha está louca... porque ela enlouqueceu aqui, não é isso que a selva faz?

Diz a palavra "louca" e então se cala. Lembra. Lázaro também não consegue pronunciar o nome de Ananda. Não se atreve.

— Cacete, Lázaro, você não viu nada.

Ele vira as costas para mim. Caminha como um bicho por entre as árvores e depois volta sem mostrar no rosto a raiva que sente, a repulsa que inundou seus olhos.

— Quer comer as crias, velha, não estou mentindo — me diz mais uma vez e repete a mesma frase sem parar até minha cabeça explodir de tanto ouvi-lo.

— Tá bem, cacete, quer comer as crias. E então por que não comeu um pedaço do corpo dessa menina, vamos ver, me diga.

Aponto com o dedo para o cadáver de Alina, e Lázaro nega mais uma vez:

— Talvez não tenha conseguido. Não sei. Não sei o que acontece na selva quando Santa está aqui dentro. Talvez não tenha tido tempo.

— Tempo?

— Alguém pode ter visto ela.

— Quem?

— Alguém!

Grita e coloca a mão na testa suada. O mundo é uma tumba aberta na qual afundo. Cega, você está bem ceguinha. Lázaro não diz essas palavras, mas me olha com pena, sem entender, porque não é mãe, porque também não é pai, porque a única coisa que pariu na vida foi culpa.

Não me pergunta mais sobre o corpo de Alina, não me pergunta o que fazer com ela porque já sabe, sem precisar de mais palavras, que deve abrir um buraco maior e mais profundo, uma nova tumba no ventre da selva para não deixar a menina sem leito, cacete, para que o corpo não fique ali, à vista de qualquer um.

Uma tumba para proteger Santa.

Pai nosso que estais no céu, aceita na selva esta menina que morreu para tirar nossos pecados, amém, rezo quando a tumba fica pronta e o corpo de Alina regressa à terra. Rezo, e, cacete, Lázaro me olha com aqueles olhos de nojo e de vazio porque ele sabe, porque eu sei, que aqui não enterramos apenas um corpo, mas também uma verdade.

Cacete, deveria ser um privilégio dos velhos não ouvir as verdades. Mas a juventude não acredita em privilégios. Cacete, a juventude é o verdadeiro privilégio, e por isso Lázaro esfrega sua verdade na minha cara: as crianças morrem, sim, vão continuar morrendo na selva e fora dela, e Santa voltou a provar o sangue.

Pai nosso que estais na selva, volte agora e parta meu coração.

Lázaro caminha ao meu lado sem dizer uma palavra. Às vezes para e espera por mim. Há fúria ao nosso redor. Sinto aquele cheiro de fome que se nota nos dias anteriores ao momento do sacrifício. O cheiro da fome da selva é quase vermelho, quase um batimento cardíaco, como se o mundo ao redor da fazenda, o mundo dentro do mundo, se tingisse de sangue.

Tempo de semear, tempo de parir, tempo de sacrificar.

Cacete. A dor no lado esquerdo do peito começa a latejar assim que me movo. Lázaro nota que estou ofegante, com os olhos abertos e a mão ao lado do corpo, como se fosse rezar uma oração inútil ou tivesse de fazer uma promessa pelas almas de todos neste lugar onde não há almas, apenas corpos para entregar. Minha cabeça transpira a neblina. Gemo. Lázaro me agarra pelas costas, me aperta e tenta manter os dois pedaços do meu corpo unidos, agora que um de meus lados está se despedaçando, agora que meu coração vai explodir.

Não é a primeira vez que meu coração explode na selva.

Na primeira vez eu ainda era uma menina. Aquela juventude de merda dos primeiros medos depois da minha chegada a este lugar: eu já sabia que a selva guardava segredos, e toda vez que uma nova galinha aparecia na beira da fazenda meu coração pesava, me puxava para baixo como uma pedra por um fio. Algo me dizia que na vida era alto o preço por qualquer favor, que tudo era uma troca, hoje por você, amanhã pela selva. Mas, como uma tonta no fim das contas, acabava aceitando a galinha, pensava nos ovos, na sopa, nas meninas gordinhas e saudáveis. A hora de pagar ainda não havia chegado para mim.

Cacete, também fui feliz na selva. Principalmente quando começaram a chegar os estrangeiros. Um adulto com quem conversar no idioma dos adultos parecia um presente de deus, e eu não tinha mais medo de que fossem traficantes ou militares, ou velhas tão loucas que me assustassem a ponto de negar-lhes um gole d'água.

Eles iam e vinham: a fazenda era um espaço de trânsito entre o vazio da selva e a própria selva. Às vezes chegavam famintos, desorientados, perguntando por pessoas que eu nunca tinha conhecido nem conheceria, alguns estavam felizes por chegar a um porto que não fosse o mar verde das folhas. Ficavam horas, dias, meses e depois, numa manhã como outra qualquer, não estavam mais aqui, desapareciam sem dizer nada, sem se despedir nem agradecer. Lembro de como me incomodava o fato de estranhos serem tão ingratos, de partirem sem remorso por não terem se despedido. Foi assim que Chola chegou um dia. Cantava o tempo todo e gostava de conversar sem parar, eu tão silenciosa, tão acostumada a estar quieta, ela tão diferente de mim, mas era uma boa comadre: se adaptou à fazenda rápido, aos meus ritmos, às minhas filhas, ensinou Santa a matar seu primeiro frango e carregou Ananda entre os peitos.

Com o passar dos meses, passei a considerá-la como uma irmã. Duas mulheres na selva acabam sendo sangue do mesmo sangue, porque o céu da selva corria nas veias de ambas.

Uma manhã, cacete, apareceu o primeiro menino.

Era o menino mais lindo do mundo, com aquelas bochechas ensolaradas e sardentinhas. Apareceu entre as árvores e me deu pena, fiquei espantada ao ver aquele menino sozinho na selva, só uns filhos da puta o deixariam ali.

Devia ter uns três anos, no máximo. Um menino de três anos na selva era um presente para a morte. Tirei-o do meio das árvores e gritei feito louca, com o pequeno nos braços. Sem pensar em mais nada entrei na selva em busca dos filhos da puta que o haviam abandonado. Dei voltas, dei tantas voltas que de repente me assustei, porque não sabia como voltar. Pensei nas minhas filhas, nas minhas duas meninas, que morreriam de tristeza se eu não voltasse, e meu coração deu três pulos.

Fiquei tonta. Fechei os olhos. Quando os abri, a fazenda estava na minha frente e Chola, ao longe, corria para me ajudar a carregar o menino.

Era a criança mais linda do mundo. Nunca mais vi tanta beleza.

Foi meu primeiro sacrifício para a selva.

Criei o menino por dois meses. Ele já havia começado a me chamar de mamãe. Eu nunca soube seu nome verdadeiro. Chamava-o de Luisito. Tinha virado mãe de três filhos: dois nascidos da minha barriga e um do ventre da selva. Luisito se levantava todos os dias com um sorriso amável e com as unhas cobertas de formigas. As formigas nunca o picavam, só subiam em suas unhas e cobriam seus dedinhos. Cacete, me assustava vê-lo assim e pensar que à noite podiam picá-lo.

Confiei minha angústia a Chola, queria ver se ela conhecia algum remédio para afastar as formigas. Foi a própria Chola, aquela mulher que eu tinha como irmã, quem abriu meus olhos:

— Não podemos fazer nada. Ele já foi marcado. O que a selva dá, a selva tira.

Olhei para ela entre sorrisos. As crianças dormiam em cima da gente, numa confusão de braços e pernas.

— Comadre, já chega de se apegar a Luisito — me disse com pena nos olhos, aquela pena que as mulheres têm por outras mulheres tristes. — Você não vai ter ele por muito tempo.

— Cacete, Chola, tira esse mau-olhado do pequeno, ele ainda é novinho — e imediatamente recitei o pai-nosso.

Chola me deixou rezar sem interrupções e, só depois de ver que eu estava em silêncio, disse:

— Quando a selva ficar vermelha, comadre, você vai ter de alimentá-la com a carne do menino. Não seja boba. Você precisa obedecer. Aqui não se brinca com a selva.

Tentei sorrir, mas meus lábios não me obedeciam.

— Cacete, Chola, não me assuste, você parece um pássaro de mau agouro.

— As crianças não duram muito na selva. Não neste pedaço de selva. Não sei em outros lugares, mas aqui as coisas funcionam como estou dizendo.

Fiz o sinal da cruz no ar com tanta violência que acordei Luisito. Em meus braços, ele suspirou assustado, e Chola respondeu com outro suspiro, como se as palavras lhe pesassem por dentro e ela não quisesse soltá-las. Falou sobre a selva, velha e faminta, que comia crianças, e falou sobre outros lugares parecidos com a minha fazenda, onde viviam outras mães e outros pequenos como os meus, feitos para a morte. Nunca se dava sem receber nada em troca, a selva esperava reciprocidade por seu acolhimento, por ter cuidado de nós por tanto tempo.

Outras fazendas, outras mães, outros pequenos.

Meu coração começou a bater forte, cacete, como se em vez de um coração fosse um relógio prestes a morrer. Chola contou tudo o que havia visto em sua peregrinação entre as árvores: as facas, a noite vermelha dos sacrifícios, as crianças marcadas pela selva para serem devoradas, as poucas crianças que a selva não marcava e estavam destinadas a procriar como galinhas, chocadeiras e garanhões cujo objetivo era dar à luz uma nova geração de carne. Falou de deus. Que deus não existia. Que nunca existira. Que, de qualquer forma, havia lugares mais antigos que deus e que a selva era um deles. Que eu obedecesse, ela disse, pelo bem de todos. Falou sobre castigos, sobre pessoas que haviam pecado contra a selva e agora vagavam por ela, por seu mar infinito, que era um inferno em vida feito de árvores. Pessoas como ela, como Chola, que nunca teriam paz.

Respondi com um pai-nosso aterrorizado.

— Não adianta rezar, comadre. Você não tem ideia do que é isso — os olhos dela brilhavam —, há coisas dentro da selva que são maiores que deus.

— Fique longe dos meus filhos.

— Agora vai ser Luisito, mas depois, quando não houver mais Luisito, você, minha comadre, vai ter de parir. E parir muito para que a selva fique calma, e, quando chegar a hora, ser dura e entregar esses filhos a ela. Uma selva com a barriga cheia é boa com as pessoas, não faz mal. É possível viver assim e é melhor que em outros lugares, comadre.

— Fique longe de mim, cacete.

Tirei Ananda do peito dela. Minha pequena chorou porque gostava daqueles seios grandes e confortáveis, mas eu não podia deixá-la ali, com aquela profeta de uma escuridão que eu ainda não conseguia vislumbrar. Chola, mansa, deixou que eu arrancasse Ananda dela. Saí carregando as crianças, sem lhe dar as costas. Aquela fazenda, aquela selva, não eram mais para nós. Esperei o amanhecer, trancada no quarto, com medo de dormir e deixar que a maluca entrasse e levasse Santa, Ananda e Luisito. Quando a luz do sol chegou, eu já havia decidido.

Arrastei Santa pela mão. Era a mais velha, podia me seguir a pé. Peguei os dois pequenos no colo e abri a porta, corri em direção à selva enquanto sentia os olhos de Chola plantados em minhas costas. Ao longe, a ouvi voltar às suas tarefas diárias e fiquei feliz por sair daquela fazenda que já me parecia escura, finalmente livre com meus filhos, livre para um futuro que não tinha rosto. Cacete, um futuro de merda em que eu ainda não queria pensar porque para onde podíamos ir sem nada, sem dinheiro, uma mulher sozinha e três crianças? Decidi não saber. O importante era deixar aquela selva para trás, sair de suas entranhas.

Chola, aquela louca, podia ficar com a minha fazenda, com a selva e com as galinhas. Podia ficar com suas histórias de terror.

Eu ainda não sabia o que era medo de verdade.

Quando meu coração explodiu pela primeira vez, Santa caminhava lenta atrás de mim com suas perninhas gordas. De vez em quando eu olhava por cima do ombro e pedia a ela: vamos, filhinha, Santinha, você consegue, estamos quase lá. Mas Santa já tinha idade suficiente para perceber que aquela caminhada pela selva era uma fuga e perguntava o tempo todo por que tínhamos ido embora, para onde estávamos indo, por que Chola não ia com a gente. A safada estava enrolando atrás de propósito. Quando a irmã mais velha pronunciou o nome de Chola, Ananda levantou a cabeça e começou a chorar, então estendeu os braços para a selva como se as árvores tivessem roubado aqueles peitos que minha filhinha tanto amava. Só Luisito estava tranquilo, adormecido em meus braços.

A dor no meu lado esquerdo se expandiu, uma tumba dentro do peito.

— Cacete, chega, em boca fechada não entra mosca! — gritei para elas, e aquele grito serviu como um feitiço que as manteve mudas, inclusive Santa, por bastante tempo.

Atordoada, me concentrei em andar o mais rápido possível sem olhar para trás e soltei a mão dela. Cacete, não deveria ter feito aquilo. Ouvi ela fungar sua raiva por um tempo. Depois, nada. Achei que finalmente havia se acalmado. Depois de alguns minutos, o silêncio começou a me angustiar. Olhei por cima do ombro, para encorajar de novo minha menina mais velha, para dizer a ela filha, vamos, Santinha, você consegue, mas ela não estava mais lá. Atrás de mim, apenas um caminho verde coberto de árvores. Um labirinto sem saída onde havia perdido minha menina.

Eu sabia que podia gritar até rasgar a minha garganta e que, mesmo assim, a selva, deus ou o deus na selva não a devolveria, mas gritei ainda que fosse inútil, gritei como uma louca, ou como uma mãe, e recuei naquele labirinto, por cima dos meus passos que já não eram os mesmos, com um pai-nosso na boca. Cacete, há costumes dos quais a gente não se livra, por mais absurdos que sejam, e deus era meu costume. Mais fiel ao meu hábito do que ao próprio deus que invocava, chamei Santa e rezei.

Eu não tinha dado nem dez passos quando a fazenda apareceu diante dos meus olhos, meio escondida pelas árvores. Percebi na hora que a selva havia se transformado ao meu redor: era impossível que, depois de tanto correr, a casa estivesse ali mesmo, com Chola debruçada sobre o portão, como se esperasse meu retorno.

— O que você fez com a minha filha? — gritei para ela ainda longe. Chola ergueu os olhos. — Onde está Santa? Fala logo, sua puta, desgraçada, filha da mãe!

Caminhei a duras penas até ela, com os joelhos trêmulos de fúria e de medo, lembrando da facilidade com que Chola degolava galinhas. Será que o pescoço de uma menina como Santa seria mais difícil de cortar ou era como qualquer outro? Chola esticou os braços para agarrar Ananda, que havia começado a chorar de novo quando a viu, mas não permiti.

— Nem vem! Onde está Santa? — gritei de novo. — Onde, porra?

A dor no peito se espalhou pelas costas. Em meus braços, Ananda gritava alto, e Luisito havia acordado sem lágrimas, mas com os olhos arregalados.

— Na selva. Ficou na selva — respondeu Chola, quase sem mexer os lábios: — Comadre, sem querer colocar o dedo na ferida, mas a culpa é sua. Toda sua. Eu te disse pra não tornar isso mais difícil. Há coisas que são como são, ninguém pode mudá-las. Nem mesmo você.

— Santa!

Gritei seu nome para a selva. Gritei seu nome enquanto procurava em cada canto da casa. Cacete, gritei seu nome nos ouvidos das duas crianças aterrorizadas que estava carregando. Gritei seu nome na boca do meu coração, que estava vazio. Atrás de mim, Chola parecia uma cachorra assustada. Ela me seguia, tentava me convencer:

— Você não quer ver, mas olhe. Olhe para a selva! — E pela primeira vez desde a minha chegada me puxou pelo braço e me forçou a virar em direção às árvores vermelhas.

— Olhe bem, comadre, e não seja cabeça-dura. A selva está com fome e vai comer a menina. Por que não me deu ouvidos, hein? Por que não entregou Luisito? Por que não quer ver, comadre, o que está aí, na sua frente?

Chola não chorava, seus olhos estavam secos, cansados de lágrimas. Senti uma pontada de medo no peito e caminhei em direção à selva. Gritei de novo, dessa vez para as árvores, para aquela língua de vapor que entrava por baixo da minha roupa e tocava a minha boceta, uivei o nome da minha filha para a selva, sem parar, até que Chola se compadeceu e colocou uma faca em minha mão.

— Me escute agora e não estrague tudo outra vez. Vá para a selva de novo, comadre. Leve a criança. Pense que essa criança foi trazida aqui para servir de comida. É um frango. Um frango bonito, mas um frango. Nem sequer é seu filho de verdade, comadre.

Mas era, sim.

Com cuidado, talvez com medo de que eu gritasse com ela de novo, Chola tirou Ananda do meu colo:

— Vá que eu cuido da pequena. Confie em mim, comadre. Não tem outra opção. Amo essa menina como se fosse minha. Que mal posso fazer a ela? Pegue o franguinho e o entregue à selva. Talvez o estrago ainda não tenha sido feito.

Quis largar a faca, mas a mão de Chola me apertava com tanta força que não consegui. Ananda se acalmou ao sentir a proximidade daquela mulher. Na minha frente, a selva se manchara de preto e vermelho, e eu tinha voltado para a garganta dela, cacete. Luisito se remexeu em meus braços. Seus olhos estavam úmidos, como se soubesse, como se pudesse sentir o cheiro da fome da selva e temesse a faca.

Caminhei em silêncio, porque não tinha mais voz, até que a fazenda desapareceu, engolida pelas árvores.

Em frente, sempre em frente, embora minhas pernas doessem e a queimação no lado esquerdo já se espalhasse pelas costas. Caminhei afundada no vapor da selva, com sua língua entre minhas pernas, sobre meu umbigo, lambendo meus cabelos e beijando minhas orelhas, cacete, e por onde passava deixava um rastro de baba invisível, mais calor do que saliva. Nos galhos piavam enormes pássaros que observavam meu caminho até as profundezas. Toda a selva ao meu redor crescia incessantemente ou talvez fôssemos nós, Luisito e eu, que diminuíamos enquanto as formigas engordavam, e um cão enorme e selvagem latia para nós ali perto, e os javalis corriam em frente aos meus pés, e as aranhas dançavam a fome de todas as espécies que não viviam mais na garganta da selva, e sim em sua barriga.

Parei atrás de uns arbustos, como se fosse refúgio suficiente para a minha angústia, para os suspiros de Luisito em meus braços. O menino fungou em meu ombro. Limpei-o com a mão, para que não estivesse sujo, para que não o matasse nesse estado.

A faca era grande, pesada.

Não foi um bom golpe, porque naquela época eu era uma bela idiota e pensei que se desse uma facada menor doeria menos, que se a lâmina não entrasse direito no corpo, talvez ele não morresse tanto. Se a selva fosse boa, se o deus da selva não fosse um desgraçado, talvez ele me deixasse tirar os dois de lá, minha menina e meu menino. Cacete, eu tremia tanto que não acertei o coração, mas o lado direito, e Luisito gritou como um frango. O grito em sua boca finalmente me fez entender que tudo era irreversível: era Santa ou ele, não havia espaço para dois na sobrevivência da selva.

Envolta em calafrios, enfiei a faca de novo. Enfiei tantas vezes que pensei que meu coração tivesse explodido de uma vez por todas, porque não sentia mais dor nem palpitação alguma. Quando o vi, imóvel em meus braços, todo manchadinho de sangue, não senti mais nada e, quem sabe, talvez desde então não posso morrer porque não me resta mais coração: perdi o que tinha naquela noite, e a dor no lado esquerdo do peito agora é apenas um desconforto fantasma que surge, cacete, onde não há nada.

Luisito estava encharcado de sangue e havia cagado de medo em mim. Coloquei o corpo no chão e o achei parecido com uma casca, um osso sem tutano. Fechei os olhos para não ver mais e escutei os sons da selva se alimentando: o dos pássaros que comiam a língua do meu lindo menino e bicavam suas partes macias, o dos insetos que o picavam com cuidado, as formigas que o beliscavam e o vapor da selva que bebia seu sangue. Me levantei às cegas. Voltei a caminhar.

Meu corpo, sem coração nem criança, parecia leve demais.

Aos tropeções, com calafrios, percebi que tinha voz novamente, voz para chamar minha menina, para pedir à selva que cumprisse sua parte do trato, que abrisse sua barriga e me deixasse recuperar minha Santinha.

Cacete, nunca fui tão feliz quanto no momento em que ouvi a risada dela ao longe. Abri os olhos e corri em direção ao local de onde vinha aquele som e me esqueci de Luisito, naquele mesmo momento me esqueci dele porque minha menina estava viva.

Encontrei Santa atrás de umas lianas.

Ela lambia a própria boca cheia de sangue e correu em minha direção quando notou minha chegada. Agarrou minha perna e pensei, cacete, ela quebrou um dente, rasgou a boca, cortou o queixo. Fiz ela dar uma voltinha, conferi cada poro, mas ela estava limpa, estava inteira. O sangue não era dela.

Então entendi que ela estava mastigando alguma coisa.

Algo cru.

Tirei a coisa da boca dela, e Santa protestou, apontou para a frente e então vi, cacete, as crianças, todas manchadas de sangue como Santa, em cima de um corpo, do corpo de outra menina de bruços na terra. Talvez estivesse morta. Eu esperava que estivesse morta. As crianças passavam a faca de mão em mão e a enfiavam naquele corpo. Santa me puxou pelo braço. Queria voltar ao círculo. Queria voltar ao sangue. Olhei com nojo para o pedacinho cru que havia tirado de sua boca e então soube que já não me restava coração, apenas repugnância, que poderia vomitar a própria vida a qualquer momento.

Sem dizer nada, peguei Santa, e ela soltou um rugido de protesto, como uma fera no cio, que fez as outras crianças levantarem os olhos e olharem para nós.

— Monstro! — gritou uma deles, apontando o dedo para mim.

Corri, corri de novo sem olhar para trás, com a língua da selva nos calcanhares e uma confusão de pezinhos me perseguindo. Santa, em meus braços, tentava se libertar. Batia nas minhas costas com o punho. Cacete, ela queria ficar lá, chorava porque eu a estava levando embora.

Em algum momento da corrida percebi que estávamos sozinhas. Nada nem ninguém nos perseguia. A selva não estava mais vermelha e preta, e o sol ainda estava no céu.

Do nada, a fazenda apareceu. Cruzei a fronteira das últimas árvores e vi Chola, vi Ananda nos braços de Chola, e afrouxei os pés e a faca que havia segurado todo aquele tempo. Mas não afrouxei Santa, continuei pressionando o corpo dela contra o meu sem a soltar, para que ela nunca mais voltasse para a selva. Não agora que já a tinha recuperado e começado a pagar minha dívida com o sangue de Luisito e de todos que viriam depois.

Limpei a boca da criança com a mão que era uma garra dura de unhas e ódio, limpei todo aquele sangue da boca e também quis limpar a lembrança do sangue com pais-nossos e esquecimento.

Esta não é a primeira vez que meu coração explode na selva. Lázaro tenta me carregar, mas, cacete, os ossos velhos são pesados, então eu sussurro que não, que me deixe no chão, que talvez meu coração se organize, talvez os pedacinhos se juntem em meu peito ou se separem de uma vez por todas.

Ouço o ronco que sai da minha boca e parece a badalada de um sino da morte.

O mundo, cacete, é uma tumba aberta.

Quando abro os olhos de novo, a primeira coisa que vejo é Lázaro, inclinado sobre meu corpo como se pudesse dizer quantas horas me restam. O mal-estar em meu peito ainda está lá, mas adormecido, e meu lado esquerdo pesa.

— Você consegue andar? — pergunta, inquieto.

Consigo.

— Me leva pra ver Santa, filho — sussurro para ele.

Os ossos rangem. Esses ossos que a terra em breve comerá. Por um momento, cacete, sinto a língua da selva se metendo entre minhas pernas como se quisesse provar meu sabor. Ela se afasta na hora. Não gosta mais de mim. Tem nojo de carne de velha. Com certeza tenho gosto de merda e parto. Lázaro me pergunta por que estou rindo e não sei o que responder.

Cacete, a selva começou a ficar vermelha.

Santa

A selva começou a ficar vermelha, e os frangos se desesperam com a mudança de luz. As galinhas cantam e se recusam a botar ovos. A mais perturbada de todas vai e volta da beira da selva correndo, sem parar, cacarejando como se gritasse. Santa coça a cabeça. Se pudesse ir atrás daquela galinha chata, arrancaria seu pescoço com um facão. Uma casa de loucos, até os frangos enlouquecem aqui, Santa pensa e espera, porque a noite está próxima e seus olhos já ardem de vontade de ver o quarto das crianças. A enxaqueca é tão forte que parece uma forma sutil de loucura. Sente seus olhos prestes a saltar das órbitas e explodir junto com pedaços de seu crânio.

A fome não ajuda. Tentou comer. Mastigou um pedaço de pão velho, porque hoje não teve vontade de sentar para fermentar a massa, talvez assim sua barriga se acalme um pouco. Fome de Lázaro e fome da carne dos filhos. Isso não se sacia com pão. Nem com pão novo.

A duras penas abre os olhos e olha para a selva. Santa se lembra bem daqueles tempos em que a selva era boa para ela: oferecia frutas e a tratava como uma avó rabugenta, dava pintinhos que Santa criava com olhos preocupados para que não morressem da noite para o dia. Também se lembra de quando pediu à selva que Lázaro ficasse. Implorou que não levasse a pessoa com quem ela queria compartilhar sua vida e rezou da maneira como tinham lhe ensinado aquele tempo todo. Embora nunca tivesse acreditado em preces, naquele dia recitou o pai-nosso, cheia de amor e zelo, porque sua mãe lhe dissera que deus sempre ouvia quem soubesse pedir bem.

Para ela era muito difícil olhar para aquela selva como se fosse deus. Deus era uma história distante, de outros mundos. Deus não era verde, não estava vivo, nem respirava vapor entre as pernas das meninas. Não se podia tocar em deus nem cagar nele se não tivesse tempo de correr para a latrina. Em deus ninguém se atreveria a fazer xixi, e Santa e Ananda haviam feito isso quando meninas, agachadas em silêncio para ver se conseguiam inundar o formigueiro com urina, talvez o dilúvio não passasse de chuva dourada sobre o ninho de uma formiga solitária.

E, no entanto, naquele dia rezou para a selva e para deus, não importava se eram a mesma coisa ou se tinham corpos diferentes. Santa levantou os olhos para o céu e depois os baixou para a terra. Sabia muito bem que os estrangeiros iam e vinham, que a selva os fazia chegar e depois os obrigava a partir. Pediu que Lázaro ficasse para sempre. Ninguém mais podia lambê-la como ele. Ninguém mais ia olhar para ela com aqueles olhos amarelos. Pediu de joelhos, arrependida, humilhada, sobre o mofo de umas árvores velhas, pediu sem parar, prometeu à selva que, em troca, ia ser boa, uma neta obediente. Disse vovó, eu te dou tudo, tudo em troca dele.

Santa havia cumprido sua promessa por anos, mas a selva era uma puta. Uma vovó puta. Um deus puta que na verdade nunca a ouvira de fato, apenas fingira, apenas esperara o momento preciso para colher a fruta sem deixar nada em troca. Sim, Lázaro havia ficado ali por tantos, mas tantos anos que seu amor por Santa havia apodrecido. O amor é eterno até que a selva o cuspa em você. Aquela vovó raivosa era tão puta que trouxe a puta da Romina como substituta, agora que Santa não podia mais parir, agora que Santa não era mais uma galinha poedeira, como se lhe lembrasse que a promessa durara o tempo que ela fora capaz de dar à luz.

A selva era um deus faminto como todos os deuses do mundo, e Santa era uma idiota por ter acreditado na doce história de infância que sua mãe e Chola lhe contavam: que na selva todos estavam bem e protegidos, que na selva se devia obedecer a deus, que se devia parir e não comer a carne escolhida, apesar da fome que lhe inundava a boca.

A lembrança da fome aumenta a enxaqueca de Santa. Ela está cansada. Cansada de vigiar Romina, de ver se ela se meteu entre as árvores com seu olhar de galinha louca, de verificar se atrás de Romina também estão os olhos de Lázaro, que se esgueira pela selva apesar do medo porque a carne é mais forte que o horror, peitos jovens atraem mais que a prudência. Está cansada das crias pedindo comida e fazendo uma confusão terrível no quintal, e também está cansada dos latidos da cachorra. Que a selva leve Lázaro, chega!, ele não serve mais nem de osso para o caldo da tarde. Que leve ele e Romina, unidos como dois cães selvagens no cio, e que o que a selva uniu Santa nunca separe.

Por trás do ódio se encontra uma fome atroz.

Apenas fechando os olhos, Santa consegue se lembrar perfeitamente do gosto de sangue em sua boca. Vê a si mesma com as mãos pequenas, mãos de menina que carregam uma faca. A faca dança de mão em mão e passa de um lado para o outro: primeiro é preciso acertar na carne no chão, no corpo que mal se move no chão. Ter uma faca entre os dedos é ser deus. Deus é um cuteleiro gentil que afunda o fio onde a carne é gorda. A menina Santa tem a ideia de provar a carne e o sangue, então vai e corta algo do corpo e mete o pedaço na boca. É difícil mastigar o que está cru, mas o sabor está lá, banhado em sangue e em memória, banhado em selva, até que a mãe chega e arranca o pedaço de amor de seus dentes, arranca a sua alegria, porque é isto que as mães fazem: destruir os sonhos e costurar a garganta, arrancar Santa do círculo onde há outras crianças como ela, outras crianças felizes com uma faca na mão.

Como todos os dias, a lembrança reverbera na cabeça de Santa. Está ansiosa para que a noite caia sobre todos, para ver se as galinhas se cansam das premonições e as crianças vão dormir. Da soleira da porta as verá. Sabe que na verdade não dormem: sussurram. Contarão terrores umas às outras, e então ficará claro que está faltando alguém, que o monstro atrás da porta foi ousado o suficiente para cruzar as fronteiras que protegem o mundo das crianças. Santa sentirá ali o cheiro do medo, que é muito saboroso, uma prévia do que poderia vir se a selva deixasse ou não fosse tão puta. Sentirá vontade de agarrar pelo braço um dos pequenos, um dos menores, para que não seja difícil levá-lo para um espaço que seja só dos dois: o espaço perfeito para um belo banquete.

Acontecerá em breve, mas não agora que a mãe está se aproximando. Banhada em suor, a velha abre a porta da cozinha como se tivesse muitos olhos no rosto, como se lhe faltassem palavras na língua. Está sozinha e de vez em quando coloca a mão no lado esquerdo, massageia o peito e pisca com raiva. Santa acha que ela está mais pálida que o normal. Os lábios idosos estão quase acinzentados, e os cabelos, cheios de folhas.

— Prepara um chá pra mim, Santa — não pede, ordena. A mãe só sabe pedir em seus inúteis pais-nossos.

Santa obedece. Ela se move devagar, para que pelo menos a velha saiba que a cada dia é um estorvo maior. Está farta. Dela e de todos. Demora para fazer fogo de propósito. A velha suspira e fecha as pálpebras por um segundo. Talvez esteja dormindo, mas não, os velhos e as crianças evitam dormir porque o sono se parece com a morte. Estão sempre vigilantes, com os olhos bem abertos para ver tudo a seu redor enquanto ainda podem.

— A erva demora para ferver, mamãe, só estou avisando — sussurra Santa perto da lenha seca que queima. Então acrescenta: — Já fazia um tempo que você não entrava sozinha na selva.

Para rezar, com certeza deve ter ido rezar, é o que os velhos fazem quando se tornam inúteis. Rezar para a porra da selva.

— Lázaro foi comigo. Eu não estava sozinha. Encontramos o cadáver de uma das crianças lá dentro.

— Como assim?

— Não sei, cacete, você que me diz.

Santa encolhe os ombros e vai em direção ao fogo. Leva o chá amargo em uma vasilha. Não é hora para perguntas estúpidas. Não agora, com esta enxaqueca. A velha demora alguns segundos antes de se decidir a falar:

— Santa, chega de incomodar as crianças. Lázaro me contou.

Putos. É um mundo de putos. Lázaro, o primeiro de todos. Um puto incapaz de manter a boca fechada ou os olhos dentro das órbitas. Com aqueles olhos persegue Romina e usa a boca para contar histórias que não são suas. Por um segundo Santa se pergunta se deveria mentir, se deveria mudar de assunto como fez outras vezes, se talvez devesse obedecer à mãe, que é a voz da lei da selva, a voz de deus que vem de outros lábios. Puta mãe. Tão puta quanto o deus que adora.

— Mamãe, chega, fica quieta.

Em outro momento, a mãe teria se levantado em um pulo para calá-la com sua simples presença, mas desta vez ela não tem forças, ou talvez não existam forças que possam lutar contra a fome de Santa, que é a fome antiga de todos aqueles que lutam contra deus. Em vez de se levantar, a mãe fica parada e toma um gole do chá quente.

— As ervas não estão frescas, Santa — é tudo o que ela murmura.

— Diz pro Lázaro enfiar o rabinho dele entre as pernas e não encher meu saco. Para que me provocar?

— São crianças, cacete!

A velha se cala no mesmo instante porque percebe a ironia do que diz. Crianças, e daí? A selva não se importa, e Santa só conhece a lei da selva. O peixe grande come o pequeno. O peixe grande dessangra o pequeno.

— Vai se acostumando, mamãe. Os tempos mudaram. Você me preparou toda a minha vida pra isso, não foi? Pra que, quando você estivesse velha como agora, eu ocupasse seu lugar e continuasse com as facadas.

— Não cace o que é da selva, Santa. Agora seu sangue está quente por causa do rolo com Lázaro, mas não dá pra pensar assim, cacete. A selva pega de volta o que você tira dela.

Para Santa, Lázaro já é uma coisa que se recusou a envelhecer e anda por aí, com os anos rastejando pelos cantos, lambendo o ar atrás de Romina. Mas o desejo de Santa é mais antigo do que Lázaro.

— Não se preocupe, mamãe. A selva vai receber sua parte como sempre, pode ficar tranquila.

A mãe toca tanto o lado esquerdo do peito que Santa tem vontade de arrancar a mão dela. Atos repetitivos a incomodam. Incomodam como a galinha enlouquecida que corre de um lado a outro da fazenda enquanto cacareja seu desgosto pela vida. Incomoda que a mãe insista e toque o próprio peito, que insista e toque a própria boca e tente engolir um pouco de chá enquanto Santa a observa. A velha começa a rezar um pai-nosso, o absurdo pai-nosso que arrasta o nome de Santa nas costuras, porque reza por ela, por sua alma ou por seu corpo: é isso que os velhos fazem quando começam a caducar, repetir as mesmas coisas, anunciar os mesmos medos de sempre, ser aves de mau agouro que oram e oram. Com um tapa, Santa derruba o chá na mesa.

— Você e Lázaro, me deixem em paz. Não tô com cabeça pra joguinhos, muito menos pra essas orações de merda. — Sem dizer mais nada, Santa foge da cozinha.

A noite chega logo. No quarto das crianças só brilha a luz do terror. Santa se aproxima da porta como todos os dias para vê-los, para cheirá-los, para imaginar o ato de ter aquela carne, de possuí-la, de se transformar em selva pelo menos uma vez na vida e mastigar o ato divino da criação. Ela, que deu vida a toda aquela carne que habita dentro do quarto.

A única coisa diferente esta noite é que Santa está com uma faca escondida na roupa e já decidiu.

Ouve os murmúrios das crias e sua respiração pesada, a tentativa de simular o sono, porque, afinal, as crianças são idiotas ou inocentes mesmo. Num canto do quarto, longe da porta, está Ifigênia. O corpo de Ifigênia pulsa poder e medo. Santa não tem certeza se ela a reconheceu, mas franze os lábios e coloca um dedo sobre eles, para que a cria mais velha entenda a necessidade de silêncio, de não fazer as coisas gritando, não agora que está com dor de cabeça. Ifigênia não afirma, não diz nada, mas, entre sussurros, ordena às crias que não levantem a cabeça da cama por nada no mundo, que não olhem o monstro nos olhos. Santa ri, ri baixinho e, por um momento, se sente um monstro.

Há quantas horas está com essa enxaqueca insuportável? Há quantos anos mata frangos enquanto imagina que são crianças? Quantos séculos de fome a movem esta noite? Aproxima-se de uma das camas e se dá ao luxo de escolher uma cria pequena, porque essas são mais fáceis de matar.

Levanta uma das meninas da cama e a ouve chorar baixinho, como os frangos que piam quando são pegos e demonstram nos olhos que sabem seu destino. A natureza da morte é a mesma para todos, é um idioma comum das espécies. Santa acalma o choro da cria com um tapinha suave nas costas, da mesma forma que nocauteia os frangos antes de degolá-los com um facão.

Ao longe, no outro extremo do quarto, Ifigênia olha para ela e parece lamber os beiços com uma intensidade tal que o agito sob os lençóis cresce até explodir em um arroubo.

Santa pega a carne nos braços e fica feliz por ter escolhido uma menorzinha, porque, mesmo sendo pequena, pesa muito e se agarra com força ao pescoço de Santa, como se não entendesse que veio despachar sua morte, ou talvez porque é uma dessas coisas estranhas que as crianças fazem e que Santa nunca entendeu.

Lá fora, na noite quase vermelha, o calor invade tudo.

Em seu quartinho, a cachorra uiva e raspa com as patas as frestas da porta fechada. Santa não tem vontade de pensar em agouros. Não agora.

Dedos velhos pousam em suas costas como se fossem as garras de um pássaro. Não é difícil reconhecê-los. São aqueles que a tocaram desde criança, à imagem e semelhança da selva. Os dedos que a castigaram, os dedos que lhe cantaram canções de ninar e agora estão grudados à sua roupa, agarrando-a, segurando-a. Santa se pergunta quanto tempo aguentará sem cravar a faca naqueles dedos.

— Você vai desgraçar todos nós, cacete — sussurra a mãe no escuro.

Nessa boca só cabem presságios, orações antigas e um pai-nosso mofado. Boca de mãe foi criada para o medo. Mas em Santa só restam fome e desejo de vingança contra a avó selva, contra a selva puta, contra aquele deus malvado que a traiu. Sem largar a carga, Santa enfia o cotovelo no peito da velha e a escuta gemer, cair, o barulho dos ossos batendo na madeira do chão.

— Não, filha, assim não.

Santa corre, corre em direção à selva, em meio aos gritos da velha, enquanto em seu quartinho a cachorra cava e na fazenda as crianças choram, e Ifigênia se regozija porque ganhou mais um dia de vida, e Lázaro aguça os ouvidos porque a ouviu fugir. Ele a viu, mas não irá para a selva, não caminhará na direção de deus, porque Romina não está lá dentro, está dormindo em um quarto da casa. Os pecados de Santa são assunto de Santa, pensa Lázaro. Há coisas mais importantes do que seguir uma mulher que não deseja mais.

Santa corre em direção à garganta da avó mentirosa, com a boca seca, a fome latejando em seu olho e, na mão, o esplendor da faca.

A cachorra

O esplendor da faca é uma rajada de ar frio que entra furtivamente pela janelinha gradeada da prisão. Pelo menos te faz tremer um pouco, depois de tanto suar e quase quebrar as patas tentando abrir a porta. Mas a madeira não cede às patas e só te resta contemplar a selva vermelha e muda, os limites que se encheram de olhos.

Lá estão os outros que não podem ser vistos, que não têm olhar de cachorra. Lá estão os outros que perdem o espetáculo dos recém-chegados, dos corpinhos mortos que se amontoam entre as árvores. Estão as mulheres desgrenhadas, as crianças extraviadas, os estrangeiros que dão voltas e voltas sem parar e o selvagem.

Assim que você o vê, começa a latir para que ele saiba onde você está. Aqui, no quartinho, entre as grades de sempre e essas paredes nojentas, mergulhada na vontade de fugir. Os ossos de Choclo batem em seu peito, dentro da urna que você aperta com as patas dianteiras.

Na selva, o selvagem anda de um lado para o outro, pelas mesmas beiras que delimitam o caminho da fazenda e que nenhum dos recém-chegados se atreve a cruzar, talvez porque neste lugar haja muita sujeira, a impureza dos vivos, a fome dos vivos, que nunca deve contaminar o céu dos mortos na selva. O selvagem é branco, tem o pelo preto sobre um dos olhos e late para avisar que te viu, que está morrendo de vontade de reconhecer seus cheiros.

Você começa a se desesperar. Não late mais, agora uiva, geme, com os pelos da nuca eriçados porque a noite é vermelha e boa para escapar, embora no ar se respire uma fúria alheia, uma fúria de selva, que é a forma como a mudança se manifesta.

O confinamento te deixou paciente e aguçou seus sentidos. Quando se tira a liberdade de uma selvagem, o resto do seu corpo desperta. Você teve anos para aperfeiçoar olfato, paladar, audição, tato e visão. Seus olhos, que conseguem esquadrinhar tão bem a escuridão, descobriram que Santa levou sua carga viva para a selva. Antes empurrou a velha no chão, a velha que agora geme seus presságios e não consegue se levantar. Você late também por ela. Para que alguém venha ajudá-la, para que não morra caída ali.

Durante dias você ouviu os medos das crianças. Algumas vinham brincar na frente da janela da sua cela, e você ficava feliz em vê-las e não estar sozinha. Se as crianças corriam de um lado para o outro do quintal, você pulava da janela para não as perder e às vezes latia para que elas te vissem. Mas nunca teve sorte. Elas não estavam interessadas em você. Te olhavam e não viam nem a louca, nem a cachorra, para elas você era apenas mais um objeto da fazenda, um objeto que não tinha mais utilidade. As crianças só se importam com os objetos que podem destruir ou montar de novo.

Estar perto delas permitiu que você ficasse sabendo dos novos acontecimentos. Ouviu falar da menina desaparecida. Os pequenos falavam de um monstro enorme, do bicho de olhos grandes que olhava para as camas à noite e assim escolhia sua carne preferida. Alguém mencionou as mandíbulas da fera sombria, outro falou de seus dentes, e um terceiro jurou ter visto aquela criatura infernal arrastando a desaparecida para dentro da selva.

Nunca falavam sobre monstros na frente dos adultos porque sabiam que eles eram os piores monstros do universo. Por isso as crianças perambulavam perto da sua prisão e se sentiam seguras no pátio. Uma selvagem não teria palavras para contar a nenhum adulto. As crianças ficavam todas sempre sentadas em círculo, com a cabeça baixa e o medo engatado na boca.

— Vai voltar à noite, e toda vez que voltar teremos de alimentá-lo. Chegará um momento que não vai mais querer comer e vai se sentir cheio — disse a menina do olho ruim.

As crianças olharam para ela incrédulas:

— Talvez não consiga se sentir cheio — alguém sussurrou. — Talvez seja como a selva.

— Até a selva para de comer por um tempo — sorriu Ifigênia. — O monstro escolherá outra pessoa como sacrifício, e então tudo ficará bem por um tempo.

Você sentiu o cheiro do cio dela. A boceta da menina estava úmida. Você latiu para ela. O cheiro de boceta úmida retorceu suas entranhas.

Em todo esse tempo você viu e ouviu muito.

Você sentiu o cheiro da boceta de Ifigênia, o cheiro de animal escapando do corpo de Lázaro e a umidade em seus pulmões. O cheiro de folha mascada e ossos em Romina. A velhice da fazenda. A fome de Santa, sua enxaqueca. Frangos que fedem a medo e crianças que fedem a frango. O vermelho da selva. E agora você sente o cheiro dele: do selvagem desesperado que corre de um lado a outro dos limites da fazenda e do seu próprio cio, o desejo desesperado de que ele monte em você no meio das árvores até que ninguém consiga separá-los, até que tenham de andar assim, unidos pelo prazer, como um único animal.

A noite é longa, e você já começa a sentir dores no corpo. A dor da metamorfose. Os primeiros pelos selvagens brotaram em suas patas dianteiras, e seu focinho começou a se alongar.

Agora você pode cheirar tudo melhor. O focinho é como um novo par de olhos que te permitem distinguir coisas no mundo e na selva que você nunca pensou que iria notar: cheiros que não sentia antes e que o ar arrasta e deixa entre as almofadinhas de suas patas. Seus dedos começaram a afundar, a se transformar em outra coisa.

É hoje ou nunca. Você sabe. A selva é o caminho para a liberdade.

Lázaro dá voltas de um lado a outro da fazenda. Não fica parado. O cheiro dele é tão nojento que você sacode o focinho toda vez que ele se aproxima. Vai e vem como a memória dos ossos de Choclo.

Você uiva mais alto para ver se alguém escuta, se alguém tem ouvidos para interpretar a dor que você sente quando estica o focinho e solta um gemido de angústia.

Atrás de você a porta se abre. Você gane por um momento, porque o cheiro de Lázaro ainda circula no ar. Seu azar é tão grande que talvez as crianças estivessem certas o tempo todo: por um segundo você acha que o monstro realmente existe, que o nome dele é Lázaro e que ele veio buscar você e Choclo, para acorrentá-los à fazenda até o fim dos tempos. O cheiro de Lázaro, agora você sabe, fede ao desejo que está corrompendo suas entranhas. Você rosna para a sombra que se aproxima. Logo descobre que é uma mulher, não o monstro, e solta um longo suspiro de alívio. Na soleira da porta está Romina, com seus olhos perdidos de sempre. Ela se ajoelha e te chama baixinho, como se soubesse que todas as vozes te assustam:

— Vem, vem aqui.

Você não gosta de estranhos. Mas Romina não cheira mal, e o cheiro dela diz mais do que os olhos e a boca. Você se aproxima com delicadeza, como se quisesse abrir espaço entre seus corpos, caso precise recuar ou mordê-la. Está cada vez mais difícil segurar a urna de Choclo, agora que seus dedos estão tão curtos.

Você sente a mão dela na sua cabeça, acariciando suas orelhas de selvagenzinha. Quando você gane para ela como advertência, Romina não para, te acaricia mais, amansa sua inquietação. Você queria pular por cima do corpo dela e escapar pela liberdade da porta, mas é impossível. Você geme baixinho para que ela perceba seu desespero, para que saiba que o selvagem está te esperando lá fora, que seus olhos doem de tanto olhar para o mundo, que suas patas não foram feitas para andar nas tábuas da casa, mas sobre a grama espessa da selva.

— Pobrezinha — ela sussurra em suas orelhas —, vai pra fora tomar um pouco de ar que nem água te deram. Vai lá.

O corpo dela se move um pouco para a esquerda, para deixar você passar. Você tem vontade de lamber o rosto, o corpo e os sovacos dela para agradecer por ter te libertado, mas você é orgulhosa, e um selvagem nunca demonstra a gratidão doméstica dos cães adestrados. Porém, antes de passar pela porta, você esfrega seu focinho na coxa dela.

Em seguida corre de quatro, embora as patas da frente sejam curtas e fracas e as traseiras sejam impossíveis de controlar. Você carrega a urna de Choclo bem apertada contra as costelas e foge mais devagar do que gostaria, uma cachorra manca. É então que o cheiro de Lázaro gruda de fato em seu focinho e faz os pelos do seu cangote se arrepiarem. Ele está ali, entre os postes de madeira do pátio, com os olhos vidrados e um cigarro na boca. Sopra a fumaça no ar e olha para você. Demora até te reconhecer, até perceber que aquele focinho que rosna para ele é o seu. Demora até entender que você está livre.

— Ananda? — pergunta à selva, ao ar, você não sabe a quem. — Como você escapou?

Apaga o cigarro em um dos postes e se aproxima. É grande demais, magro como sempre, mas enorme, com aqueles olhos gastos pela ânsia de despir mulheres. Você sente nele o fedor do desejo, que não se extinguiu durante todos esses anos e agora se dirige a qualquer ponto do ar. Ele estende as mãos para tentar te abraçar e impedir que você corra.

— Calma — sussurra —, calma... não vai aborrecer a sua mãe... você é boa, Ananda, vem.

Lázaro está errado. Você não é boa, também não é Ananda. Você é uma selvagem. Da selva você ouve latidos agitados, um coro de latidos que poderia vir da garganta ampliada da selva. Mas a urgência do macho não importa mais, porque Lázaro conseguiu te encurralar. Você lança mordidas a torto e a direito, enquanto ele continua pronunciando aquele nome de mulher que não é mais seu e que você nunca mais vai querer ouvir depois desta noite.

Um estalo muda tudo.

O braço de Romina pousa sobre o pescoço de Lázaro e o aperta com força. O homem engole em seco e forceja. Ela não fala, range os dentes, como se os dentes fossem uma linguagem de ódio, raiva e sobrevivência. Você consegue sair do canto onde havia se refugiado, com a urna apertada contra o peito, para que os ossinhos de Choclo não fiquem para trás, abandonados após sua partida. Você vê Lázaro apertando o braço de Romina até quase quebrá-lo. Com um golpe forte, ele a joga contra a parede.

— E que diabos há com você? — rosna enquanto enfia um cotovelo no peito da jovem. — Sua puta desgraçada! Louca de merda!

Uma selvagem sempre cobra suas dívidas, e Lázaro te deve muito. Te deve Choclo. Te deve a cabeça e os ossinhos expostos dele, a raiva e a loucura. Seus dentes continuam rangendo. Estão pontudos, cheios de tártaro, e te fazem babar. Você sente o cheiro da ereção de Lázaro ali, contra o corpo de Romina, escorado nela: ele não consegue evitar que seu corpo fique duro e dispare aquele cheiro de velho querendo entrar em uma bocetinha macia, de se ressarcir por todas as vezes que não conseguiu ter uma mulher e por todas as vezes que matou um cachorro por isso.

Você deixou a urna de Choclo no chão, protegida.

Então pula e se agarra ao pescoço de Lázaro, mordendo tão fundo quanto suas presas permitem. Sacode e sacode para rasgá-lo. O sanguezinho suave e doce toca seu focinho, mas você não o solta, e o uivo de Lázaro acaba também com o silêncio da selva. Ele também rosna, transformado em selvagem pelo peso do pânico. É um cachorro raivoso que bate na sua cabeça com o punho até parecer que seu crânio vai sair pelo ar como as folhas que você e Santa atiravam uma em cima da outra para coroar a infância distante. Sua mandíbula se afrouxa de dor. Lázaro não chega a arrebentar sua cabeça porque Romina puxa as roupas dele, arranha seu peito, e em algum lugar perto de sua genitália encontra a faca, bem protegida dos olhares estranhos.

Você sente o cheiro do golpe seco que atinge algum lugar entre as costelas de Lázaro.

— Não toque nela, desgraçado. Eu disse que ia esmagar suas bolas, abutre de merda — sussurra Romina.

Lázaro manca com a mão ao lado do corpo, tentando proteger o ferimento. Ele não tem mais olhos nem andar de selvagem, é apenas um velho murcho, quase morto. Com o focinho cheio de sangue, você pega novamente a ânfora onde Choclo dorme o sono dos mortos: a ânfora está intacta, os ossos estão ali. E o desgraçado que matou seu filhote agora é um cadáver ambulante.

Romina se apoia em um dos postes por um segundo.

Das árvores você ouve o latido do macho que insiste e te chama mais uma vez.

Resta pouco tempo.

Você anda sobre duas patas com a cabeça atordoada pela pancada, sem saber bem, agora que a liberdade está diante dos seus olhos, quanto ela pesa. No fundo, você nunca foi tão selvagem. No fundo, te acostumaram com a prisão, te chamaram de Ananda, te chamaram de louca, mataram seu filho e às vezes te deram água. Você desce os poucos degraus de madeira que separam a fazenda da liberdade da grama. Há algo frio e ao mesmo tempo quente sob seus pés. Você fareja a noite com o focinho e não muito longe encontra o cheiro da velha, o rastro dela, e a ouve gritar o nome de Lázaro na escuridão. Talvez você pudesse correr e ir rapidamente ao seu encontro, para latir para ela uma última vez ou se despedir, mas o chamado do selvagem na selva não espera mais, nem a sua boceta molhada de cachorra.

Pela última vez você olha para trás e vê Romina com a mão ensopada do sangue de Lázaro.

Então você corre em direção às árvores, enquanto sente seus ossos se adaptarem à nova estrutura do seu corpo: a coluna vertebral se retrai, e sua mandíbula termina de se expandir. Suas patas traseiras começaram a encurtar, e os poros da pele vão se fechando. Você alivia o calor com a língua de fora, apanha o gosto da selva na secreção que escorre do focinho. A sensação da grama seca em suas patas é boa. Você pula de felicidade e fica cada vez menor, mais selvagem, mais cachorra. Corre rápido porque não precisa mais arrastar o peso de um corpo que há muito tempo era inútil. Antes que seus braços se transformem em patas, você abre a urna e joga os ossos de Choclo na selva. Seu filho também voltou para casa, com você. Agora você late sem palavras para sempre, sem rosto nem nome, sem história. De volta ao seu verdadeiro lar, onde o selvagem te espera, pronto para montar em você.

Então o encontra entre as árvores e se junta a ele. A língua quente do selvagem invade seu focinho. Você o fareja e lhe oferece seu traseiro na noite de núpcias mais linda que poderia imaginar. Por fim o segue selva adentro, até o lugar onde as sombras entram no cio.

Ifigênia

As sombras entram no cio durante a noite. Ifigênia coça a boceta com o dedo. Sua língua vibra na cavidade da boca. Seu coração treme na cavidade torácica.

A noite vermelha chegou lá fora, e Ifigênia acha que todos os ruídos da fazenda só podem ser as facas que se aproximam.

Durante anos sonhou com esse momento. Desde muito pequena, quando os braços da avó a embalavam e o acalanto da velha culminava com uma história em que sempre aparecia um futuro divino: o céu da selva só existia para as crianças obedientes, para as que soubessem morrer bem e para as que rezassem pelo menos dois pais-nossos por dia. Ifigênia e todas as crianças que algum dia marchariam para o sacrifício eram muito mais do que carne da selva, a avó dizia, mas nunca se atreveu a expandir seu relato porque não tinha tanta imaginação para isso. À medida que o prazo se aproximava, ficava mais fácil para Ifigênia perceber que as palavras da avó eram todas mentirosas.

Ifigênia não sabe por que a selva é tão caprichosa. Ela tinha feito um sacrifício, uma troca equivalente: o corpo da menina alta demais pela extensão de seu prazo de vida. Pensou que a selva ficaria satisfeita, pelo menos o suficiente para ficar quieta por um tempo. Qualquer tempo era bom, qualquer tempo ganho com a morte era um triunfo. Mas não foi assim.

— O monstro vai voltar ou não? — pergunta uma garotinha no centro da escuridão.

Na noite vermelha se respira fúria e descontentamento.

Uma densa língua de vapor entra por baixo do lençol. Primeiro lambe um dedo dela, o dedo médio do pé, e imediatamente sobe, por toda a perna, até chegar ao joelho. Então para por um momento na virilha. Ifigênia sente a pulsão da língua em sua boceta e, sem conseguir se conter, geme.

Nenhuma das crianças está dormindo. Ifigênia escuta o som das respirações, primeiro fora de ritmo, depois unidas como se o quarto tivesse um único pulmão que precisasse murmurar em coro. Todos estão em alerta para que a porta do quarto não se abra de novo e não reapareçam os olhos do bicho, aquelas pupilas famintas que já haviam levado uma das menorzinhas.

— A noite continua vermelha — sussurra uma voz trêmula.

— É a selva que quer comer — responde alguém de um canto do quarto. — Não é o monstro.

— O monstro consegue comer quantos em uma única noite? — outra voz pergunta.

Ninguém sabe responder, mas todos olham para Ifigênia. Esperam sua ordem. Afinal, ela é a mais velha do quarto, a que mais conhece a natureza das coisas escondidas na selva e na escuridão. É a mais próxima da morte e também a mais velha em meio a tanta juventude, e, embora todos a odeiem de maneiras diferentes, o medo é ainda mais forte que o ódio, o medo é uma ferramenta que amansa até as crianças.

Ifigênia sabe como funciona o mundo dos adultos e dos monstros. Conhece a natureza do poder.

Fica na ponta dos pés sobre o colchão empoeirado e observa, pela janela, que nada mudou, que a fome continua latejando em algum lugar entre as árvores, onde mora o coração da selva. Ela é a oferenda. A ânsia que a selva sente é o tremor do desejo de levar de uma vez por todas um pedaço de Ifigênia à mandíbula.

A qualquer momento, Ifigênia sabe, a avó chegará com as facas e a canção de ninar na boca, com Lázaro agarrado a ela como se temesse que, em vez de uma criança, escolhessem ele. Vão levá-la para longe, para que os outros não vejam, vão cortá-la sem pensar que sua boceta arde de vontade de viver e que sua cabeça está cheia de propósitos. Vão cortá-la com parcimônia para que a selva, o deus na selva, por fim adormeça em seu covil por mais algum tempo.

— O monstro precisa de mais carne — recita Ifigênia, ainda na ponta dos pés sobre a cama, com os braços abertos em cruz, a luz vermelha da selva em seus cabelos.

Um lamento unânime vem das camas.

— Com o sacrifício de mais um de nós, tudo vai parar — afirma.

Aos olhos das crianças, Ifigênia, iluminada pelo vermelho da noite, é uma emissária do monstro, a boca pela qual ele fala. Ifigênia espera. Não tem esperança de que alguma mão se levante para ser voluntária no sacrifício. Sua avó tinha lhe ensinado isso. Ninguém se oferece como voluntário para a morte. É preciso escolher pelos outros. É preciso escolher pelos idiotas que esperam que um dedo aponte para eles. Uma pontada de poder percorre sua espinha. Isso é o que significa ser deus e selva, pensa Ifigênia, poder escolher quem vive e quem morre por mim.

Toma tempo para escolher com calma, embora saiba que cada segundo conta. Estende um dedo sobre as cabecinhas enquanto a umidade em sua boceta começa a fluir como um rio. O vapor a banha, mas não é a língua da selva, e sim a língua de sua própria tirania. As crianças se escondem debaixo dos lençóis para que a emissária do monstro não as veja, para que não as escolha, não perceba os covardes que se escondem do dedo da morte.

— É você quem deveria ir — uma vozinha sussurra de um dos cantos do quarto. É a voz de uma daquelas meninas em que Ifigênia nunca reparou. Repara agora, com raiva.

— Quem falou? — pergunta Ifigênia, as palavras ásperas.

— Por que não vai você? A selva está vermelha. Está com fome, e é a sua vez. Todo mundo sabe. Primeiro era você e depois Alina, mas ela não está mais aqui.

— O monstro comeu Alina. — Ifigênia se levanta, alta como é, sobre o colchão instável.

— Você primeiro, é assim que deve ser.

Os sussurros se espalham pelo quarto:

— Se a selva está vermelha, é porque está com fome.

— Todo mundo sabe, Ifigênia. É a sua vez e ponto-final.

Os menores apenas choramingam, juntam-se ao coro do medo.

— Por que não vai você, Ifigênia, e faz tudo isso parar?

— Não vou. — Com um pulo, Ifigênia desce da cama. — Nem para a selva, nem para lugar algum — continua —, e, quando o bicho chegar, vou ficar para observar ele engolindo vocês todos, um por um, por não me obedecerem.

A ameaça surte efeito por uns segundos na forma de silêncio. Ifigênia se aproxima da porta, com as mãos abertas e estendidas para a frente, como se fosse abraçar o próprio monstro.

— É isso que vocês querem? — pergunta com voz estridente. — Querem que eu deixe isso acontecer?

A porta range. Não é Ifigênia quem a abre. Na soleira, entre as sombras, apoiada na madeira com um braço, está a velha. Arrasta um lado do corpo como se metade dela ficasse constantemente para trás. Ifigênia recua ao ver a avó desgrenhada, com a boca contraída e caída e um olho completamente fechado.

— Filha, vamos, já está na hora... — murmura as palavras com um lado da boca.

— Não. Não vou — diz Ifigênia e dá dois passos para trás, e daria outros mil se fosse preciso para não se aproximar da avó.

Tem os mesmos olhos de Juanquito, os mesmos olhos de frango raivoso que a avó conhece tão bem. Que noite desgraçada. Deu tudo errado para a velha. Ela sente. Ela cheira. Seu coração se partiu mais uma vez e deixou um pedaço de seu corpo inútil. Lázaro não aparece, apesar de ter se cansado de chamá-lo. Já sabe que não haverá amanhecer depois desta selva vermelha. Santa e sua fome arruinaram tudo. E agora, além disso, precisa lidar com essa cria rebelde.

Ao longe, ouve o pranto do menino azul chorando por comida, tão fraco que logo não haverá mais menino nem choro, apenas o azul tranquilo da morte. Sozinha. Ela ficou sozinha. Ninguém escuta e ninguém obedece. Mais velha do que nunca. Mais destroçada do que nunca. Como nunca pensou que estaria. Com a boca torcida e a dor no peito tão aguda que percute dentro de sua cabeça, um rio de sangue em forma de suplício.

Arrasta o corpo atrás dos passos de uma Ifigênia que não para de recuar. Não existe mais nada no mundo a não ser o vermelho da selva, esse relógio insaciável que conta seus segundos de fome e insatisfação. Se conseguir pegá-la e levá-la ao local do sacrifício, talvez encontre algo parecido com misericórdia. Nunca se sabe. Com deus nunca se sabe. A velha começa a rezar um pai-nosso, um pai-nosso descascado e com gosto de fuligem, de chuva podre no beiral da fazenda.

O pai-nosso trava em sua boca. Estende as mãos para tentar pegar Ifigênia, mas não consegue caminhar sem apoio. Sabe que vai cair, exausta, aos pés de deus.

Ao seu redor, as vozes das crianças se agitam. Suas palavras se misturam com a confusão, e a velha não consegue entender o que elas querem lhe dizer, que justiça estão pedindo, de que monstro estão falando, de que plano, de que faca.

— Ifigênia, filha, vem... — implora, cacarejando como uma galinha doente.

Mas as súplicas não servem de nada para a que vai enfrentar a morte. Só as facas convencem, e a que a velha está segurando treme.

A língua de vapor da selva lhe traz o pranto do menino azul. Por que diabos o deixou sozinho no quarto e não lhe deu seu leite de cabra, o leite misturado com água que Chola lhe ensinara a preparar, disse a velha para si mesma, e de repente pensou em Chola, nos peitos grandes de Chola que conseguiam amansar todos os temores desta vida e em como lhe ensinara a dar facadas na carne tenra das crianças. Quis caminhar. Dar um passo no vazio daquele quarto, mas não se atreveu. Recuou até abraçar o batente da porta como se aquele espaço marcasse o fim do mundo.

As vozes das crianças foram se acalmando aos poucos, e a velha ouviu, por cima de todas elas, a de Ifigênia:

— Está bem, já entendi, ninguém quer morrer. Bem, ninguém vai morrer hoje. Não há razão pra morrer. Não vamos dar nossa carne ao monstro nem à selva. Isso é certo. Muito certo. Nenhum de nós. Por que nós? — E apontou para a avó: — Melhor ela.

O mundo é uma tumba aberta, e o que espera dentro da tumba é o dedo de uma menina chamada Ifigênia. Da soleira da porta, a velha ri. Entendeu direitinho as palavras da neta. Justiça divina. Justiça quase poética. O sangue dentro de sua cabeça ainda não nubla suas ideias. Pela boca de Ifigênia falam Luisito e Juanquito, falam todas as crianças que foram sacrificadas, inclusive aquelas outras das quais a velha não consegue mais se lembrar. A justiça, Pai nosso, trazei-nos hoje.

O dedo de Ifigênia continua ali, no ar, como uma bandeira fixada num alvo, como a flecha sobre o olho. A esta hora, tão tarde na vida, é uma vergonha ter pavor da morte, mas é assim que as coisas são: a velha sente um jato de urina escorrendo pela coxa e não sabe se foi o medo que a molhou, ou se simplesmente a idade, ou o coração partido.

A mão de uma criança acaricia seu punho. A velha o abre sem resistência e tenta dizer aos pequenos que não a matem, que será em vão: a selva não come carne de velho, não come o que está doente, mas sabe que tudo o que sair de sua boca soará como covardia. Que pelo menos a matem na selva, que apoiem seu corpo na beira da selva antes de esfaqueá-la. Nunca se sabe, talvez deus se contente com uma carne menos saborosa desta vez.

Quer dizer alguma coisa, mas sua boca não obedece.

— Galinha velha — a voz de Ifigênia é a última coisa que ouve antes que os gritos das crianças caiam sobre seu corpo e se ouça um uivo. O uivo de Ifigênia, como o de um frango com as patas quebradas.

As crianças

Um frango com as patas quebradas pia alto, tão alto que ninguém gosta. Damos duro para mantê-lo quieto, para que o monstro na selva não escute, para que não saiba que estamos aqui até que veja o sacrifício que vamos lhe oferecer. Onde vive o monstro senão na selva? Em nenhum outro lugar. Certamente em nenhum outro lugar o monstro encontrará uma casa mais confortável. A selva tem árvores em que pode subir pela manhã e água fria para que não sinta muito calor com o sol, tem arbustos para que se esconda dos olhares curiosos, uma fazenda cheia de crianças para comer e um campo para plantar os corpos mortos. Como o corpo de Alina, que o monstro levou e agora deve estar com a boca cheia de terra e vaga-lumes saindo do umbigo.

Não se cala. O frango grita e se contorce. Colocamos a faca da vovó em seu pescoço, mas nem assim se acalma. Não resta remédio a não ser dar um chute em sua cabeça e depois arrastá-la pelos pés, assim, desgrenhada, pela fazenda, degraus abaixo, até a grama.

A grama está vermelha e fria, e a escuridão já não nos assusta tanto porque estamos juntos e temos a faca. Se o monstro vier antes, nós a entregaremos viva, e ele que a leve para a sua toca e arranque a pele e o cabelo dela, que toque seus tambores de monstro para dançar à noite, e coma a carne, e compartilhe com a selva o que quiser compartilhar.

Dá trabalho arrastá-la, muito trabalho, mas todos nós ajudamos.

Atravessamos o cerco das árvores no caminho para a selva, mas não tão para dentro, porque a selva é grande e não gostamos dela, principalmente à noite, quando não há mangas nos galhos e todas as folhas parecem manchinhas de sangue em uma latrina. O corpo vai se batendo nas pedras. Seu cabelo está emaranhado. Longo e emaranhado.

Não gostamos dela. Não gostamos do cabelo dela. Nunca gostamos. Alina também não gostava. Alina a via e virava os olhos para não ter de falar com ela, porque Ifigênia cheirava mal e sempre coçava a xereca com o dedo. Olhava para todas as latrinas quando fazíamos cocô e depois dizia aos outros que tínhamos cheiro de bunda, de baba de criança com diarreia.

Não gostamos de Ifigênia. Não é irmã de ninguém. Não é filha de ninguém.

Ifigênia é filha da selva, e por isso a trouxemos aqui, para que a selva se vire com ela e não incomode mais. Talvez assim se acalme e o monstro volte a dormir em seu colchão de folhas e não leve mais nenhum dos nossos. Levamos a faca da vovó nas costas. Gostamos desta faca. A selva se reflete nela, a selva se reflete vermelha na faca e brilha tanto que dá vontade de não a manchar de Ifigênia, só para ver a selva mais um pouco.

Alguém olha para ela e vê que está acordada. Ifigênia está com os cabelos cheios de grama e os olhos entreabertos. Parece abobalhada por causa do chute que demos nela. Pisca muito e olha para os lados, como se não soubesse que é Ifigênia e que dentro de si existe um monstro feio:

o mesmo monstro que quis matar a vovó, a vovó que é boa de verdade e diz *cacete* se nos comportamos bem ou se nos comportamos mal.

É preciso sacrificar o bicho por dentro.

Nós odiamos Ifigênia.

Um monstro entrará no céu da selva mais rápido que ela.

Alina, sim. Alina com certeza está agora mesmo brincando no céu, na selva onde não há mais dor. Ifigênia, não. Não vamos deixá-la entrar. Alina não vai permitir isso. Ifigênia ficará na porta. Porque é má vai ficar na porta e, quando bater e bater, e coçar a xereca com o dedo e bater de novo, quando se debruçar nas janelas de todas as latrinas do céu da selva pedindo para entrar, alguém virá e lhe dirá que ela não pode estar ali: que desça e vá embora, que se enterre e fique morta e pronto, podre e pronto, osso e pronto.

— Má — dançamos ao redor dela com a faca levantada.

— Louca! — gritamos.

— Puta — uivamos.

— Você queria matar a vovó porque é má.

— Você queria matar todos nós porque é louca.

— Você queria se salvar, puta.

Passamos a faca de mão em mão.

— O monstro está em você.

— O monstro é você.

— Você não vai para o céu. Você vai apodrecer aqui.

— Você vai ficar morta na terra.

— Debaixo de uma liana.

— Ifigênia, xereca preta.

— Ifigênia, a podre.

— Ifigênia, fedor de morte.

Não temos mais medo dela. Não tem chance contra todos nós. Não com a cabeça atabalhoada e os olhos perdidos. Um fiozinho de sangue cai reto por sua testa. Um fiozinho nojento. Ifigênia abre a boca e tenta sentar. As palavras ainda não saem. Não vamos deixar ela falar. Agora quem fala somos nós, estamos com a faca. Alguém chuta sua cabeça de novo.

— Não se mexa.

Nossos pés doem, mas dançamos.

— Você é uma galinha suja.

— Uma galinha puta.

— Uma galinha cagada.

Ifigênia estende a mão para tentar agarrar nossas pernas. Não consegue. Sua mão é uma só, e nossas pernas não param de se mover.

— O monstro vai te comer.

— O monstro vai te engolir.

— Vai mastigar seus ossos.

— Vai cuspir seu sangue porque está podre.

Ela se vira de costas e tenta rastejar para fora do círculo.

Não vamos deixar. Não vamos deixar a galinha puta escapar.

Alguém dá a primeira facada na panturrilha dela: enfia a faca e a puxa imediatamente. Um. Dois golpes. Dançamos sobre a galinha desgrenhada enquanto a faca passa de mão em mão. A cada golpe o céu da selva se abre mais. A cada facada o céu se abre um pouco mais.

Damos voltas e mais voltas entre gritos. O corpo já não se mexe, não grunhe nem tenta fugir, e uma menina pequena se aproxima de Ifigênia morta, toca numa ferida, puxa uma pele solta e enfia um dedo na boca, prova o sangue da galinha e se delicia. Mastiga e rola de rir. No fim das contas a galinha não fedia tanto, no fim das contas o sangue dela não está podre, é vermelho como as gengivas da selva ou como a faca.

Dançamos em círculo. A menininha que provou a carne de Ifigênia entra e sai das árvores com a boca encharcada de sangue e os olhos brilhando.

— Uma galinha puta.

— Uma galinha morta.

— Uma galinha porca — cantamos, e a menininha segue o ritmo com mãos viscosas e vermelhas.

Então vemos o monstro entre as árvores. O brilho de seus olhos malignos que mordem a selva. Ele voltou para buscar um de nós, mas não sabe que agora temos a faca e já sabemos como matar, que o sangue não nos assusta, que Ifigênia não é mais Ifigênia, e sim um monte de carne. Somos muitos. Não vamos deixar que o monstro venha e ache que é o deus deste lugar, e nos arranque o céu da selva, ou leve alguém mais. Mal podemos vê-lo na noite vermelha. Suas mãos carregam a menininha que provou a carne de Ifigênia e ele então foge na escuridão.

— Monstro! — grita alguém com a garganta cortada.

Corremos entre as árvores. Vamos caçá-lo. Vamos caçar o monstro, daremos facada atrás de facada, dançaremos sobre seu cadáver e depois alimentaremos o céu da selva com seu corpo.

Romina

O céu da selva é toda a beleza que você precisa conhecer nesta vida. Seus pés estão tremendo depois da noite. Não existe mais o calor avermelhado. As árvores foram ficando verdes aos poucos, a fúria adormeceu e o mundo voltou a ter sons. Os insetos que despertam zumbem. As catorritas selvagens gritam nos beirais. Uma cortina de mosquitos coroa sua cabeça, e por um segundo você se sente dona e senhora de tudo que sua vista contempla, como se os mosquitos, ao beberem seu sangue, estivessem marcando seu reinado sobre o mundo.

O sol começará a aparecer por entre as árvores a qualquer minuto.

A fazenda está quieta demais. Ao longe, você ouve o choro de uma criança. Tem a impressão de que é isso, o choro de uma criança com fome ou os gemidos de um gato doente. Você não queria ter de se aproximar do quarto onde se encontra esse choro abandonado, esse lamento de fome e de frio, não agora que está começando a sentir a cabeça leve, como se a névoa dentro do seu corpo tivesse prazo de validade. Mas o menino insiste tanto que você não consegue se conter, principalmente agora que viu Copita na beira da selva. Você já estava sentindo falta dela. Observa sua amiga estalar a língua como se o choro partisse seu coração de osso, seu coração de morta.

Todas as suas irmãs começaram a chegar. Não cruzam as fronteiras que separam o mundo dos vivos do mundo da selva profunda, mas não importa, estão ali. Você fica tão feliz em vê-las, mais do que com o nascer do sol. O menino não fica quieto, e aquele choro turva tudo, incomoda as mortas e as faz estalar a mandíbula com um som de ossos irritados.

As mortas não gostam que uma criança chore.

Você se lembra da cabeça das suas irmãs unidas em oração no dia em que deu à luz. Você se lembra de Copita empurrando longe, mas perto de você, como se fosse o ventre dela que desse à luz, e agora você a vê com a mandíbula fria, esperando que você corra e alcance seu filho e lhe dê um pouco de amor ou de leite.

Seus seios estão vazios ou talvez cheios de pó branco. De você não sairá nada vivo, nada para alimentar uma criança faminta, mas você vai, por Copita você vai, por suas irmãs você caminha até o quarto e abre a porta. Sobre a cama, enrolado em um lençol muito branco, está ele.

O mais lindo no seu filho são os cabelos pretos e a pele azul. O sol da manhã reflete suavemente na carne dele, você pode ver as veias, você pode ver o pranto congelado na boca dele. Se você tivesse tempo e vontade de ser mãe, com certeza ficaria ali, extasiada, com o peito nu, mesmo que não desse leite nem vida, contando as mechinhas de cabelo e as veias na árvore que é o corpo desse menino. Ele está muito frio. Você o envolve bem no lençol para que seus pulmões não piorem. Os olhos dele estão abertos, fixos nos seus olhos, como se tivesse esperado você chegar para te olhar desse jeito.

Você o pega e sai ao encontro das mortas com a criança no colo. Ele parou de chorar. As mortas estalam as mandíbulas, felizes em te ver, felizes em ver o menino. Até a mortinha alta demais, com as mariposas-bruxas amarradas como fitas no cabelo, parece encantada com a presença do pequeno. Os ossos das mortas se movem de pura euforia e celebram em silêncio tanto azul na pele do pequeno, que está tão lindo e magrinho. Ninguém percebe que ele está cagado e ficou duro em seus braços.

Amanhece.

Enquanto elas acariciam seu filho, você contempla a fazenda que parece vazia. Não há mais a agitação das crianças, e ninguém mais está perto de você, que sempre gostou da solidão. Então se afasta de suas irmãs por um instante e caminha pela fazenda enquanto os pássaros te cumprimentam, salve, nova rainha, e os insetos dão as boas-vindas chiando como se te vissem pela primeira vez.

Sentado nos degraus de madeira, na entrada principal, você encontra Lázaro. Muito pálido, com os lábios acinzentados. De repente ele não parece mais nem homem, nem abutre, mas sim um tronco de árvore cheio de cogumelos, com a mordida da cachorra no pescoço e a facada que você deu na lateral do corpo dele. Muito sangue seco a seus pés. Você fecha os olhos para não o ver, embora seu olhar pesado te acompanhe. Com trabalho, bem devagar, Lázaro consegue colocar um cigarro na boca. Não fuma, porque não tem isqueiro por perto, mas lambe o cigarro: deve ter algum sabor de erva ali, um pouco de consolo.

Em uma das poltronas da casa você encontra a idosa. De um dia para o outro parece ter envelhecido uma década. Um lado do rosto dela está mole. Respira por uma brecha entre os lábios. Te dá pena ver desse jeito essa mulher, que alimentou seu filho e deu a ele um pouco de carinho maternal para que não fosse uma criança tão azul nem tão sozinha. Você se aproxima dela sem falar.

— Cacete — murmura com meia cara —, minhas pequenas... minhas pequeninhas...

Você não a entende bem, mas passa a mão suada pelos cabelos dela, e a velha te olha como se não entendesse por que você a acaricia.

— Pai nosso que estais na selva...

Você conhece a oração, mas não tem vontade de ajudá-la a rezar. Há coisas mais importantes do que rezar, você pensa. Como dançar com suas mortas, mastigar folhas ou olhar para a nova fazenda que é sua: o reino atrás do reino das árvores.

Você anda pela casa. Tudo está estranhamente silencioso. Então espia a selva por um tempo, até que o sol machuca seus olhos e a criança em seus braços começa a ficar cada vez mais rígida. Ninguém voltará da selva, mas você também sabe que outros virão, que você não estará sozinha porque suas irmãs mortas vivem lá fora.

Quando você volta, a velha continua no mesmo lugar, com a boca ainda mais torta por incrível que pareça. Você a olha com pena e enxuga a baba que escorre pelo queixo dela. Parece adormecida, com a mão sobre o lado esquerdo do peito.

Nos degraus de madeira da entrada já não há vestígios de Lázaro. Apenas umas manchinhas de sangue, cada vez menores, delatam sua partida. Ele caminhou em direção às árvores ou foi atraído para lá. Não importa. Você acha bom não ter um abutre por perto. Pega o cigarro que foi abandonado na beira da selva e o limpa antes de colocá-lo na boca. Então fica enjoada ao pensar que a sua saliva tocou a saliva dele e joga o cigarro longe, cuspindo de novo e de novo, até que as catorritas riem de você.

A fazenda é o novo reino. É a porta para o céu que a partir de agora você se encarregará de abrir e fechar.

Você voltou para Copita e para as outras. Os dedinhos podres, os dedinhos de osso acariciam o cabelo da criança.

As mortas não podem ser mães, tiveram seu direito de dar vida no céu da selva negado. Você olha para Copita e a vê de braços abertos, ela, que nunca te pediu nada e estala os ossinhos que lhe restam para prometer que cuidará dele como se fosse dela, que o amará como você não consegue e que será filho de todas: o filho dos olhos e das órbitas dos olhos de cada uma das mortas da selva. Todas rezam, e os ossos cantam.

São suas irmãs. Como você poderia negar a elas o fruto do seu ventre?

Você deixa a criança azul sobre Copita e percebe que o pequeno, que estava tão rígido nos seus braços, imediatamente se adapta àquele novo lugar. Copita estala a mandíbula com ternura e tira um seio para fora da roupa rasgada, o seio machucado e carcomido pela morte, mas ainda cheio de amor. A criança se alimenta, finalmente se alimenta, mama e se sufoca de tanta fome condensada na vida, estende uma mão sobre o seio para agarrá-lo e para que nunca mais vá embora.

As mãos de Copita morta, com aqueles ossinhos quase de menina que começam a brotar entre as juntas da pele, acariciam cuidadosamente a cabeça do pequeno.

Todas as mortas olham para o seu filho, o filho que agora é de todas.

Voltam juntas para a selva, lentamente, abrindo caminho para a que carrega a criança, para que as lianas não a atinjam, cantando suas canções de osso, seus acalantos de osso, sob o sol.

Santa

Sob o sol, sob a nuvem de mosquitos, Santa caminha. Transpira em excesso. A boca está pegajosa. Arrasta os pés e sente náuseas. Quer voltar para a fazenda. Quando chegar, vai pensar no que dizer à mãe, em como enfrentar seus olhos e suas censuras, seus pais-nossos de todos os dias. Remoerá seu ódio por Romina e por Lázaro enquanto contempla a carne das crias, aquela carne que tem um sabor diferente de tudo que Santa já provou em toda a sua existência.

Nunca esquecerá o poder que cresceu dentro de si no instante em que deu a primeira mordida.

Nunca esquecerá como foi mastigar a carne de sua carne, enquanto a fúria da selva rugia a seu redor.

A ânsia desapareceu, mas Santa acha que voltará a qualquer momento e quase tem medo de sussurrar uma oração depois que a selva tiver retornado, pelo menos aparentemente, a seu estado habitual e o vermelho tiver se fundido na luz do dia.

Mas a cólera da selva continua ali. Santa pode perceber o ódio que a cerca depois de ter comido a carne proibida ontem.

A selva, que já foi para ela uma avó caprichosa, agora nada mais é do que uma trilha infinita. Tenta voltar para casa, mas não consegue encontrar o caminho que leva à fazenda.

Boba, com certeza me perdi, ela se convence, e, quando tenta descansar à sombra de uma árvore, percebe que não consegue, que seus pés a puxam para a frente, sempre para a frente, sem descanso.

O ar lhe falta, e a cabeça gira. O prelúdio do horror começou.

Ao longe, vê dois selvagens acasalando entre mordidas e então uma cachorra, com cara de mulher e focinho pontudo, dando à luz uma matilha de filhotes.

Ao longe, vê uma jovem mãe fugindo com uma menina a tiracolo enquanto os gritos de um grupo de crianças assolam o caminho.

Ao longe, vê Lázaro sangrando entre as árvores e tentando impedir o fluxo de vida que escapa por seu pescoço.

Ao longe, vê a menina do crânio aberto e uma procissão de mariposas-bruxas seguindo seus passos.

Ao longe, vê as mortas, que riem com estalos de ossos e levam um bebê nos braços.

À sua frente, árvores e árvores, um labirinto verde sem fim. O tempo passou muito rápido. Ela se sente velha, com muitas rugas na pele, destruída pela dor e pelo cansaço porque não pôde parar, porque a selva não a deixa parar, porque de vez em quando ouve o canto distante das galinhas e também acha que escuta a voz da mãe dizendo seu nome, como se a chamasse e ninguém respondesse. Às vezes também acha que vê Ananda pequena, com os cabelos sujos e lindos, andando entre as mangueiras.

Não sabe há quanto tempo está voltando.

Às vezes pensa que finalmente chegou e que os sons da fazenda estão mais próximos. Quase consegue ver entre as lianas e as trepadeiras um pedaço da casa, um pedaço da vida que se parte diante de seus olhos, que se desvanece muito rapidamente porque há sempre outra árvore à sua frente ou um pedaço de terra em que não consegue pisar, a silhueta da fazenda sempre se dissipa atrás das lianas antes que Santa consiga alcançá-la.

Na selva, ninguém ouve os gritos.

Ninguém se importa com os gritos porque a selva foi construída com eles.

Enquanto isso, enquanto caminha, enquanto o tempo corta o véu da realidade com sua faca, Santa envelhece. Como também envelhecem sua sede e sua fome, e cresce o esquecimento.

Santa já não lembra que se chama Santa.

Santa não recorda nenhuma oração que possa ajudar o deus da selva a perdoá-la.

Tanto verde a deixou meio cega. Por isso não percebe quando a fazenda se abre diante de seus olhos, quando pela primeira vez depois de muito tempo a selva lhe permite chegar um pouco mais perto do que foi sua casa, para que de lá, dos limites que separam o mundo dos vivos do que existe mais além, possa tentar uma reza, algo que saia de sua língua mofada. Enquanto isso, uma menina a contempla com os olhos aterrorizados e a mãe corre ao seu encontro para protegê-la. A mãe sabe bem que o céu da selva acabou de abrir a boca.

10 de julho de 2022

Sobre a autora

Elaine Vilar Madruga (Havana, 1989) é considerada uma das vozes jovens mais importantes da atual cena literária latino-americana. Romancista, poeta e dramaturga, é graduada em Artes Cênicas, com especialização em Dramaturgia, pelo Instituto Superior de Arte de Cuba (ISA) e leciona escrita criativa. Ganhou vários prêmios nacionais e internacionais, e seu trabalho tem sido publicado em diversos países. Vilar Madruga amplifica sua voz em romances para adultos e infantojuvenis (*Los años del silencio*, 2019; *Salomé*, 2013; *Promesas de la Tierra Rota*, 2013), marcados por influências da literatura fantástica e da ficção científica, contos (*Al limite de los olivos*, 2009; *La hembra alfa*, 2013), poesia (*Sakura*, 2016), teatro (*Alter Medea*, 2014), jornalismo e crítica. *A tirania das moscas*, seu primeiro livro publicado pela Instante, em 2023, foi lançado na Espanha em 2022 e posteriormente na Itália, na Rússia e nos Estados Unidos. *O céu da selva* foi considerado um dos dez melhores livros de 2023 pelo suplemento Babelia, do jornal *El País*, e finalista do Prêmio Finestres de Narrativa em Castelhano em 2024.

Sobre a concepção de capa

Mesmo que não seja um personagem convencional, a selva em si desempenha um papel ativo, influenciando a trama como um organismo repleto de segredos.

Embora na narrativa não se explique como a selva se tinge de vermelho, nos inspiramos no fenômeno da lua de sangue para compor a cena e a paleta de cores. Em média, acontecem de dois a cinco eclipses lunares por ano. O que torna esse eclipse especial é que, em vez de desaparecer no céu, a Lua fica com uma tonalidade avermelhada. Isso acontece porque a luz do Sol, ao passar pela atmosfera da Terra, se espalha e só os tons avermelhados alcançam a Lua, criando um espetáculo visual impressionante.

Historicamente, a lua de sangue tem sido associada a presságios e eventos sobrenaturais em várias culturas. Algumas tradições a veem como um sinal de mudança, enquanto outras a associam a lendas ou entidades divinas.